DAFFODIL SILVER

www.editions-jclattes.fr

Isabelle Monnin

DAFFODIL SILVER

Roman

JC Lattès

Maquette de couverture : Bleu-T

ISBN : 978-2-7096-4366-5
© 2013, éditions Jean-Claude Lattès.
Première édition août 2013.

À Aude

« À part mon frère Rudy, sa mort,
je crois que rien de tout ce que je rapporterai
ici ne me concerne en profondeur. »
Patrick Modiano

« On les prendra jamais les trains,
on les trouvera jamais les gares,
on s'en ira jamais bien loin
du pays de tout nous sépare. »
Alex Beaupain

« Je me souviens pendant que je vis. »
Agnès Varda

« J'éclatai de rire en poussant Patrick du coude,
comment ne pas rire en voyant sur son visage cette
expression qu'il avait quand nous étions enfants,
quand nous étions les Mulvaney. »
Joyce Carol Oates

lundi 5 octobre
premier rendez-vous

Pardonnez-moi.

Je comprends ce que vous dites, maître, mais nous ne parlons pas de la même chose. N'y voyez pas malice, je trouve que vous ne prenez pas les choses dans le bon sens. Ce rendez-vous va durer un peu plus que l'heure que vous avez prévue, vous savez, peut-être même la matinée.

Nous ne sommes pas une famille ordinaire.

Non pas à cause de ce que vous croyez, tout cet argent qui aux yeux des autres nous rend puissants ou importants ou arrogants. Les gens seraient surpris s'ils savaient. Ils pensent que nous sommes une famille nombreuse et joyeuse, parce que nos maisons sont haut perchées, décapotées les voitures de mon père, illimitée sa fortune, insensées les idées de ma mère et réputées nos soirées.

Souvenez-vous de l'effervescence des débuts. Il

ne se passait pas un mois sans que quelqu'un ne s'installe avec son barnum et ses promesses de faire avancer *le projet*. Cela, ces fourgons qui arrivaient au petit matin du fond de l'Europe, chargés de matériel qu'on déballait dans la cour – mon père en débardeur jouait au déménageur, ses épaules hautes et blanches et piquetées de taches de rousseur –, puis le chantier de la Liro Moderne, quand ils pensaient qu'elle suffirait à contenir le siège social, ma mère penchée sur les plans des architectes, et l'agitation quand un artiste de renommée passait par là, tout cela nous a donné l'image d'un clan, le clan des Liro, du nom de ces maisons si blanches où je me suis perdue cent fois.

Si je vous disais pourtant

qu'à part mes parents et moi, personne.

Et puis désormais.

Seymour : mort.

Lilas : morte.

Qu'à part moi désormais, personne.

Je sais que vous nous avez toujours un peu craints, monsieur, comme tous les gens d'ici. Un mélange de déférence, d'envie et de mépris, vous ne nous trouviez pas assez bourgeois, trop étranges et pourtant si riches que ça vous paralysait. Drôles de millionnaires, pas si respectables mais difficiles à sermonner, n'est-ce pas ?

Never mind proclamait le T-shirt préféré de mon père. Pour lui c'était plus simple. Le fils Silver, de la compagnie *Silver and Silver*, sait depuis toujours que faire amende honorable est la plus inutile des options. Lorsque l'on est rentier, qui plus est étranger, on est toujours coupable aux yeux d'autrui. Vous dites qu'il était un peu fantasque, je préfère penser qu'il n'était pas tout à fait de notre monde.

Il aimait vous taquiner, mon père. Votre nom de famille, Leclerc, l'amusait – forcément, avec votre métier. J'imagine ce vieil homme, un peu maigre, les fesses plates et le pas lent, s'amener l'air de rien derrière vous qui patientez à la poste ou ailleurs et bouh ! Rien de bien méchant, juste un enfantillage, comme courir après les pigeons pour les faire s'envoler. Vous sursautiez, et je riais quand il me le racontait, vous sursautiez, une main sur la poitrine et dans vos yeux un commencement de colère que jamais vous ne pourriez exprimer. Vous ne pouviez pas vous fâcher avec de tels clients, car un jour viendrait où, comme toutes les familles, nous passerions à la caisse. Ce jour-là, c'est vous qui tiendriez les registres.

Ne vous impatientez pas, nous y sommes presque.

Avez-vous connu ma tante Rosa ?

Vous étiez-vous occupé d'elle à l'époque ? Vous deviez débuter, j'imagine que votre peau n'était pas encore ce parchemin beige et que votre fatalisme n'avait pas atteint ce degré de professionnalisme qui vous honore. Rester imperturbable alors que les épreuves frappent son prochain ne s'acquiert pas sans une longue pratique. Votre étude en a connu des désarrois, dont vous détourniez pudiquement le regard pendant qu'ils épongeaient leurs joues.

On dit qu'elle était jolie, Rosa, pas de cette beauté lasse et mélancolique qui a peu à peu effacé les traits de ma mère. Rosa, m'a-t-elle toujours dit, était lumineuse quand elle, la grande sœur, était ténébreuse. Rosa souriait, Lilas baissait les yeux, l'une légère, l'autre grave. Deux faces d'une même médaille. Sur certaines photos pourtant c'est ma mère qui est gaie et les yeux de Rosa semblent vides comme si l'on avait découpé le papier.

Fatalement je lui trouve des airs de fantôme.

Quand je vous dis que nous ne sommes pas une famille ordinaire. Nous sommes cette famille qui pèse si lourd à mes épaules que je me courbe malgré moi, les yeux rivés au sol, comme une petite dame vieillie trop vite. Non que je cherche à m'échapper ni que la honte m'alourdisse. C'est juste un chagrin épais.

Nous sommes cette famille où les garçons portent invariablement des prénoms d'arbres, mais il y a peu de garçons, et les filles des noms de fleurs et il y a tant de filles. La coutume a perduré malgré les cohortes de prénoms impossibles à porter. Imaginez-vous vous appeler Acacia, Prunus, Seringa, Géranium ou Épicéa! Je crois qu'il y a un peu de vengeance dans cette tradition, chacun faisant payer à sa progéniture le fait d'en avoir été l'objet.

Marguerite, Violette, Iris et Jacinthe, ma grand-mère et ses sœurs, ou Lilas et Rosa, pourquoi pas? Mais demandez à ma mère pourquoi m'avoir appelée Daffodil, ce prénom de poème anglais, si ce n'est pour se venger. Elle vous dirait que ce fut le choix de mon père qui acceptait la règle familiale de sa femme à la seule condition de pouvoir nommer lui-même son enfant.

Il vaut de toute façon mieux, ajoutait-elle, s'appeler Daffodil que Jonquille, et ce n'est pas faux mais n'empêche pas cette gêne à chaque nouvelle rencontre,

– Daffodil?,

cette honte quand le professeur hésite, pensant déjà à ce qu'il dira à sa femme ce soir (*record du prénom improbable battu!* et leurs rires ahahah de gens qui connaissent les bons prénoms), quand il s'enquiert, ne sachant pas qu'il s'agit de la gamine du fond dont la honte rougit déjà les joues

– et Daffodil Silver-Faure est-il ou t-elle là?

Je vous dis

– demandez-lui

mais je sais bien, je ne l'ai pas oublié, ne prenez pas cette mine embarrassée, je sais bien qu'on ne peut plus rien demander à ma mère.

Ni cela ni où sont les photos de ma naissance.

Ni cela ni pourquoi toute notre vie a le bruit d'un corps qui s'affaisse.

Je me demande si je me souviendrai long-temps de cette odeur de moquette qui baigne votre bureau, je fixe les détails pour imprimer en moi le décor de l'instant, les murs tendus de tissu sombre, on doit étouffer en été, deux fau-teuils un peu raides, le petit divan rouge, un globe terrestre, une balance de la Justice sur un buffet en acajou, des photos de famille, la vôtre j'ima-gine, vos enfants et les enfants de vos enfants, un chien, vous à bord d'un bateau en pleine mer, vos cheveux ébouriffés, vos yeux plissés par le soleil, une boîte de mouchoirs en papier et les chemises cartonnées, rose, verte, bleue, dans lesquelles se trouve donc la substantifique moelle, le condensé. Le résumé de leurs vies et le suc de la mienne. Ils font comme une barrière entre vous et moi, vos dossiers, à moins que ce ne soit un pont sur lequel nous nous retrouverons quand l'heure des comptes viendra. Mais d'abord, laissez-moi vous dire.

Dans un mois, je fêterai mon quarantième anniversaire. Il est temps que ma vie commence. Je la vois comme une montagne dont je vien-drais de terminer l'ascension. J'arrive courbaturée jusqu'à vous et pour tout dire assez fatiguée. Je suis à mi-chemin, la descente est encore longue et elle promet d'être belle. Je dois juste m'alléger avant de l'entamer. Disons que ma mère m'aurait beaucoup trop couverte pour le voyage, je vais laisser des affaires ici avant de poursuivre mon chemin. C'est elle qui m'a donné votre adresse.

Votre bureau sera mon vestiaire.

J'avais autrefois comme tous les enfants un jeu de cubes de formes différentes à faire entrer dans des trous. De simples volumes de plastique, dur et résistant et lisse et de toutes les couleurs. Je mordillais les pièces, ma bave dégoulinait un peu, ma mère m'accrochait un torchon autour du cou, je me souviens du torchon, je les mordais comme un chiot. Mes petites dents ont fini par déformer les pièces qui n'entraient plus dans aucun trou. Mon passé me fait parfois cet effet : mordu, bouffé, tordu, étiré, incapable de trouver sa place, irrémédiablement rayé et âcre d'une salive amère.

Il n'y a qu'à vous que je puisse le confier pour l'ordonner. Les histoires de famille sont votre matière, vous savez les raboter pour les faire tenir dans le cadre.

C'est une sorte de tragédie dont vous serez le dépositaire. Je vous dirai tout ce que je sais, ce qu'ils m'ont dit et ce que j'ai découvert malgré moi qui ne voulais rien savoir de cette histoire. Mais ces choses s'imposent en vous, occupent vos territoires sans que vous puissiez vous en défendre, ou si maladroitement que vous vous blessez en tentant de vous protéger.

Je suis la seule héritière,
je ne suis pas l'enfant joyeux.
Je suis la seule héritière,
qu'allez-vous faire de moi ?

Ils se sont rencontrés sept ans avant ma naissance et n'ont jamais cessé de s'aimer. Lilas fêtait ses vingt-deux ans et c'est ce soir-là que débute mon histoire. Elle a invité ses amis, c'est l'été, les fenêtres sont ouvertes et la musique rebondit sur les murs de l'autre côté du boulevard. Il fait une de ces chaleurs qui étouffent les Parisiens quelques jours par an, imaginez les joues écarlates des danseurs et leurs cheveux collés, l'odeur de sueur et de tabac pique les gorges.

Ma mère et ma tante se mettent à la fenêtre pour se rafraîchir, elles sont un peu ivres, elles se penchent pour faire entrer l'air dans leur corsage et elles voient mon père passer. Enfin, mon père, non : elles voient une longue silhouette en bermuda, elles lui trouvent un chic, un air amusant ;

à deux on a moins peur, elles l'appellent du haut de leur fenêtre. Rosa surtout, la moins timide :

— Hey, vous faites quoi ? Vous venez danser ?

Il n'a rien d'autre à faire, il monte.

Rosa fait les présentations :

— Je vous présente ma grande sœur, Lilas.

Il répond quelque chose comme

— bonjiour, je suis Siimore Silver, enchanté de vous wrencontrwer

et son accent d'Américain frappe ma mère, enfin ma pas encore mère, la frappe en pleine poitrine. Je ne sais pas quand ils se sont embrassés mais elle l'aime dans l'instant, dans le moelleux de ce wrencontwrer.

Il est étranger et c'est pour elle la plus belle des qualités. Ce n'est pas qu'elle n'aime pas sa famille, ceux aux prénoms végétaux, mais elle pense qu'avec eux les murs ne s'écarteront jamais. Mes grands-parents maternels, Marcel et Marguerite Faure, n'imaginent pas vivre autre part que là où leurs propres parents ont grandi, rassurés de savoir l'horizon tout proche.

Leurs deux filles ont des ambitions plus exotiques, depuis leur adolescence elles se voient voyager, prendre des avions, parler des langues étrangères, arriver dans des villes inconnues. Combien d'heures ont-elles passées à parler avec un pseudo-accent anglais, tenant de grands chapeaux imaginaires qui manquent de s'envoler quand elles arrivent au *dcheckiin* de l'hôtel ?

Seymour, ses jambes blanches et son accent d'Américain, Seymour est cette promesse tant attendue.

Son accent surtout! Rosa sautille de joie de ses *Bondjiour*. Pendant plusieurs jours elle l'imitera, bondjiour tout le monde, bondjiour bondjiour.

Lilas lui propose un verre, il pose son sac à dos, ils commencent à parler comme s'ils poursuivaient une conversation. Ils se connaissent depuis toujours.

Rosa, immédiatement, comprend ce qui arrive à sa grande sœur. Elle ne s'en inquiète pas : le nouveau venu ne constitue pas une menace ; au contraire, il était prévu qu'il surgisse, il fait partie du *plan*.

Mon futur père ne sait rien de tout cela. Il distingue à peine Rosa parmi les danseurs, elle lève les bras au rythme de la musique et leur sourit, une cigarette glissée entre ses lèvres.

Lilas, elle, a quitté sa fête au moment où il y est entré, s'absentant des siens pour s'absorber de lui et entre ses yeux se creuse son sillon, la petite ride qui se forme lorsqu'elle se concentre. La ligne verticale **donne** un axe de symétrie à son visage parfaitement ovale et malgré les sourires qu'elle ne cesse de lui adresser, une petite tristesse émane d'elle.

Cette ligne entre ses yeux, pense Seymour, doit être un indice laissé par des ancêtres éloignés ; chaque génération l'a conservée selon des rites de préservation très précis pour l'amener intacte jusqu'à lui. Elle est comme une marque tracée à la préhistoire par un homme sur la paroi d'une grotte, simple trait pour se souvenir des disparus.

C'est comme si tout son voyage en Europe avait eu pour but cette petite ride et les yeux brillants de cette jeune femme qui allument un brasier dans son ventre. Il n'aura plus jamais envie de partir ailleurs.

— Inside, me dira-t-il chaque fois qu'ils me raconteront leur rencontre, et ils me la raconteront mille fois, inside j'étais une fête foraine.

Il avait quitté les États-Unis six mois plus tôt pour un de ces voyages qui peuplent les récits initiatiques. Sa famille installée à Brooklyn au sud de New York dans les années 1930, était originaire de Pologne et il voulait connaître le continent qu'avaient fui mes grands-parents paternels, peu après l'accession au pouvoir d'Hitler en Allemagne.

À l'époque dans cette région du monde, il n'existait pas un juif qui n'ait une conscience aiguë, presque animale, de sa vulnérabilité. Les discriminations, les brimades, les pogroms scandaient la vie de leurs familles depuis toujours, si bien qu'en ce début des années 1930, la menace s'amplifiait plutôt qu'elle apparaissait. Mes grands-parents possédaient une bijouterie dans la petite ville de Lublin. Un jour, après qu'une énième maison fut brûlée dans leur rue, mon grand-père dit à sa femme

— nous devons partir, c'est ainsi que font les juifs, nous irons à l'ouest.

Ils vendirent le magasin et leur maison, mirent aux enchères leurs meubles et, chargés d'autant de diamants et d'or qu'ils pouvaient en emporter, ils prirent le train puis le bateau pour l'Amérique. L'histoire raconte que la couche de mon oncle Jacob, leur fils aîné, était pleine de pierres précieuses quand ils se présentèrent à l'embarquement au Havre.

Que dites-vous, monsieur ?

Oui, ah ah oui, j'ai eu un oncle d'Amérique, le fantasme de votre profession !

Il s'appelait Jacob. Il est mort lorsque j'avais une dizaine d'années. Seule fois où j'ai vu mon père pleurer. Nous sommes allés aux obsèques à New York, toute une famille était là, que je découvrais, des cousins, des enfants de cousins, des filles en jeans serrés, vous les retrouverez facilement, les Silver sont très connus là-bas.

Après la cérémonie, mon père nous avait emmenées à Coney Island faire du manège et manger des hot-dogs. Il disait que ça lui rappelait les dimanches de son enfance lorsque leurs parents leur payaient un tour de train fantôme. Une fois, ils les avaient surpris en train de faire l'amour dans la cabine de plage. Son père était derrière sa mère, elle avait relevé sa jupe et ses gros seins touchaient la toile de la cabine.

Ma mère lui faisait les gros yeux lorsqu'il racontait ça. Pour ma part, je ne peux visualiser mes grands-parents que dans un noir et blanc trop contrasté, elle à la caisse d'une boutique sombre, sa volumineuse poitrine enserrée dans un corsage, et lui courbé sur une petite pierre, sa loupe à la main.

Une fois arrivés à New York, ils avaient vite ouvert une boutique, puis une autre, puis une autre, bientôt rejoints par Szepsel Silberstein, le frère de Alter, mon grand-père. Ils américanisèrent leur patronyme et devinrent dans les années 1950 Silver and Silver, les leaders du marché de l'or et du diamant sur la côte est, se fournissant auprès de cousins installés à Anvers et alimentant un florissant commerce de luxe. C'est ainsi qu'ils constituèrent cette colossale fortune dont une partie a cheminé jusqu'à nous.

Dans leur quartier, on les désigna vite comme des millionnaires même s'ils continuaient de vivre comme des pauvres dans l'appartement au-dessus de leur boutique, portant invariablement les mêmes vêtements, d'un noir élimé. Millionnaires en haillons qui plaçaient tous leurs profits sur des comptes d'épargne obèses,

– s'il faut partir encore, alors nous aurons de quoi faire face, disait Alter à sa femme.

Il allait de soi que les enfants reprendraient l'affaire, ce qu'ont fait Jacob et les deux filles de Szepsel. Mais mon père, né au milieu des années 1960, ne s'est jamais intéressé à la joaillerie. La perspective d'être riche ne le motivait pas – l'argent pour sa famille, et de ce point de vue il n'a pas dérogé lui qui ne sut jamais comment le dépenser, n'était qu'un moyen d'échapper à l'enfer, pas une source de plaisir. Mon père, à vrai dire, ne savait pas quoi faire. Juste ressentait-il l'envie (le besoin ?) de s'éloigner. Dès qu'il le pouvait, il partait. Constatant qu'il n'avait ni la bosse du commerce ni celle de la pierre précieuse, mais celle du voyage, ses parents lui donnèrent mission de développer l'entreprise familiale en Europe.

À la mort de leur père, lorsque j'avais cinq ans, Seymour revendit sa part à son frère Jacob et en tira une somme embarrassante pour qui n'aime pas l'argent, plusieurs millions de dollars qui lui permettraient de pouvoir vivre de ses rentes ; mais cela, vous le saviez déjà.

On peut être riche à millions et pleurer toute sa vie ses souvenirs irrécupérables. Avant de quitter la Pologne, ma grand-mère Ruchla avait enterré ce qu'elle ne pouvait emmener dans le jardin de leur maison : ses draps de soie, sa vaisselle fine et quelques boîtes façonnées en marqueterie par son propre père. Les boîtes, surtout, lui importaient : après leur départ, son père avait été déporté avec toute la famille et elle n'avait aucun souvenir matériel de lui.

Comme tous les immigrés, ils avaient vécu quelques années avec l'espoir de retourner en Pologne et de retrouver leurs biens quand les choses iraient mieux pour les juifs.

La guerre piétina leur rêve.

Ils abandonnèrent aux nazis puis aux communistes les boîtes de mon arrière-grand-père, la porcelaine, la soie et l'idée de rentrer chez eux. Lorsque Seymour leur annonça son intention d'aller jusqu'à Lublin, puisque l'on pouvait à nouveau voyager en Europe de l'Est, Ruchla dessina un plan très précis de l'endroit, non loin d'un sapin, où elle avait enterré ses affaires. Ça donnait un sens à son voyage. Seymour trouva la ville, la rue, la maison et le sapin mais il n'avait pas de pelle pour creuser. Une voisine lui indiqua un magasin où il pourrait s'en procurer. C'est en traversant la route pour s'y rendre qu'il se fit renverser par un camion. Ses jambes étaient brisées en de nombreux endroits et un traumatisme crânien le plongea quelques jours dans le coma. Il resta hospitalisé près de trois mois à Lublin.

Lorsqu'il prévint ses parents, il entendit sa mère crier au téléphone : la Pologne, toute sa vie enfouie remontait de ses tripes, et cette peur à hurler qui lui brûlait la poitrine, ils avaient pris son père, sa mère, sa sœur Braha et la petite Rachel, ils allaient prendre son fils et le faire disparaître comme tous les autres. Son père saisit le combiné.

– Mon fils, nous ne pouvons venir te chercher, mais dès que tu le peux sauve-toi, ces gens ne nous aiment pas.

Il ne pouvait partir avant d'être de nouveau capable de marcher. On l'opéra plusieurs fois, des infirmières veillèrent sur lui, d'un geste de la main apaisaient ses douleurs, on lui donna la soupe à la cuillère, on lui apprit à remarcher et à ne pas avoir peur de sauter, on lui donna des encouragements en polonais, et il les comprenait. Il pouvait presque se sentir chez lui.

Pourtant.

La surprise d'une infirmière lorsque lors d'un soin elle aperçut son sexe circoncis, l'inquiétude dans ses yeux et le léger recul de ses épaules : ce pays ne serait pas le sien. Quand enfin il fut sur pied, il lui semblait connaître tout du passé qu'il était venu chercher et ne pas l'aimer ni le regretter, tout poisseux qu'il était, odeur de vieille soupe et de cendres brunes.

Il se fichait de la vaissele de sa mère et des boîtes en marqueterie de son grand-père, il se fichait du sapin et de la maison et de la pelle pour creuser, il sortit de l'hôpital et prit un billet d'avion pour Paris.

Quelques jours seulement après son arrivée en France, il flâne sur les boulevards lorsqu'une fille l'interpelle du haut d'un immeuble :

– Hey vous faites quoi ? Vous venez danser ?

Deux sœurs, l'une sourit et lui présente chaleureusement les invités, l'autre le fixe d'un regard doux et profond à la fois, d'un regard européen.

Il n'a qu'un regret ce soir-là : être sorti de l'hôtel sans son Polaroid. S'il y a un instant qu'il aurait aimé figer et dont il ne pourra jamais recréer la fragilité, c'est bien celui-ci. Ce trait fin qui apparaît entre les yeux de Lilas quand il se met à lui parler, comme si elle voulait capter toutes ses pensées ; et ce coup d'œil de Rosa à Lilas, deux sœurs qui se confirment que cet Américain tombé du ciel est épatant : il n'aura jamais que ses pauvres mots, pas d'image, pour s'en souvenir.

Trois mois plus tard, Seymour retourne à New York pour présenter ma mère à ses parents et leur annoncer qu'il vivra désormais en France. Ils passent deux semaines à Brooklyn, une présentation et un au revoir. Pour mes grands-parents, qui se sont juré de ne jamais mettre un pied en Europe, là où a germé le projet d'éradiquer leur peuple, la décision de leur fils est un incompréhensible reniement ou une inconscience suicidaire. C'est cela qui les blesse, bien plus que le fait qu'il s'unisse avec une non-juive.

Seymour, lui, aime que Lilas soit d'une famille qui ne connaît pas le tourment d'être juif. Une famille dont les cauchemars ne sont pas colonisés par les grimaces muettes des disparus. Une famille qui n'y pense jamais.

– I love my little goy, il disait – et ça le faisait rire – en caressant le menton de ma mère.

– J'aime mon grand juif, elle répondait.

Avant leur départ, une fête est organisée dans l'appartement de Brooklyn. Ma mère rencontre toute la famille Silver. Au milieu de la soirée, mes grands-parents lui offrent une bague que mon grand-père a façonnée pour elle, une simple brisure de diamant sur un anneau d'argent. Regardez : je la porte aujourd'hui.

Quelques jours plus tard, un taxi les attend devant le magasin, c'est un après-midi venteux et Seymour dit

– nous allons partir maintenant.

Son père lève à peine le nez de son livre lorsque Ruchla prend son fils dans les bras, le soulève presque, faisant vaciller son grand corps contre sa lourde poitrine.

On dirait qu'elle le berce, gémissant un pleur comme un chant,

– pars-tu vraiment mon fils ?,

c'est ainsi que font les mères.

Je pense à une chose soudain. Avant de décoller pour la France, le jeune couple a laissé une photo en souvenir à Ruchla. Quand ils la lui ont donnée, elle l'a couverte de baisers,

– une mystique embrassant une icône, disait ma mère en riant.

J'ai vu cette image quand je suis allée à Brooklyn la première fois, ma grand-mère l'avait coincée dans le cadre de son miroir sur le buffet de sa chambre. Ils sont trois sur la photo : Lilas au centre, entourée de mon père sur sa droite et de Rosa sur sa gauche, tous grimaçant d'un sourire de soleil dans les yeux.

J'ai fait débuter mon histoire par la rencontre de mes parents, c'est une erreur : j'aurais dû commencer par cette image, deux sœurs qui acceptent un Américain entre elles ; c'est précisément de là que je viens.

Elles étaient deux sœurs et dire cela ne dit rien.

Trois années les séparaient mais elles étaient si proches qu'il arrivait qu'on les prenne pour des jumelles. Elles ne se ressemblaient pourtant pas. Si leurs visages étaient différents, on pouvait les confondre à leurs expressions, une même façon de baisser la tête, les cernes foncés sous les yeux, le demi-sourire. Je les ai scrutées sur les albums photos de leur enfance, il me faut toujours quelques secondes pour distinguer l'une de l'autre.

Enfant, Lilas est une petite fille maigre et brune, ses jambes sont longues et sa taille si étroite qu'elle n'accroche aucun vêtement. Silencieuse et calme, elle est entourée d'un halo d'ennui comme le sont les enfants sages. Elle attend Rosa. Lorsque sa sœur naît, elle sent l'horizon se dégager.

– C'est étrange, disait leur mère, depuis le début ces deux-là se complètent, comme si l'une apportait à l'ensemble ce dont l'autre est dépourvue, si bien qu'à elles deux elles forment un être parfait.

Comment devient-on inséparables ?

Lilas a quatre ans à peine. Elle prend un petit tabouret que lui a fabriqué son père, en bois bleu, et elle s'installe devant la porte de la chambre où sa sœur dort.

Sa mère lui dit

– ne reste pas dans ce couloir, profitons de la sieste de Rosa pour jouer toutes les deux, aide-moi à faire un gâteau, lisons un livre.

– Non, j'attends ma sœur.

Et lorsque Rosa se lève, Lilas est sa destination, de sa marche dandinante elle la rejoint et les deux fillettes reprennent leur petite conversation. Vous enleviez l'une et déjà l'autre vacillait. Elles grandissent ainsi. Bien sûr Rosa envie Lilas qui la première connut les bras de leur mère et les leçons de natation de leur père ; et Lilas jalouse les baisers plus longs et l'indulgence dont la cadette bénéficie ; mais elles se disputent rarement.

Toute mon enfance a été rythmée par le récit de leur complicité. Il me semble la connaître de façon presque charnelle. Je ressens le rêche du drap que ma grand-mère Marguerite tend sur leur

lit chaque matin et qu'elles chiffonnent le soir, les
pieds battant pour en desserrer l'étreinte.
  Je connais l'odeur de ce lit,
  un grand lit qu'elles partagent
  et se mélangent leurs jambes d'araignées.

Le lit est un radeau où elles dérivent, petites
orphelines pourchassées par une marâtre atroce ;
une cabane où elles se réfugient, entourées d'animaux qu'elles ont sauvés d'une terrible catastrophe, un dauphin est grièvement blessé, Rosa
doit le nourrir au biberon ; un hôpital où elles
soignent les blessures les plus horribles et les maladies les plus cruelles ; une école et leurs peluches
des élèves dissipés ; la masure où un prince les
découvrira et transformera leurs haillons en robes
de ciel.
  Elles mettent des serviettes de toilette sur leur
tête et s'en font des chevelures épaisses, des kilos
de soie mordorée qu'elles doivent ranger derrière
leurs oreilles pour préparer un cake d'amour ou
essayer la bague du prince. Le lendemain, elles
sont des passagères du *Titanic*, des Anglaises qui
vont en vacances en Amérique, elles s'inventent
des soucis de dames dont elles papotent en buvant
le thé, les jambes croisées et des cigarettes menthol
imaginaires entre les doigts avant que l'iceberg
n'éventre le paquebot.
  Plus tard, à l'adolescence, le lit est un studio
de télévision où elles rejouent leurs émissions

favorites, une scène de concert sur laquelle elles se produisent, chorégraphies, ou une salle de boum où elles s'entraînent à embrasser les garçons, quart d'heure américain.

Le lit, surtout, est la première scène de Rosa.

Elle se tient debout dessus et Lilas, unique spectatrice, est assise par terre. Chaque jour Rosa en rentrant de l'école se déshabille pour enfiler toutes sortes de déguisements sous le regard admirateur de sa grande sœur. La réalité est trop petite pour elle, elle ne lui suffira jamais. La comédie est une manière de vivre toutes les vies, elle les interprète pour Lilas.

Lilas est le regard par lequel Rosa se voit. Rosa est ce que Lilas n'ose faire. Le soir, elle transforme le mur de leur chambre en théâtre d'ombres. La lumière venue de la rue allonge ses personnages, les rend effrayants et Lilas se cache sous la couverture, exagérant sa peur pour plaire à sa sœur.

Leur lit est un bunker duquel elles perçoivent à peine les bruits de la maison, leur mère écoute dans la cuisine la radio à tue-tête, le chien jappe pour sortir puis entrer, leur père vient de rentrer du travail, claque sa portière, ferme la porte du garage sous leur chambre et la maison entière en tremble, passe par la porte intérieure, arrive dans l'entrée, flatte le chien, pose ses clés de voiture sur le petit meuble en chêne, jette un œil au courrier, retire sa veste et sa cravate, les pend dans le placard, déboutonne sa chemise, quitte ses mocassins, enfile ses pantoufles, se regarde dans le miroir, les poils ont repoussé depuis ce matin, ébouriffe ses cheveux, il déteste être bien coiffé, inspire inconsciemment un bon volume d'air et de courage avant d'entrer dans la cuisine et de demander à Marguerite si elle a passé une bonne journée.

Sans doute vos parents ont-ils croisé mes grands-parents, Cintodette n'était pas si grand. Marguerite la reine de beauté et Marcel le valeureux, parti de rien et dont tout le monde loue le travail et la gentillesse. Personne ne sait que Marguerite est une perpétuelle insatisfaite et que son sourire est un masque qu'elle revêt dès qu'elle sort de chez elle comme d'autres enfilent des gants. Ni que Marcel est jaloux à n'en pas dormir la nuit, toujours persuadé qu'elle lui préfère un autre – elle qui ne préfère pourtant jamais rien ni personne.

Chaque couple a ses rituels ; les leurs sont ces conflits, petites messes auxquelles ne sont conviées que leurs filles, offices secrets qui se déroulent toujours de la même façon. Une broutille d'abord, phrase mal tournée, service non rendu, n'importe quel prétexte, du petit bois pour allumer le feu. Les mots blessants, ensuite, puis les larmes et les silences fâchés.

Lorsque tout a été purgé et que les combattants sont exsangues, longtemps après, un sourire sur le visage de ma grand-mère, une main que mon grand-père approche doucement de sa nuque et la vie repart, ville purifiée après orage.

Le tout peut durer plusieurs jours.

La famille vit au rythme de l'humeur du couple et les filles en connaissent instinctivement chaque étape. Elles repèrent le signe annonciateur, maîtrisent le mécanisme de la dispute, savent qu'intervenir à contretemps est une erreur qui se retournera contre elles, détestent ces passages obligés mais n'en ont pas peur.

Ce jour-là, pourtant.

Oui, on peut dire qu'elles ont eu peur, une terreur d'enfant. Je pense qu'elles ont sept et dix ans. Ce doit être au moment où mon grand-père vient de monter son entreprise de souvenirs-cadeaux.

Avant cela, il était commercial, représentant comme on disait à l'époque. L'essentiel de son métier consistait à placer des bibelots dans les boutiques pour touristes. Il couvrait tout le quart nord-est du pays, partait le lundi matin pour ne revenir qu'en fin de semaine, après une tournée harassante, épuisé et persuadé que sa femme avait profité de son absence pour voir ses amants. Marguerite était secrétaire de mairie à l'époque et mon grand-père imaginait qu'elle le trompait dans les bureaux mêmes de la municipalité.

Se met-il à son compte pour l'avoir à l'œil ? Il ouvre un simple atelier d'abord, un local dans la petite zone industrielle où il fabrique lui-même des assiettes en faux bois représentant le Mont-Saint-Michel ou Notre-Dame-de-Paris. Il peut rentrer déjeuner chaque midi. Marguerite a beau dire que ça lui facilite la vie, d'avoir un mari présent, il en doute et imagine sa femme monter des stratagèmes pour poursuivre sa double vie.

Le pire, je crois, pour Marguerite, fut d'être toute sa vie traitée de femme adultère sans avoir probablement jamais connu le sel de l'aventure interdite.

Les filles aiment l'atmosphère de l'atelier. Elles se mettent dans un coin et admirent la dextérité de leur père lorsqu'il s'agit de façonner une statuette en pâte à modeler. Ensuite il en fera un moulage qu'il remplira de résine plastique. Une fois sèches, les pièces doivent être peintes et c'est l'étape que les filles préfèrent : plongées dans une bassine de teinte brune, couleur bois rustique, puis attaquées au pistolet et au pinceau fin pour les détails et l'inscription. «Dieu protège notre maison», «Mont-Saint-Michel bonne année 1979», «Souvenir de Lourdes».

On produisait encore des choses ici, et l'entreprise de Souvenirs Faure avait de beaux jours devant elle. Les premières années, Marcel est juste secondé par un employé. Il travaille tard. La nuit est souvent tombée lorsqu'il rentre chez eux. C'est le cas ce soir-là. Partout dans la maison aux fenêtres closes s'est infiltrée l'odeur de la soupe que ma grand-mère prépare en faisant résonner ses casseroles. Le bruit a l'air insignifiant, les filles y reconnaissent pourtant, depuis l'étage, le tintement de son mécontentement. Elles l'identifieraient au plus anodin de ses gestes, cette manière de claquer la porte du Frigidaire, de prendre le couteau ou de pincer ses lèvres, bien serrées pour que ne sorte pas la rumination retenue au prix d'une imperceptible crispation des épaules.

Que leur père soit d'humeur à désamorcer et elle se plaindra juste d'un affreux mal de dos, qu'il soit lui-même nerveux, râlant parce que les filles n'ont pas mis la table ou que leurs affaires traînent au bas de l'escalier, là où elles aiment laisser leurs manteaux, leurs cartables et leurs chaussures – trop de chaussures, s'agace Marcel –, et la situation dégénérera, elles le savent d'instinct.

Lorsqu'elles entendent les premiers éclats de voix, les filles s'amusent à sauter sur leur lit en chantant le refrain d'une chanson qu'ils écoutent parfois dans la voiture.

– Jamais jamais séparées, chantent-elles en sautant autant de fois que possible sur le matelas avant de retomber sur le dos en riant.

En bas, personne ne rit. La conversation porte sur le toit de la maison qu'il faudra bien se résoudre à retuiler avant l'hiver et les chaussures qu'elle a achetées, trop hautes, trop chères pour Marcel. Marguerite démarre immédiatement. Elle en a assez de lui qui ne pense qu'à son travail et à son compte en banque. Mon grand-père embraye sur un homme du village qu'elle a salué de façon suspecte, il a bien compris leur petit jeu.

Ils crient tous les deux maintenant et les filles doivent parler plus fort pour poursuivre leur jeu. Elles sont deux sœurs africaines, Nafissatou et Aminata. Leurs parents les ont abandonnées dans un talus et elles ont été recueillies dans un orphelinat tenu par d'acariâtres bonnes sœurs. Elles fomentent un plan pour s'échapper du baraquement où on les a affectées avec des dizaines de gamins, sales comme elles, tristes et puants. La situation imposerait qu'elles chuchotent pour ne pas se faire attraper par la mère supérieure qui fait sa ronde comme tous les soirs. Mais les parents crient si fort dans la cuisine qu'elles doivent hausser la voix.

— Viens Nafissatou, cachons-nous sous cette paillasse, j'ai mis des coussins dans nos lits, la vieille croira que nous dormons, nous nous enfuirons par la fenêtre !

— J'ai peur, Aminata, j'ai si peur qu'elles nous reprennent.

— Elles nous puniront si elles nous trouvent.

— Et où irons-nous une fois dehors ? La nuit est noire et la brousse impénétrable…

— Chut, Rosa,

Lilas met sa main sur la bouche de sa petite sœur,

— écoute ce qu'ils disent en bas.

Un bruit et la fureur s'abattra sur elles.

Elles savent que le point de non-retour a été dépassé, désormais tout alimentera le brasier, le moindre son, un regard même et l'incendie dévastera la maison. Mieux vaut se faire oublier.

Elles font silence.

La dispute monte jusqu'à elles sans prendre les escaliers, elle est partout dans ce pavillon aux murs si fins qu'en plantant un clou leur père a un jour traversé la cloison du salon, celle qui donne sur les toilettes. Il en reste un trou dans le mur, au travers duquel les filles peuvent suivre un film depuis les WC même quand l'heure d'aller se coucher a été décrétée. Il suffit de dire qu'elles ont mal au ventre.

– Tu n'es jamais là et quand tu es là, tu cries! Tu délires complètement, mon pauvre Marcel! Je ferais mieux de prendre un amant, au moins je me ferais pourrir pour une bonne raison. En plus tu es radin, radin, radin comme ton père. J'en ai marre, marre, marre!

– Ah tu vois bien que j'ai raison : à part me traiter de dingue tu te fiches complètement de moi! Tu préfères les autres, tous les autres jolis cœurs de mes deux!

Ce sont des mots que des enfants ne devraient pas entendre. Tout éclate dans la cuisine, les reproches de l'homme et la colère de la femme, leurs frustrations et leurs regrets.

Un bruit métallique secoue les murs du

pavillon. La porte du garage claquée par leur père. De la fenêtre de leur chambre, elles le voient monter dans sa voiture, et leur mère avec ses chaussures neuves s'accrocher à la portière, l'implorer de ne pas partir, courir sur ses talons pointus pour suivre la voiture et trébucher dans l'allée ; leur père disparaît au bout du chemin, laissant sa femme au sol et ses filles sans un au revoir.

C'est la première fois qu'un des deux part.

Assommées, elles sortent de leur chambre.

Étalée dans les graviers, ses sanglots ont quelque chose d'obscène. En voyant ses filles, Marguerite se redresse et se met à hurler, je ne sais comment vous dire ça, monsieur, mais quand ma mère me le racontait des décennies après, nous en avions elle et moi la même chair de poule, elle se met à hurler comme un animal blessé, le souffle rauque, le visage rouge, criant à ses filles de retourner dans leur chambre et de ne pas en sortir, sinon elle se *foutra en l'air*.

C'était son expression, ça, se foutre en l'air.

Je vais me foutre en l'air, vous n'aurez plus à vous soucier de moi.

Ce soir-là, la menace est crédible, les deux petites obtempèrent. Elles se collent l'une à l'autre dans leur lit, toute lumière éteinte. Leur mère est en bas, elles l'entendent pleurer, et leur père ne revient pas. Lorsque enfin les pleurs s'arrêtent, ils laissent la place à un silence plus terrifiant encore.

Et si elle l'avait fait malgré leur obéissance ?

Et ce bruit, ce bruit de meuble qui tombe,
– tu l'as entendu, Rosa ?
– oui j'ai entendu, Lilas,
– qu'est-ce que c'est ?

N'est-ce pas un tabouret, ce bruit de meuble qui tombe, un tabouret, le petit tabouret bleu de Lilas que leur mère a fait chuter avant de se pendre ? Et cet autre bruit, plus sourd, son corps qui s'affaisse ?

Rosa, la plus courageuse, se glisse dans le long couloir, explorant chaque pièce de la maison avant de trouver leur mère allongée dans le salon, dormant du sommeil du chagrin, les yeux gonflés mais vivante.

– Elle est pas morte, dit-elle en remontant dans leur lit.

Leur destin d'orphelines ne s'est pas accompli. La grande sœur prend sa petite sœur dans les bras. Elle plonge ses lèvres dans ses cheveux et la berce doucement.

– Dormons, tout ira bien.

Le lendemain matin, lorsqu'elles se réveillent, mon grand-père est là. Il a préparé un petit déjeuner, avec oranges pressées et œufs brouillés *façon reine d'Angleterre*. Elles ne sauront jamais où il a passé la nuit et comment ils se sont réconciliés mais elles sourient lorsqu'il prend Marguerite par la taille et lui chuchote quelque chose à l'oreille, peut-être même qu'il lui touche les fesses, elle éclate de rire, ce qui est le signal officiel : la vie de nouveau, rien ne s'est passé.

Qu'il est bête ;
comme tu es belle.

Les filles dans leur radeau accostent ce jour-là sur une île paradisiaque, loin de leur orphelinat d'Afrique.

La tempête derrière elles, croient-elles.

Ou alors mon histoire commence à la mort de Rosa. J'ai deux semaines à peine et je connais pourtant chaque seconde de cet événement. La nuit qui suit sa dernière visite, quelques heures après ses derniers mots à sa sœur – s'il ne pleut pas demain, une promenade tous ensemble, ce serait chouette –, le coup de téléphone, 6 h 14 du matin, je viens de m'endormir après un septième biberon, mon père hagard cherche le combiné, écoute deux fois pour le croire le message que vient de laisser Jean, le répète à voix haute pour le comprendre,

– c'est horrible, Rosa est morte,

leur sang se fige, ma mère se met en boule et ne bouge plus, comme si le moindre mouvement risquait de rendre réel ce qu'elle vient d'entendre, cette phrase atroce qui plane longtemps dans l'appartement obscur, un rapace cruel cherchant sur quelle proie fondre. Pétrifiée, elle est un fœtus qui attend que ses parents arrivent. Ils n'ont aucune raison de venir n'est-ce pas ? c'est un cauchemar, un effet des anesthésiants de son accouchement, une erreur sur la personne, une mauvaise blague, ils sont heureux, Seymour son amour, l'enfant à peine née, aucune raison que ça change, les plus forts du monde, heureux, une erreur. Tant qu'ils ne sont pas là, Rosa n'est pas morte, tant qu'ils ne sont pas là, Rosa n'est pas morte, tant qu'ils ne sont pas là, Rosa n'est pas morte.

Et puis : quatre petits coups tristes,
mes grands-parents sont à la porte.

On ne fait pas de photos lors des funérailles. Sinon vous y verriez la tête que prend l'humanité quand le malheur la frappe. Ma mère n'est qu'une ombre floue et dans mon landau je ne gigote pas, mon père ressemble à une montagne inutile, ma grand-mère qu'aucune larme ne mouille, enserrée dans la mâchoire de la douleur, mon grand-père, dans une veste un peu trop large, semble déjà avoir perdu des centimètres, les oncles et tantes de ma mère, tante Iris surtout, noyée de pleurs, les voisins, les amis d'ici et ceux de Paris, Jean, Lemy et tous les autres venus par le train assister à la dernière mise en scène de Rosa.

Le groupe se cherchait un événement fondateur, de ceux qui forgent les générations et grandissent les destins. La mort de ma tante sera le leur, tragique, inattendu, irréversible comme le sont les vraies catastrophes. Eux qui n'avaient eu à vivre ni guerre ni révolution auront à survivre à ce cataclysme qui bouleverse tout. Ce qu'aucun ne pouvait imaginer alors, c'est que ses victimes continueraient de tomber longtemps après le choc.

Obsèques absurdes d'une tante qui n'a pas l'âge d'être dans un cercueil, peut-être y assistiez-vous aussi. Vous souvenez-vous alors de ce spectacle que Jean écrivit pour sa fiancée défunte et qui valait toutes les messes ? Pour la première fois, il prit la parole en public sans trembler et le dos droit. Il voulait que tout soit parfait pour elle, qu'elle puisse s'en réjouir (si d'aventure les morts se réjouissent), ne s'autorisant pas une larme, s'imposant déjà le veuvage digne et élégant que je lui connaîtrai toujours. Lucie Partière lut un poème, mon père dit quelques mots, puis Lemy s'approcha du micro, et s'adressant au cercueil, lut un texte où il était question d'une promesse qu'ils s'étaient faite, Rosa et lui, une promesse qu'il essaierait d'honorer. Mon père ne put jamais me rapporter sans frissonner le moment où mon grand-père prit la parole pour remercier les gens de s'associer à une peine qu'il ne comprenait pas encore. L'image de cet homme calciné de chagrin, immensément seul malgré la foule de ses proches, lui brisait le cœur.

C'est mon père qui m'a raconté cela car ma mère, bien que présente physiquement, est absente à tout. Elle ne sait pas qui est là, elle ne sait pas ce qu'il se passe, où je suis, ce qu'on lui dit, ces gens qui la prennent dans leurs bras, leurs yeux mouillés.

Lemy s'allonge à côté d'elle dans le noir de leur chambre, leur chambre qui n'est plus celle de Rosa, sur leur lit orphelin ils ne parlent pas, il n'y a rien à dire, rien à comprendre. De ces heures cruelles, elle se rappelle une seule chose, une sensation : elle touche le cercueil avant que le rail n'emporte sa sœur dans le four du crématorium.

Elle se demande si Rosa aurait voulu cela, être brûlée.

Oui, ils ont fini par savoir ce qui lui est arrivé. Un caillot bouche une artère, mort subite disent les médecins, c'est comme ça, ça arrive. Vingt-six ans. Tous les détails sont archivés au Centre médical.

Ils étaient en discothèque, Rosa, Jean, Lemy et d'autres amis dont je ne sais rien, après un dîner chez Lemy. À un moment, Rosa s'est sentie mal, ses doigts étaient froids. Elle a dit à Jean qu'elle voulait rentrer. Il s'est attardé, elle a récupéré ses affaires au vestiaire et est sortie. Devant l'entrée, des témoins l'ont vue tituber et respirer bruyamment. Ils s'en sont amusés, croyant qu'elle était ivre – à cet endroit du rapport d'intervention des services d'urgence, ma mère a écrit dans la marge

Les connards.

Quelques secondes encore et Rosa s'est affaissée sur le trottoir. Lorsque Jean a rejoint à son tour la sortie, les secours étaient déjà là. On l'a fait monter dans un véhicule de police, les pompiers s'occupaient d'elle. Les danseurs ont été priés de sortir par l'issue de secours, dans une rue adjacente, si bien que les amis de Rosa n'ont appris que le lendemain qu'ils venaient de la perdre.

Jean, lui, a compris tout de suite.

Chaque matin vérifier derrière les cristaux de la vitre givrée : l'épaisseur vierge dans le jardin. Encore une journée pour les filles ; tout à l'heure elles se jetteront dedans, elles s'en éclabousseront et Rosa criera de joie.

Depuis des jours, une neige lourde tombe, inlassable berceuse ; elle fige leurs vies. Avant-hier la préfecture a annoncé la fermeture des écoles et la plupart des routes sont coupées. Certains ont sorti les traîneaux de bois, ils les chargent de leurs courses, les produits frais commencent à manquer au petit supermarché, les camions de livraison ont renoncé à monter jusque-là. Les ouvriers de l'usine Souvenirs Faure, une cinquantaine désormais, viennent travailler à pied s'ils le peuvent. Il a fallu aménager une pièce où ils font sécher chaussures et vêtements, il y a partout dans l'air une odeur de bottes mouillées.

Le sol de la chambre était gelé sous les pieds de Marcel quand il s'est réveillé ce matin et il entendait Marguerite pester contre le froid : au thermomètre de la cuisine, à peine douze degrés. Les précautions prises par Marcel, enrouler chaque tuyau de laine de verre, n'auront pas suffi. La chaudière s'est arrêtée, pétrifiée par le gel. Ils appellent Patrick Moïse le plombier, Marguerite accrochée à l'écouteur de l'appareil :

– Désolé, Marcel. Vous n'êtes pas les seuls à avoir la chaudière en panne, la température est tombée sous les moins quinze cette nuit. Il faut attendre que ça fonde pour réparer.

Inquiet, Marcel jauge Marguerite qui, étrangement, sourit à ce contretemps – nous allons faire du feu, pense-t-elle, enfiler de grosses chaussettes, nous mettre sous les édredons et attendre. En raccrochant, Marcel regarde par la fenêtre. Il est surpris. Pourquoi ne se plaint-elle pas ? De quoi cette acceptation est-elle le signe ? Un amant quelque part est-il en train de le narguer et de faire la joie secrète de Marguerite ?

Le givre est à peine grignoté en son centre par les rayons du soleil de midi. Marcel chasse ses idées, Marguerite n'ira vers nul rival aujourd'hui, retenue par la neige à ses côtés. L'arbre du jardin ploie, il faudra le secouer pour que les branches ne se brisent pas, les buissons ont disparu et la pelouse aussi, recouverts d'un épais pansement de plâtre. Tapis roulant arrêté.

Il faudra sortir tout à l'heure, prendre la pelle et dégager le chemin. À force de jeter la neige sur les côtés, il a monté de hauts murs de glace devant la maison. Et si jamais elle n'en finissait de tomber, pense Marcel, serions-nous engloutis dans notre maison, pour toujours ensemble, un couple que personne ne peut briser, une famille que rien ne menace ?

Après manger, les filles se jetteront par terre comme hier et avant-hier et encore avant-hier, comme demain et après-demain et encore après-demain. Elles agiteront leurs bras et leurs jambes pour dessiner des anges dans la neige. Leurs empreintes resteront jusqu'au dégel.

Elles hurleront de rire, le froid dans leurs cheveux, la morsure à leurs lèvres gercées, tout ce blanc brûlant de gel. Puis elles courront jusqu'au fond du jardin et se laisseront tomber dans la pente. La neige s'immiscera sous leurs écharpes. On entendra Marguerite s'inquiéter

— vous allez être trempées,

sa voix étouffée. Les sœurs s'en fichent : elles se roulent dans la poudreuse, c'est une chorégraphie étrange, et finissent allongées sur le dos, les yeux serrés par le froid, les joues rougies, à manger de la neige pour se désaltérer.

Rosa était l'unique horizon de Lilas.

Elle lui suffisait et personne ne put jamais vraiment rivaliser. Jusqu'à il y a trois mois, elle aura été la sœur de Rosa, plus sûrement encore qu'elle fut ma mère, la femme de mon père ou la fille de ses parents.

À l'adolescence, sa sœur remplit son univers. Cintodette est alors un village, vous le savez mieux que moi, mille habitants à peine. À part une fille vaguement suicidaire, qui crêpe ses cheveux et passe son temps en cures de sommeil, Lilas n'a pas d'amie.

Rosa, elle, joue avec la fille des voisins, Lucie Partière. Surnommée Lulu, elle vit avec sa mère et son grand frère Bertrand dans le pavillon qui jouxte celui de mes grands-parents, derrière une haie de thuyas. Leur père est parti quand elle avait cinq ans et leur mère ne s'en est pas vraiment remise. Sa maison passe pour être la pire de la rue : jamais rangée, sans heures de repas et peuplée d'animaux en tout genre, chats, canards, chiens, oiseaux, poules et même une chouette et un serpent que le grand frère nourrit de souris chaque soir. Pour éviter qu'ils s'échappent, les Partière ont construit dans leur jardin toutes sortes de cages grillagées, un campement provisoire ou une prison.

Rosa aime cette famille où les enfants ont le pouvoir et où les parents ne se bagarrent plus, faute de combattants. Leur mère passe le plus clair de ses journées à regarder la télévision et à fumer.

Partout dans la maison on trouve des coupelles pleines de ses mégots.

Bertrand est le chef de la maisonnée, donnant de petites tapes à sa sœur pour qu'elle lui apporte des tartines de chocolat pendant qu'il répare sa mobylette. Rosa est un peu amoureuse, il l'appelle petite pisseuse, elle prend ça pour un compliment.

Tout est possible dans cette maison, aménager le salon en piste de course de poules, agrafer les oreilles des chats, cramer des insectes, espionner le grand frère dans sa chambre avec sa copine, monter des comédies musicales, fumer des clopes ou manger ses crottes de nez, allongées dans l'herbe rare du jardin.

Lilas les voit depuis son arbre, vue plongeante sur le terrain des Partière. Son arbre : un charme centenaire aux branches immenses planté au milieu du jardin et sur lequel elle se perche pour lire. Elle y grimpe comme un garçon, en trois mouvements et un coup de hanche, et, rien de plus normal pour une fille au nom de fleur, elle pense qu'il la comprend. Lorsque, bien après tout ça, l'arbre sera coupé et la maison de mes grands-parents vendue, ma mère, et ça la surprendra, pleurera l'arbre plus que la maison.

Mais nous n'en sommes pas là.

Je n'en suis qu'au commencement.

Lilas, en bonne aînée, part la première de Cintodette après son baccalauréat. Toutes ses affaires tiennent dans un gros sac, un carton contient ses livres et son poste de radio. Son père la conduit à Paris un samedi matin, elle pleure tant quand la voiture passe leur portail qu'elle ne saurait dire si sa mère et sa sœur, dont elle voit vaguement s'agiter les bras dans le flou de ses larmes, pleurent aussi.

Ils lui louent une chambre près de son lycée. La pièce est minuscule mais il y a des toilettes, une douche et de quoi faire chauffer une casserole. Ma mère se fiche des conditions matérielles, tant qu'elle peut se consacrer à son projet, déjà un *projet*, tiens : elle veut devenir critique littéraire puisqu'elle n'aime rien d'autre que lire.

— Ce ne sont pas des métiers pour les gens comme nous, pense son père, sceptique, en installant une bibliothèque.

S'il savait que Lilas, chaque soir, après sa journée de cours, étendue sur son petit lit, s'entraîne. Elle s'imagine participer à des débats enfumés dans des émissions de radio bruyantes. Elle parle à haute voix et fume comme Marguerite Duras.

Chaque week-end est une retrouvaille. Lorsqu'elle arrive à Cintodette, le sac chargé de son linge sale, Lilas embrasse rapidement ses parents, oui oui bonne semaine, et elle monte en courant dans leur chambre. Elles ont tant à se raconter, à se sentir, à se toucher, que deux jours ne seront jamais assez.

Rosa, surtout, attend le vendredi soir. Enfin elle ne sera plus seule face *aux parents*. Depuis toujours il y a eux et elles. Chaque duo semble avoir ingéré les membres qui le composent : il est aussi incongru à Rosa d'être seule à table avec *les parents* que d'imaginer partir en vacances avec son père sans sa mère. Les filles sont *les filles* ; l'une sans l'autre n'est que la moitié incomplète d'un tout. Et Lilas est l'extension du duo envoyée en repérage dans la vraie vie.

Elle décrit avec tant de précision le lycée parisien que Rosa peut croire appartenir à ce petit monde d'élèves qui attendent dans le froid du matin d'hiver que la porte en bois s'ouvre sur la cour aux marronniers chauves. Ils fument, les filles ont des mitaines et des keffiehs entortillés autour de leur cou. Rosa peut se figurer le prof de philo, surnommé Enigma par les élèves, et cette Norvégienne éternellement perdue qui sert d'étalon :

– Si un jour, elle comprend un cours et toi non, saute par la fenêtre.

Comptant les semaines qui la séparent de sa propre arrivée à Paris, Rosa se gorge de tous ces récits. Petite fille, elle copiait les dessins de sa grande sœur et sa façon de fourrer ses lacets sur le côté des chaussures pour ne pas avoir à faire de boucles. Désormais âgée de quinze ans, elle porte les mêmes foulards que Lilas et se rappelle, parfois mieux qu'elle, la couleur de la robe (mauve) que celle-ci portait le jour de son entrée au collège ou le prénom de la sœur de son premier amoureux, depuis longtemps effacé de la mémoire de Lilas (Virginie, sœur d'Aurélien).

Ma mère s'agace parfois de ces imitations mais Rosa reste Rosa, sa seule confidente et la plus amusante des compagnes. Ses camarades de lycée seraient surpris de la voir rouler sur leur lit lorsque Rosa, en une intonation, devient la boulangère, indépassable dépositaire des ragots les plus hilarants du village.

Lilas a beau être reliée par l'élastique qui l'attache à sa sœur, elle s'éloigne progressivement de Cintodette. En quelques mois elle semble oublier sa qualité de provinciale et se prendre pour une vraie Parisienne, aller au cinéma le matin, lire le journal du soir, traîner dans les librairies. Depuis qu'elle a des amis avec qui elle partage les banquettes poisseuses des cafés, il lui arrive même de ne plus se souvenir, et c'est la gloire des capitales, qu'elle est timide.

Il va de soi que, dès que Rosa aura terminé son lycée, elle rejoindra sa sœur et elles feront *les filles* à Paris. En attendant la réunification, elles se disent tout ce qui peut l'être avant de s'endormir, jambes frottées comme autrefois, et s'écrivent le reste dans des mots qu'elles déposent, petits poucets, au milieu d'une pile de pulls, au fond d'un sac ou dans une chaussure pour que l'autre le trouve par surprise et ne se perde pas sur le chemin du retour.

— Nous serons bientôt ensemble mon roseau, écrit Lilas. Nous serons ensemble et mes amis seront les tiens, ne t'inquiète pas sœurette, tout ira bien.

Quelques jours avant septembre, ils laissent le chien aux Partière et toute la famille grimpe dans la voiture de Marcel. Cette fois personne ne pleure derrière le portail. Il s'agit de trouver un appartement aux filles, la chambre de Lilas étant trop petite pour deux. Ils enchaînent les visites et Marguerite a toujours un reproche à faire, trop petit, trop lugubre, trop loin, trop cher.

Le troisième jour, ils ont rendez-vous boulevard du Temple, là où mon père les rencontrera moins d'un an plus tard. L'appartement est situé près de la place de la République, et ma grand-mère a beau s'inquiéter des manifestations qui y sont organisées régulièrement, les filles se sentent chez elles dès qu'elles passent la porte. L'appartement est de guingois, les tuyaux font un bruit de fanfare et Marguerite a peur des travaux à faire mais tout le monde fait mine de ne pas l'entendre. Il est assez grand et deux belles fenêtres donnent sur le boulevard, laissant entrer une large lumière. Lilas s'imagine déjà ranger ses livres dans les trois petites niches creusées dans le mur.

Rosa saute de joie lorsque son père dit

— OK, on va le prendre

à la dame de l'agence,

elle serre la main de sa sœur, elles se mettraient presque à danser. Ils repeignent les murs, installent une table contre le mur et achètent un petit canapé jaune qu'elles déplieront chaque soir pour dormir ensemble.

Marguerite essuie quelques larmes lorsque, dix jours plus tard, Rosa boucle ses paquets.

— Nous serons là le week-end prochain, mam', ne t'en fais pas ça passera vite, lui lance sa cadette, trop pressée de prendre le train avec Lilas.

Son impatience, ils en parlaient beaucoup. Ça les amusait cette incapacité à temporiser de la petite alors que la grande était si posée.

— Son impatience et ses colères, disait son père en souriant, c'est tout ma cadette préférée.

Une anecdote célèbre concerne un anniversaire de Rosa, peut-être celui de ses cinq ans. Vexée qu'on lui demande de patienter avant de manger son gâteau, que sa mère tentait de découper équitablement, elle l'avait piétiné de rage, exponentiellement augmentée par les rires provoqués par sa réaction. Ma tante en grandissant avait abandonné la colère mais pas l'impatience.

De l'importance de savoir vivre vite.

Contrairement à sa sœur, Rosa ne veut pas commenter mais faire. Agir, bouger, danser, suer et postillonner dans les projecteurs : elle s'inscrit, malgré la perplexité de ses parents qui espèrent qu'elle réussira ses études de droit, dans un cours de théâtre. Rapidement, ma tante se démarque. Non qu'elle soit la plus jolie, d'autres ont la peau diaphane, les yeux clairs et les attaches plus fines, mais elle a un charisme, une voix ferme et l'art de n'avoir peur de rien, surtout pas du ridicule. Une autorité. Il faut la voir entrer sur scène, drapée dans le manteau d'un roi et toiser ses partenaires de son œil noir malgré sa petite taille.

C'est au cours de théâtre, lors de la première séance, qu'elle rencontre Jean. Sa jeunesse, c'est ce qu'elle remarque d'abord, ses joues rondes et ses cheveux bien peignés. Il plie son imperméable sur le dossier de son siège avant de s'asseoir. Jean Maurienne.

Une grâce un peu fragile émane de lui et lorsque ses yeux vaguement bridés se posent sur elle, Rosa ressent une chaleur inconnue dans la poitrine. Elle est si troublée qu'elle ne peut en parler à Lilas le soir même ni celui d'après ni tous ceux du mois qui suit. C'est peut-être son premier secret.

Il est étudiant en histoire, destiné à

l'enseignement comme ses parents avec qui il vit en proche banlieue. Il est si impressionné à l'idée de monter sur scène qu'il est souvent pris de tremblements lorsqu'il ne défaille pas.

– Tu vas l'adorer : il s'évanouit.

Effectivement Lilas l'adore. Jean a de l'esprit et un humour un peu acide qui fait les délices des filles et de Seymour – il les trouve si européens.

Mon père, qui se consacre peu à sa mission officielle (représenter la Silver and Silver en Europe) mais beaucoup à sa passion de la photo, a pris des centaines de Polaroid de leur quatuor. Elles sont au Centre de conservation photographique, au département des années 1990, allez les regarder si cela vous intéresse. On les y voit boire du vin, fumer des cigarettes, jouer aux cartes et écouter de la musique assis sur des tapis. Jean est moins bien peigné, il a remplacé son imperméable par une veste à capuche, Rosa et Lilas portent des pulls colorés à col rond, bleu turquoise pour l'une, vert anis pour l'autre. Ils auraient pu ne rien faire d'autre et la vie aurait été délicieuse.

Environ un an après l'avoir rencontré, Lilas s'est installée avec Seymour. Ils habitent un vaste deux-pièces vers la Gare du Nord. Rosa a gardé le studio du boulevard du Temple. Très vite Jean emménage avec elle mais régulièrement, lorsqu'il s'absente, ma mère retourne dormir avec sa sœur.

Elles se mettent en culotte et T-shirt et se glissent sous la couette du canapé-lit jaune ; leurs jambes se trouvent et s'emmêlent ; elles rient, rient jusqu'à ce que le sommeil les abatte.

Paris se réduit à leurs appartements et les deux sœurs, noyau joyeux de ce petit monde, rayonnent : elles ont trouvé le moyen d'être adultes ensemble. J'ai vu cent fois ces photos, ma mère feuilletait ses albums, j'étais sur ses genoux, des larmes mouillaient parfois ses joues, oh qu'ils sont jeunes et beaux.

Peu à peu un cinquième personnage apparaît sur les photos. Ma mère a sympathisé avec une fille du lycée, Annabelle Hyriée. Un jour, alors qu'elle la rejoint dans un de ces cafés sombres où elles ont leurs habitudes, Annabelle lui présente son cousin Barthélemy Hyriée. Oui, le futur écrivain. Vous ne saviez pas qu'ils se connaissaient ? Vous avez pourtant dû le croiser en ville, il est venu ici souvent.

Alors que ma mère se fraie un chemin entre les tables pour les rejoindre au fond du bar, elle découvre ce long garçon très maigre et atteint d'une maladie génétique du système pileux qui le rend complètement chauve et imberbe : ni cheveux, ni sourcils, sa peau lisse comme celle d'un animal – elle pense à un serpent.

Barthélemy est malgré tout très beau et lorsqu'il déplie son corps de danseur sanglé dans un pantalon de cuir noir pour saluer Lilas, elle est tellement impressionnée qu'elle lui tend timidement la main. Ça amuse Barthélemy. Ils garderont cette habitude. Entre eux pas d'embrassades, mais de longues poignées de mains, salutations pleines d'ironie et de respect.

Sur la première photo que mon père a prise de lui, il a le regard caché par le rebord d'un chapeau et les mains dans les poches de son pantalon de cuir. Il sourit en regardant le sol. À sa ceinture se trouve l'étui du couteau dont il ne se sépare jamais. Lilas marche à ses côtés, elle serre un sac contre son ventre et n'offre qu'un sourire un peu grave au photographe. Ils ressemblent à tous les jeunes gens de toutes les générations et bien que le Polaroid soit en couleurs, on dirait que la photo est en noir et blanc.

Personne n'aurait pu parier qu'il serait un jour couvert de prix littéraires mais c'est en auteur que Barthélemy Hyriée, qui n'a encore rien publié, entre dans leur vie. Ma mère, toutes les fois qu'elle m'en parlera, me dira à quel point

– il était convaincu qu'il avait une œuvre à écrire, oui même à vingt-cinq ans, il le savait ; il ne doutait pas qu'il y arriverait et même si cela pouvait paraître ridicule ou prétentieux ou arrogant, nous n'en doutions pas non plus.

Un jour il débarque chez elle et demande, essoufflé, si Lilas veut bien lire ce qu'il a écrit. Une liasse de papiers photocopiés qu'il dépose sur la table avant de dégringoler l'escalier. Il s'agit d'un court texte sur un enfant parricide. Lilas l'annote, gravement. Vraiment, lui dit-elle le soir au téléphone, tu devrais l'envoyer à des éditeurs, je suis convaincue qu'ils aimeraient cela, c'est original et fort ; elle dit univers et langue, elle dit

– fais-le, n'aie pas peur, lance-toi !

Il répond qu'il l'a envoyé déjà, il y a plusieurs semaines, et qu'une éditrice renommée lui a donné rendez-vous pour le lendemain.

– Alors ton texte sera publié.

– Si je le veux, c'est moi qui décide, dit-il avant de raccrocher.

Ma mère aurait aimé être la première lectrice mais on n'exige pas ces choses-là de Barthélemy Hyriée, on espère qu'un jour on les méritera. Elle aime qu'il soit volontaire, à l'opposé de tous les velléitaires qui hantent les salles de la faculté où elle termine son cursus de lettres. Lui ne fréquente que bibliothèques et cinémas ; pas besoin de professeurs quand on sait où l'on va.

Lilas l'admire et c'est une bonne raison pour aimer. Je précise, car je vois la question naître sous vos sourcils, que leur amitié n'a rien d'ambigu. Barthélemy affirme, avec autant d'assurance que son goût pour les avant-gardes, son amour exclusif et immodéré des garçons. Ça lui donne une aura supplémentaire.

Arrivé seul à Paris, ils sont ses premières attaches et pendant longtemps les uniques, à qui il prépare des repas gargantuesques. Rôtis, gratins, crumbles, tout est gras, grillé, juteux. Le jeune homme prend une place de plus en plus importante dans leur vie et chacun projette en lui ses rêves. Jean est fasciné par cet écrivain sans texte, Rosa se trouve un grand frère qui saurait dire à ses parents que ses études de droit l'ennuient. Ma mère un ami des livres. Mon père, derrière son objectif, le scrute comme son propre père détaillait les pierres dans son arrière-boutique de Brooklyn : méticuleuse-ment. Comprend-il qu'ils viennent de rencontrer quelqu'un de précieux et dur comme le diamant ?

C'est à cette époque que Seymour réalise cette célèbre série d'images d'Hyriée dévorant du bœuf saignant. Il tient l'entrecôte à la main, la viande sanguinolente. Sous son crâne lisse, sa bouche immense ; on ne sait s'il rit ou s'il crie, un ogre enfantin. Autour de son poignet, un bracelet de force en cuir attire le regard.

Je me suis souvent demandé ce que Hyriée avait pu trouver à mes parents. Ma mère disait qu'ils formaient une sorte de famille tous les cinq, une famille de déracinés qui fête ensemble Noël et les anniversaires, qui part en vacances et passe ses dimanches ensemble, c'est peut-être juste cela.

Sous l'influence de Barthélemy, leurs dimanches se transforment peu à peu en réunions clandes-tines d'un petit groupe déterminé à conquérir sa place. Ils passent de longues heures à établir des stratégies de conquête.

Lilas n'a pas renoncé à son destin de polémiques

nicotiniques, elle rêve d'intégrer l'équipe d'une célèbre émission de radio, *Kritik*,

– avec deux K comme dans klaxon, dit Rosa,

ils assaillent de courriers le présentateur de l'émission, cherchant jusque tard dans la nuit la formule qui fera mouche. Ils en font même un jeu littéraire, un exercice de style que les filles baptisent le *Deuka*. Jean et Barthélemy écrivent certaines lettres en alexandrins et Rosa les déclame, montée sur le petit tabouret bleu que ma mère a ramené de Cintodette. Mon père les agrémente de Polaroid abstraits. Si l'on veut on peut, s'encouragent-ils, et les filles appellent ça leur *new dictoune.*

Ma mère ne reçoit aucune réponse à ses lettres mais je me représente ces moments comme des séances bouillonnantes où chacun puise dans le groupe l'énergie de ne pas renoncer à son ambition.

J'exagère bien sûr : en vérité, ils jouent surtout aux cartes, le tarot fait le bonheur des groupes de cinq ; ils mangent du jambon et boivent du vin ; parfois mon père leur fait des hamburgers et les autres tapent sur la table comme à la cantine : burger, burger, burger !

Dans le groupe, Rosa joue son rôle de flamme vive et joyeuse, finissant toujours par lancer un de ces débats où il est difficile d'avoir un avis tranché et elles appellent ça le *nenpensekoi* : pour ou contre la prostitution, vaut-il mieux un innocent en prison ou un coupable en liberté, pourrait-on vivre sans argent, d'où viennent les blagues ?

Un soir, au milieu de ce gentil brouhaha, Barthélemy demande le silence : il a reçu les épreuves de son premier roman, *Nos pères dus*, un texte radical que la critique encensera dans quelques semaines – l'émission *Kritik* lui consacrera même vingt minutes, en faisant l'événement de la rentrée littéraire. Son crâne blanc et sa silhouette étrange enchanteront les journaux, on illustrera les articles sur le « phénomène Hyriée » par un Polaroid de mon père, Barthélemy refusant déjà d'être photographié et filmé,

– il est comme Dieu dont on ne peut figurer le visage, plaisantait Seymour.

Il brandit les épreuves, elles passent de mains en mains. Ils savent qu'ils vivent un moment historique de leur groupe alors ils exagèrent leur joie et s'embrassent comme une équipe de football venant de remporter un mondial.

Ma mère, assise en tailleur par terre, applaudit son ami, à moins que ce ne soit leur petite communauté qu'elle acclame. Ses lèvres sont bleues de tout le vin bu.

Années bénies, queens of the world,
beau temps ne dure jamais.

Merci pour le café, maître.

Je veux continuer si cela ne vous indispose pas. J'imagine que ce que je vous raconte résonne avec des choses que vous avez consignées dans vos dossiers, des noms, des événements. Ainsi l'histoire sera-t-elle complète, de part et d'autre de votre bureau : vous en aviez la carcasse, je vous en apporte la chair.

Je vous vois comme l'homme discret qui se tient derrière le rideau pendant toute l'action et n'entre en scène qu'après la mort des héros. Des secrets, vous êtes le tombeau ; nos histoires, les taire, monsieur le notaire ; des petites misères intimes vous savez faire la toilette, bien lavées et bien peignées, même un peu maquillées avant qu'on les couche dans leur cercueil, qu'on les voie jolies à l'heure où l'on scellera les boîtes.

Leurs dernières vacances ensemble furent deux semaines dans le Vercors. Le séjour restera dans leur mémoire comme un moment enchanté, elle m'en parlera souvent, les derniers feux de l'âge d'or, la fin de l'adolescence, je veux dire la vraie fin de l'adolescence.

À leur retour à Paris, tout aura changé.

Pendant les vacances, ma mère est prise de nausées, elle se sent fatiguée, elle ne participe pas aux footings qu'enchaînent Seymour, Jean, Rosa et Lemy (c'est ainsi qu'ils surnomment Hyriée). Vite essoufflés, ils courent à peine vingt minutes mais marchent des heures sur ce plateau aride où ils louent un petit gîte. Je crois que c'est l'été où Rosa a teint ses cheveux en blond mais je ne suis plus sûre, nous pourrons vérifier dans le Catalogue capillaire si ces détails vous intéressent.

Le soir, ils mangent des grillades en buvant du vin léger. Et Rosa demande le silence en faisant tinter son verre.

— On se prend la main, on ferme les yeux.

— Rosa, non, pas encore ce jeu baba cool !

— Tais-toi Jean, fais-moi plaisir, prends la main de Seymour et donne-moi la tienne. Voilà. Tout le monde est prêt ?

Ils sont tous les cinq attachés les uns aux autres, une petite ronde autour de la table. Les grands bras de Barthélemy s'écartent. Avec son crâne chauve on dirait un grand oiseau protecteur, les deux ailes déployées. Il tient à gauche ma mère, à droite Rosa. Ils pouffent un peu. Le groupe, pour chacun, est une bénédiction qui les augmente.

– À trois on ferme les yeux et on se concentre. On se dit pour soi ce qui compte le plus en ce moment.

Ce sont des déclarations intérieures, elles n'en sont pas moins solennelles.

Rosa : vite la suite !

Lilas : tout est là, rien ne manque.

Seymour : là-bas est terminé.

Jean : partir passe par elle.

Hyriée : combien de temps encore serai-je l'élu ?

Lorsqu'à la fin de l'été, ils rentrent à Paris, Lilas consulte un médecin pour les nausées. Son diagnostic est une bonne nouvelle : elle est enceinte. Bien avant sa mère, bien avant mon père, c'est sa sœur qu'elle appelle en sortant du cabinet médical. Elle lui doit bien ça.

Elles ont joué tant de fois aux dames, serviettes de toilette sur la tête et coussins sous le maillot pour arrondir leurs ventres plats, leur lit transformé en pouponnière puis en crèche où de multiples bébés demandent à être nourris en même temps.

Rosa est alors la plus impatiente à devenir mère, se voyant à la tête d'une tonitruante fratrie. Elle ne sait pas encore que Jean ne voudra pas d'enfant, elle ne connaît même pas l'existence de Jean et ne se préoccupe que de dresser sa liste de prénoms. Elle a décidé de ne suivre qu'en la tordant la règle familiale et appellera son fils Tournesol, tant pis si c'est un nom de fleur, donc de fille. À sa fille, elle donnera le nom d'un arbuste qu'elle aime plus que tout, Mimosa.

Ma tante est là,
dans ces fleurs jaunes
que nous lui déposons chaque semaine.

Dans leurs jeux de petites filles, Lilas s'invente aussi des enfants, un Olivier et une Capucine, mais elle n'y croit guère, convaincue qu'elle mourra avant l'âge d'être mère. Car si Rosa est la comédienne de la fratrie, Lilas en est incontestablement la tragédienne.

Une ombre voile souvent son regard, qu'elles appellent *la sombra*. Elle pleure parfois sans raison, et elles appellent ça *la chiale*. Elle n'a pas la santé et la robustesse de sa sœur, elle est la seule des deux à avoir *la tête qui tourne* au moindre soleil et à devoir s'allonger, aussi pâle que le ventre d'un bébé, les yeux mi-clos et le souffle court. La seule à craindre les foules, les insectes, les vagues et les orages – Rosa, elle, sort sous la pluie, la bouche ouverte pour en boire les gouttes.

Elle est sans cesse à l'affût de sa mort ; persuadée qu'elle sera précoce, elle en sent les prémices plusieurs fois par jour. Elle appelle ça *le pressentiment*. La première fois, la crise la prend lors d'un voyage en voiture. La famille rentre de vacances, les parents écoutent la radio, c'est l'été où Marcel porte la moustache épaisse et noire ; Marguerite a enlevé ses chaussures et posé ses pieds sur le tableau de bord, derrière, le chien dort entre les filles et soudain le cœur de ma mère accélère.

Sans raison.

Asphyxiée par la surprise, elle ouvre grand la fenêtre, réveillant le chien, faisant râler les parents et rire Rosa qui ne comprend pas que sa sœur se croit mourir. L'air de l'autoroute, bruyant, sale, froid, s'engouffre dans la voiture et Lilas n'entend rien d'autre que la fureur de son cœur, elle devine à leurs gesticulations ses parents crier et Rosa rire de plus en plus fort, heureuse du journal qui se déchiquette et s'envole anarchique dans l'habitacle, excitée par le claquement de l'air sur la plage arrière.

Claquement au rythme, papoum papoum, de son sang dont elle mesure la cadence folle dans son cou.

– Ce n'est rien, dit le médecin consulté le lendemain. Spasmophilie, une maladie de jeune fille émotive. Il faut pas s'en faire Lilas, tout ira bien.

Il a beau avoir dit, sa main sur son épaule

– ce n'est rien, ne t'inquiète pas,

elle prend l'habitude de contrôler son pouls et ne s'endort plus qu'ainsi, le pouce collé à la veine qui bat à son poignet gauche. Elle compte les pulsations pendant cinq secondes puis les multiplie par douze. En dessous de quatre-vingts battements par minute, elle est satisfaite, au-delà l'inquiétude commence, accentuant la cadence du cœur.

Mon arrivée déjoue les prévisions de Lilas. Elle se voyait mourir avant d'être mère et haussait les épaules lorsque Barthélemy lui demandait
– alors, à quand le polichinelle dans ton tiroir ?
et la voilà s'arrondissant de vie. Ce n'est pas seulement un enfant qui pousse dans le ventre – et elle réveille Seymour pour qu'il sente mes mouvements souterrains – mais aussi une conviction : sa peur de mourir est terrassée, toutes ces mauvaises pensées qui l'avaient empêchée de courir sous l'orage, de traverser des foules et de nager dans l'océan n'étaient que du temps perdu. Il n'arrivera rien, son pouls ne cessera de rythmer ses journées, un-deux-trois-quatre-cinq, métronome bienveillant, et d'insuffler l'énergie pour deux, pour trois, pour quatre, pourquoi pas pour cinq ?
Son visage a l'air de rajeunir, la ride entre ses sourcils s'estompe. Elle sourit sur tous les clichés pris par mon père, tous. Il n'y a plus qu'une seule chose qui la bouleverse.

Un gymnase, pas un théâtre.
On a relevé les panneaux de basket, tendu un drap sombre sur les espaliers de gymnastique et oblitéré les fenêtres avec du papier noir. Une estrade a été installée dans la largeur du terrain de

volley-ball et des chaises alignées, sur dix rangées au moins.

Un bruit de volière.

Les spectateurs enlèvent leurs manteaux. Lilas se retourne : derrière les chaises, Jean est adossé au mur, livide. Il a vomi tout à l'heure dans les vestiaires qui leur servent de coulisses. Un liquide vert, étrange, il a vomi et ça a causé toute une agitation inutile de comédiens inquiets et d'amis impuissants. Il n'y a que Rosa, occupée à se maquiller, qui semblait ne pas s'en soucier. Lemy a fini par dire à Lilas et Seymour, avec cette autorité qu'ils n'acceptent que de lui,

– je reste avec le petit, c'est mieux qu'il ne soit pas seul ; si nous sommes trop nombreux autour de lui, ça augmentera son angoisse, allez vous asseoir.

Deuxième rang, brouhaha, tempes battantes, elle lâche son pouls et pose sa main sur la cuisse de Seymour, en haut, cet endroit entre ses jambes qui la rassure ; mon père a son air d'Américain, tentant de compenser par son affabilité sa crainte de ne pas comprendre les nuances du texte que les acteurs vont interpréter ; les parents de Lilas et Rosa s'installent à leurs côtés et ceux de Jean aussi, avec leurs petites lunettes de professeurs. Ils ignorent que leur fils a vomi, ils pensent que tout est normal, des décennies qu'ils assistent aux spectacles du club théâtre du collège, ils ne comprendraient pas que Jean en gerbe de peur. C'est sa mère qui a les yeux bridés, remarque Lilas, mais Lulu Partière surgit dans son champ de vision et l'empêche de suivre cette piste.

Lulu Partière et sa mère. Elles ont fait voiture commune avec les parents depuis Cintodette. Christine embrasse ma mère distraitement, elle a toujours cette odeur de tabac chaud, Lilas leur présente Seymour.

Mon grand-père Marcel, son sourire de VRP, serre les mains et place les spectateurs, c'est sa soirée ; Marguerite a déjà mal au dos, elle fait des gestes pour l'expliquer à sa sœur Iris qui arrive à grandes enjambées.

Lilas voudrait que ça commence, que ça finisse, qu'ils s'en sortent. Jusqu'au milieu de la nuit, elle a fait répéter son rôle à sa sœur. Elle la sait prête. Mais dans les coulisses, elle a vu Rosa transpirer, des auréoles immenses sous ses aisselles,

– un petit trac mon Lilas, ne t'inquiète pas, ça me fait toujours ça,

et les mains de Jean qui tremblaient bien après le vomissement.

Lilas a peur pour eux, son ventre noué.

– Ça sent les pieds, non ? demande Marguerite l'air écœuré.

Combien sont-ils ? soixante peut-être, tirant les chaises avant de s'y asseoir, puis s'y dandinant, d'une fesse à l'autre. La lumière de la salle s'éteint, ils se mettent à tousser.

Jean a imaginé cette série d'adaptations de classiques qu'il appelle Millénaire (et j'entends Mille et R) puisque l'an 2000 qui approche sera le leur. Rosa en a systématiquement le premier rôle, fût-il âgé et masculin. Elle incarne Richard III, l'Avare, Médée ou Ubu roi dans de petites salles mal chauffées et résonnantes. Lilas est toujours dans le public, qui récite à voix basse le texte de Rosa. Le plateau est le royaume de sa petite sœur, depuis le lit de leur enfance c'est ainsi : Rosa joue pour Lilas et Lilas regarde pour Rosa. Ce soir comme les précédents, les deux sœurs se retrouvent encore à leur façon : l'une dans l'ombre regarde avec fierté l'autre défier l'éternité sur scène. Au théâtre tout meurt dans l'instant, Rosa est à jamais cette silhouette courageuse qui s'avance dans le halo du projecteur.

Cette fois, elle est Phèdre.

Les acteurs portent des masques d'animaux à l'exception de Rosa, visage grimé de blanc. Hippolyte est un cheval puissant, Thésée un taureau vieillissant. Lilas connaît le texte par cœur, souffleuse muette qui le murmure pour elle-même. Elle oublie le gymnase et les vomissures de Jean, elle n'entend plus les toux et les bruits de mouchoirs. Elle n'est concentrée que sur la scène, elle est la scène, chaque atome autour de Rosa, elle est l'air qui l'entoure, elle est Rosa qui est Phèdre, elle est le poison dans son sang. Lorsque, au dernier acte, Phèdre s'empoisonne et agonise, sobriété mortuaire du jeu de sa sœur, Lilas ne peut contenir les pleurs.

Ce qui la tue : le courage de sa sœur.

Intarissables sanglots qui continuent bien après que le rideau ferme la scène, comme un fleuve venu de loin, chargé d'alluvions millénaires, pour inonder dans un chaos indescriptible la langue de terre où Lilas et les siens vivent, un fleuve qu'elle aurait attendu sans le savoir depuis longtemps, des années à ressentir sans pouvoir la nommer la terrifiante et inévitable menace.

Lorsque enfin Rosa les rejoint après s'être démaquillée, Lilas la prend dans ses bras et la serre si fort que les autres se moquent d'elle.

– Je t'aime tant, comme tu es belle en scène, répète-t-elle le visage dans le cou encore blanc de sa petite sœur, ô ma sœur, ô mon roseau.

Rosa connaît ce chagrin par cœur, *la chiale*, *la sombra*, mille fois elle l'a épongé.

– Ah ma Li et ses pâmoisons de jeune damoiselle, qu'on lui porte des sels, clame-t-elle cette fois en essuyant les joues de sa sœur.

Rosa est la seule qui aurait pu consoler ma mère mais qui reconnaît les chagrins prémonitoires ?

Ils m'attendent.

Toute une petite famille se prépare. Rosa vient souvent, pose sa tête contre le ventre de sa sœur et me parle. Lemy est plein de principes, il veut que mes parents se marient,

– sinon ce ne sera pas vraiment une famille.

Il est avec Rosa et Jean au premier rang des témoins de l'union quand deux mois avant ma naissance, Lilas devient madame Silver-Faure.

Quelqu'un a filmé la journée : on voit Rosa applaudir et Lemy sourire sans ironie lorsque Jean bredouille un discours. Ma tante a mis une jolie robe noire, elle porte des pendants d'oreilles bleus. À la fête qui suit, ils dansent tous les trois, Jean, Rosa et Lemy, elle est gracieuse et ils sont élégants. Elle fait des arabesques avec ses bras, passant de l'un à l'autre comme une rivière sinueuse. Les gens d'ici leur trouvent un style parisien.

Il est facile aujourd'hui de raconter une autre histoire. Si Rosa, Jean et Lemy se déhanchent si joliment cette nuit-là, c'est qu'ils partagent un secret qui les rend joyeux et tendres. Mes parents, penchés sur le ventre de ma mère, tout occupés à se dire

– je t'aime I love you,

n'en savent rien ; Lilas charge sa sœur de danser par procuration pour elle, à qui les médecins ont interdit de bouger, lorsqu'un de leurs morceaux préférés fait pulser les baffles et Rosa se déchaîne en tournant autour d'elle pour la faire pleurer – de rire.

Total eclipse of the heart.

Pensez-vous qu'il est possible de connaître quelqu'un qu'on a très peu vu ?

Six fois.

La première, c'est à la maternité, j'ai douze heures à peine et Rosa est la première de nos visiteuses. Elle m'offre un ourson et à sa sœur des produits de beauté. Elle est émue et ma mère est bouleversée de la voir émue, si bien que les deux sœurs pleurent au-dessus de mon petit lit d'hôpital, leurs larmes sont mes fonts baptismaux, elles sont de joie. Rosa reviendra le jour d'après et encore le suivant.

Chez elle, elle écrit sur le panneau qui lui sert de pense-bête

Tu es ma Daffodil, ma folie

et elle l'entoure de petits cœurs. Jean se moque

d'elle mais elle lui interdit de l'effacer. J'ai long-temps eu ce panneau dans ma chambre.

Quand je rentre à la maison avec ma mère, elle est là aussi qui prépare un repas pendant que mes parents essayent de reproduire les gestes qu'on leur a appris à la maternité.

L'avant-dernière fois, c'est mon bain. Ils sont tous les cinq, un peu serrés dans la salle de bains, mon père a son Polaroid, on l'aperçoit dans le miroir, je suis si petite encore qu'on me lave dans le lavabo et Rosa, concentrée, me tient de la main gauche comme lui a montré Seymour, de l'autre main elle fait glisser l'éponge sur mon ventre où germe le reliquat du cordon ombilical, petit escar-got bruni, Lemy et Jean sont à l'écart dans un coin de la pièce, ils sourient mais ne s'approchent pas, elle me sort de l'eau maintenant, ses mains me maintiennent fermement, surtout ma tête qu'elle tient droite, je ne risque rien, elle m'en-veloppe d'une petite serviette et me porte contre elle, la serviette glisse et découvre mon dos mais je n'ai pas froid contre elle, je suis une petite boule un peu cuivrée, mes cheveux sombres comme les siens, elle nous regarde toutes les deux dans la glace, se voit-elle mère ? elle murmure à mon oreille des choses dont je ne me souviens pas – et qu'elle ne répétera pas.

Barthélemy m'a offert des livres et ça n'a étonné personne. Il prépare un filet de bœuf pendant qu'ils m'habillent. C'est un début de routine entre nous. J'ai une dizaine de jours et il leur semble que j'ai toujours été parmi eux. Lilas, le soir, s'allonge auprès de Seymour. Avec son index, elle dessine des petits ronds sur son épaule, leur bonheur est si dense, si compact, qu'elle pourrait le toucher, comme ces paquets d'argile qu'elles avaient l'habitude de malaxer pour les sculpter ;

– rien ne peut nous arriver, Seymour mon amour, nous sommes les plus forts du monde.

La dernière fois est en noir et blanc. Elle me donne le biberon, c'est un après-midi. Puis elle m'installe entre ses deux bras, les coudes calés sur ses cuisses. Sa main droite soutient délicatement ma tête. Elle me regarde dans les yeux, nos visages ne sont qu'à quelques centimètres l'un de l'autre. Elle a attaché ses cheveux noirs, ça la vieillit un peu, elle est très jolie.

Avant qu'elle ne s'en aille, les deux sœurs boivent un thé en établissant la liste des gens à qui envoyer le faire-part de ma naissance. Seymour lui trouve l'air las. Rosa plaisante en disant qu'elle a un petit baby blues depuis que je suis née, elle a pleuré sans raison dans le métro. Elle dit qu'elle se sent fatiguée ces derniers jours, un peu essoufflée.

Puis elle doit y aller, elle a rendez-vous chez Lemy chez qui un dîner est prévu mais ils doivent

– parler d'un truc avant que les autres arrivent,

elle le dit comme ça, en passant, sans insister, mais elle le dit quand même.

Lilas s'en souviendra le lendemain, et aussi que Rosa avait mis du rouge à ses lèvres.

Elle enfile sa veste, nous embrasse, touche mon petit nez, et se retourne une dernière fois en lançant

– s'il ne pleut pas demain, nous pourrions faire une promenade tous ensemble, ce serait chouette.

La nuit est bientôt là et je n'en suis qu'aux prémices de mon histoire.

Pensez-vous que je puisse revenir demain à la même heure ? Nous pourrons étudier vos documents car je sais que cela vous importe. Je vais les regarder ce soir, ainsi nous serons plus efficaces ; cet argent venu d'Amérique il y a longtemps et attendant sa prochaine destination, nous en parlerons soyez-en certain.

Je prends vos dossiers et je vous souhaite une bonne soirée. Merci de m'avoir écoutée, maître.

Comment ?

D'accord, je veux bien, mais si je vous appelle Pierre-Antoine, vous devrez m'appeler Daffodil !

Je sais, c'est un drôle de prénom mais il vaut mieux que Jonquille et vous verrez : on s'y habitue.

mardi 6 octobre
deuxième rendez-vous

Enlevez le soleil à la lune, elle s'éteint.

Lilas sombre dans un monde de ténèbres.

Elle qui a passé des années à défier le *pressen-*
timent, croyant entendre sa propre mort avancer dans ses veines, n'a jamais songé que d'autres
qu'elle pouvaient disparaître. Elle n'imaginait
pas la douleur du deuil. Derrière les vitrines de
bonheur obligatoire, elle découvre tout un petit
peuple baignant dans un océan de silence glacé.
De partout sortent des endeuillés qui se présentent à elle, un mouvement de la main en signe
amical, un sourire impuissant aussi.

La vendeuse à la pharmacie : elle a perdu son
frère à l'âge de dix-sept ans, vingt ans après elle dit
que le temps apaise un peu mais que *ça ne passe*
jamais ; le technicien de la radio : un frère aussi,
dans un accident de moto, il n'en parle jamais, son

menton tremble quand il dit ça ; la grand-mère d'une de ses amies pleure chaque jour sa jumelle morte à près de quatre-vingts ans ; le copain de fac, son frère, vingt ans, retrouvé froid dans son lit de ce qu'on pensait n'être qu'une grippe, et aussi une comédienne, une photographe, un écrivain.

Tous amputés d'un frère ou d'une sœur.

Fausse communauté pourtant,

aucun n'a perdu Rosa.

C'est comme un effondrement intérieur.

Lilas n'a plus peur de mourir, plus jamais ne prend son pouls, elle sait maintenant que le *pressentiment* concernait l'autre partie d'elle-même, Rosa la robuste. Ce n'est plus la mort qui l'angoisse mais pire : devoir vivre sans sa sœur. Les sables mouvants de la solitude la prennent, ils étendent à perte de vue leurs boues dégoûtantes, elle est enfant abandonnée dans la guerre, seule sur le champ de bataille, tous les autres abattus et elle debout, aberrante vivante.

Tout change.

C'est ainsi que l'on comprend le sens du mot « irréversible ». S'asseoir et regarder le désastre. Depuis que ses parents ont frappé à la porte, elle sait que son enfance est morte, lacérée en mille lanières douloureuses, et que dans le cercueil où ils ont couché Rosa, toute petite dans cette boîte en bois clair, ils ont déposé l'odeur et l'aspect, si blanc, si plissé, de leur peau après la piscine, elles font des chorégraphies et se pincent le nez comme les danseuses de natation synchronisée, et les jeux de voiture, elles comptent les voitures blanches ou bien leur père coupe l'autoradio au milieu d'une chanson et elles doivent tenir le rythme jusqu'à ce qu'il le rallume, emportés jusqu'aux flammes aussi, sans même un papier de soie pour les protéger, leurs mots inventés, les déguisements de Rosa, la fois où elles ont mis les soutiens-gorge de Marguerite et ses fards à paupière violets, brûlés les fous rires et le grand lit où ses jambes ne touchent plus d'autres jambes. Ce n'est pas un déménagement, c'est une expulsion d'elle-même. Pendant plusieurs semaines, Lilas dort sur un petit matelas jeté par terre dans le salon.

Savez-vous cela, Pierre-Antoine : combien de temps faut-il au rescapé d'un bombardement pour s'endormir à nouveau tranquillement ?

Et les gravats ?

Qui les enlève quand tous sont touchés ? Lequel des blessés se charge du travail ? Ma mère n'a pas la force de balayer les débris de son enfance, elle laisse les poussières de la dévastation tout envelopper, de temps à autre mon père passe un coup d'éponge, mais bientôt la cendre recouvre tout et sa tête bourdonne des insectes qui viennent se repaître des déchets. Si par hasard son regard se pose sur moi, il se détourne vite. Incongrue enfant au milieu de cette peine, petit filet de vie dans un désert morbide.

Je ne suis pas de son monde éteint.

Puisque Rosa n'était ni mariée ni mère, ses parents et sa sœur héritent d'elle. Lilas donne à Jean l'argent qu'elle reçoit, quelques milliers d'euros placés sur un compte d'épargne, et ne lui demande en retour qu'une chose : que lui revienne le petit canapé jaune.

Elle l'installe dans notre salon et y passe des heures, pleurant sans larme, fermant les yeux sans dormir ou au contraire les fixant au plafond comme si elle tentait de détailler au laser les contours de l'effroi qui la terrasse.

Parfois Seymour lui dépose son nourrisson sur le ventre, elle me touche à peine, on dirait qu'elle a été foudroyée.

Mon père est un parachutiste américain.

Héros tombé du ciel pour nous sauver, il ravale son propre chagrin, lui qui aimait Rosa comme un grand frère, pour adoucir celui de ma mère. Il ne savait pas à quoi servir et se découvre au creux de cette peine une raison d'être, de celles qui conduisent une vie : s'occuper de nous. Jusqu'au bout, il s'y tiendra comme on s'accroche à un mât dans l'avarie. Le petit Seymour de Brooklyn a enfin trouvé son lieu d'amarrage, il est agité parfois, et battu par de mauvais vents, mais lorsque je ris et qu'elle sourit et que nous sommes une famille malgré nos biscornus, il sait qu'il ne s'est pas trompé. Ça lui suffit. Alors il lutte pour faire revenir le soleil. Il caresse ses cheveux, il embrasse la ride entre ses deux yeux, cette scarification qui marque sa chair d'un chagrin dont ils connaissent désormais l'origine ; il secoue mon hochet et agite des marionnettes pour me distraire. Il met de la musique très fort, pour couvrir tout le silence il en faut des décibels, il aimerait danser, les voisins râlent, il s'excuse humblement, une main sur la poitrine,

– j'ai fait mon sourire de petit juif polonais, dit-il en refermant la porte mais ça n'amuse plus Lilas.

Il combat sur deux fronts : me faire croire que la vie est douce et tenter de retenir sur notre rive ma mère que plus rien n'attache. Patiemment il la couve comme on veille un grand blessé et me soigne comme une petite fleur qu'il faut protéger de la tempête, minuscule jonquille affrontant une violente glaciation.

La plupart du temps, nous sommes seuls. Elle surtout, jumelle mutilée. Elle s'emmure, ne veut que dormir pour rêver de Rosa et qu'au réveil, tout cela ne soit qu'un cauchemar.

Mais quand elle se réveille :

Rosa est toujours morte.

Pendant des années, elle pleure chaque matin en silence. C'est une longue nuit sans étoiles, épaisse et sale, du goudron qui colle à ses yeux. Ma mère disparaît dans le noir, plus personne ne l'aperçoit.

Même son visage dans les miroirs s'efface.

Le bruit du petit tabouret bleu qui tombe.

Elle nous a envoyées acheter une glace, la nou-nou et moi, d'un air faussement joyeux et je le sais malgré mes quatre ans,

– allez allez, filez, il fait si chaud dans la maison, profitez de l'ombre du parc, j'ai besoin d'un peu de calme.

A-t-elle regardé sa fille une dernière fois par la fenêtre ? Elle aurait vu que je pars tête nue et nous aurait rappelées pour que je mette le chapeau. Elle a peur des coups de soleil, jusqu'à la fin les craint. Ou elle aurait couru jusqu'à nous, le bruit de ses talons descend la rue dans nos dos et traverse la place, elle agite le chapeau comme une récom-pense et me le cloue sur la tête.

Elle aurait pu prendre une glace elle aussi, à la framboise elle les aime.

Quand nous revenons pour prendre mon chapeau à peine cinq minutes après notre départ, les
chaussures de ma mère, de jolies sandales atta-
chées à ses chevilles par une sangle de cuir brun,
flottent au-dessus de ma tête. Elle a attaché une
sorte de corde à une poutre et s'est servie de mon
petit tabouret bleu, celui-là même qu'elle m'a
légué à ma naissance, pour s'y hisser.

Son corps se balance comme un sac de sable,
sa tête étrange,
du marbre déjà vous auriez dû voir ça.

L'image de ce corps silencieux, terrifiante masse
que le hurlement de ma nourrice n'agite pas.
Quelqu'un vient, je ne sais qui. Il la décroche et
l'allonge, l'air en entrant dans ses poumons lui
fait faire des grognements d'animal. On pourrait
presque en rire. Elle est allongée sur le flanc, les
pompiers s'affairent à ses côtés. Ses yeux semblent
prêts à sortir de leurs orbites, c'est une grimace
horrible, ses lèvres épaissies sont bleues mais elle
vivra.

On m'a assise sur le petit tabouret remis sur ses
pieds, j'attends mon père. Je ne sais pas qui l'a
dépendue.

Ou peut-être n'est-ce que le mauvais rêve
d'une petite fille, des histoires qu'elle se raconte,
des histoires venues de loin et allant encore plus
loin, réminiscences et prémonitions, d'un gouffre
qu'elle sent en elle sans en connaître la profondeur,

un long cri de silence, le bruit d'une porte qui claque, un meuble qu'on cogne dans la pièce d'à côté et c'est la nuit et je suis seule et je tremble.

Du plus loin qu'il me souvienne, ma mère ne s'est jamais levée le matin. Une mère horizontale et aux yeux gonflés et je ne dois pas faire de bruit pour ne pas la réveiller, elle s'est endormie tard. Jusqu'à son réveil, nous vivons mon père et moi comme des sourds-muets. Pointe des pieds, lenteur de ouate, langue des signes bien à nous, il organise notre petit monde en l'attendant.

À la lisière de son sommeil, elle entend peut-être les tout petits sons étouffés de cette vie sans elle et ils la rassurent : si je meurs à mon tour, se dit-elle, ils prendront soin l'un de l'autre. Elle est là sans être là, vous comprenez ? Je ne dirais pas que c'est difficile, c'est ainsi. Ma mère est inconsolable, personne n'a jamais étanché son chagrin. Elle ne pleure pas, non, ni ne se plaint. Mais elle a en elle, fichée quelque part, une gravité que rien ne peut alléger. *La sombra*.

Les premiers mois après la mort de ma tante sont ceux d'un inexorable dépeuplement. Rosa est morte et c'est tout son monde qui se délite dans une lenteur cruelle. Barthélemy s'enferme sur son travail, il ne sort presque plus. Jean, au début, passe du temps avec nous. Notre appartement est un refuge, il a peur de la solitude qui l'étrangle dès qu'il passe la porte de l'appartement du boulevard du Temple. Il finit toujours par dire

— le pire c'est qu'on n'y peut rien,

avant de repartir à pied dans la nuit.

Et puis il y a *le secret,* cette chose qui n'existait pas avant la mort de Rosa et qui depuis qu'elle n'est plus là occupe tout l'espace. Parfois, dans son demi-sommeil, ma mère se remémore les obsèques de sa sœur. Elle entend les mots codés de Lemy, revoit sa feuille trembler sous l'émotion,

— et cette promesse, même si tu n'es plus là, je te jure que je vais essayer de la tenir, et si j'y arrive, je lui parlerai de toi.

Elle se souvient de la colère du même Lemy lorsqu'il apprend qu'une autre a dit à Lilas

— c'est beau qu'il ait parlé de leur projet à l'enterrement,

et du regard de son ami, vidé de toute bravoure. Elle se souvient d'avoir pensé

— je n'y comprends rien, que disent ces gens?

Le secret, un frelon qui lui tourne autour

et qu'elle essaye de chasser mais qui toujours revient : ils savent quelque chose qu'elle ne sait pas, ils ont un morceau de sa sœur qu'elle n'a pas, un morceau essentiel, le tout dernier et peut-être le plus important. Et un autre frelon arrive, frétillant dans son cerveau, le lardant de points d'interrogation : et pourquoi Rosa ne t'a rien dit ? Un troisième fait grésiller ses ailes près du premier : Vous aviez juré que vous vous diriez tout, toujours, pourquoi ne t'a-t-elle pas parlé de ça ? Un essaim maintenant, entier et inlassable, tous dards dehors, obscurcit ses pensées : Qu'as-tu fait pour ne pas mériter sa confiance ? Quels autres secrets ne t'a-t-elle pas confiés ? Pourquoi ? Quelle mauvaise sœur as-tu été ? Et pourquoi Lemy ne t'en a rien dit non plus ? Mauvaise amie aussi ? Pourquoi les autres savent et pas toi ? Combien d'autres ? Qui leur a dit ? Quand ? Où ? Quoi d'autre ?

Après la dévastation, comprendre, expliquer, ordonner. Du fond de son gouffre, Lilas n'échappe pas à cette vaine propension qu'ont les humains à vouloir donner du sens au chaos. Dans la demi-conscience, elle discerne que des indices étaient peut-être là, tout autour d'elle, prêts à être ramassés sans qu'elle les voie.

— Un projet, quel projet ? demande-t-elle sans relâche.

Seymour ne sait pas, il hausse les épaules en soulevant les bras comme un pingouin ; Marcel ne sait rien mais son regard dit qu'il s'en moque, de cela comme du reste désormais ; Marguerite dit

— ah peut-être oui, Rosa m'avait parlé de quelque chose mais c'était une idée en l'air, je ne sais plus trop.

Lilas demande à Jean, il dit

— on s'en fiche, ça ne se serait pas passé.

Il n'y a qu'une personne qui pourrait répondre. Mais à Lemy on ne demande pas. C'est ainsi depuis leur première poignée de main.

Un soir, Rosa est morte depuis quelques mois, je ne me déplace pas encore à quatre pattes, ils se retrouvent tous les quatre chez mes parents. Vaine tentative de nourrir l'illusion, ils répètent leurs gestes d'avant. Le vin blanc et les hamburgers de mon père, les cigarettes dans le cendrier que Rosa avait ramené d'un voyage et un refrain qu'elles chantaient ensemble. Ils s'acharnent, mon père sort le vieux jeu, Hyriée distribue les cartes, sa cigarette en bouche, ses yeux se plissent, Jean hésite à se lancer, dit

— je me tâte tatin,

mêmes blagues, vieilles formules,

— play zézette, raboule le chien,

peine perdue, tout sonne faux autour de la place vide de Rosa. Leurs cartes sentent déjà le moisi.

Quand mon père se tourne vers ma mère pour lui tendre le jeu à distribuer, il a un petit mouvement de recul. Non, pas pleurer. Elle voudrait parler de Rosa, qu'ils la ravivent avec leurs mots, les souvenirs de ses riens du tout, mais il n'y a que des pleurs qui viennent. Autour de la table, un silence se solidifie, épaisse couche de laine de verre qui gratte et les isole.

Un silence qui ne leur ressemble pas : embarrassé.

Mon père va préparer un café, Jean s'assied dans le canapé jaune, ses mains tremblent un peu. Sans un mot, Lemy pose son jeu face contre table, enfile son bonnet et remet sa lourde veste de cuir. Il part sans les saluer, juste une main qu'il pose rapidement sur l'épaule de Lilas.

De : lilassilverfaure@mail.com
À : bhyriee@web.fr
Objet :

Cher Lemy,

Pardonne mes larmes de vendredi dernier. Je sais qu'elles te gênent. Elles me dérangent également. Je prends sur moi pourtant, tu sais, mais parfois elles me débordent comme un torrent de printemps.

J'aimerais avoir ta force, ta résistance, mais je suis encore bien vulnérable. C'est de nous voir tous réunis sans Rosa qui m'a bouleversée. Elle me manque tant, j'ai du mal à réaliser que son absence durera toute ma vie. Et je ne suis pas certaine de pouvoir le supporter. C'est aussi, je crois, le sentiment d'avoir été tenue à l'écart de son dernier projet. Du « secret ».

J'ai parfois l'impression que tout le monde savait sauf moi. C'est étrange pour moi qui pensais que nous nous disions tout. Inconfortable, tracassant. J'oscille entre me dire qu'elle a le droit (avait le droit) de ne pas tout me dire et l'incompréhension.

Car : si tout le monde sait, c'est qu'il n'y a pas à en faire un secret, alors pourquoi me l'avoir caché ?

C'est peut-être indiscret de ma part, alors tu m'excuseras, mais j'ai besoin de savoir. Et toi seul peux me le dire puisqu'elle n'est plus là.

Ton amie Lilas (qui te serre une poignée de main chaleureuse).

PS : j'aimerais que nous parlions plus de Rosa tous ensemble.

De : bhyriee@web.fr
À : lilassilverfaure@mail.com
Objet : re:

Ne crois pas que je suis parti à cause de tes pleurs, même s'il est vrai que les effusions me mettent mal à l'aise. Je me sentais mal, voilà tout, et j'avais besoin d'être seul. Je ne suis sans doute pas fait pour le chagrin collectif.

Pour le reste, j'ai été très en colère quand j'ai appris qu'on t'avait parlé le lendemain de l'enterrement du « secret » comme tu le nommes, j'ai trouvé ça obscène. Maintenant tu sais sans savoir, et j'imagine bien ta frustration et ton incompréhension. Je trouve qu'il y a une absurdité à en parler maintenant, parce qu'alors forcément, ça semblerait relié à la mort de Rosa.

Ce n'est qu'une coïncidence, une coïncidence atroce pour moi, mais une simple coïncidence.

Ce n'est pas que je veuille me défendre ou garder pour moi quelque chose de Rosa, c'est, crois-moi, pour vous protéger, pour que ce « secret » ne soit qu'un détail face à l'ampleur de sa mort. Il n'y a pas d'un côté ceux qui savent et toi qui ne sais pas. Ceux qui savent ne savent pas grand-chose, sinon des paroles qui semblaient à la légère. Te parler de ça alors que tu étais enceinte était difficile.

Un jour je te raconterai si tu le veux toujours, mais ce n'est pas le moment. Il n'y a pas eu de secret, juste une bonne nouvelle que Rosa voulait partager avec toi le moment voulu.

Je te serre la main affectueusement. Non, tiens, pour une fois, exception : je t'embrasse.

BH

Elle lit la réponse vingt fois. Elle cherche derrière les mots, sous les virgules, un message posthume que sa sœur lui enverrait via le mieux choisi des émissaires. Une bonne nouvelle, une coïncidence, atroce, me défendre, protéger, partager, paroles qui semblaient à la légère, enceinte, pas le moment, affectueusement, juste une bonne nouvelle.

Lemy demande du temps mais l'obsession de Lilas est plus forte : elle veut savoir. Elle est devenue impatiente. Elle a arraché ça à Rosa juste avant qu'ils la brûlent, son impatience et ses colères, elle les lui a prises au tout dernier moment, quand tous avaient leurs mains glacées sur le cercueil, une sorte de ronde de gens hagards.

Lilas n'est plus posée ni réfléchie, elle veut connaître le secret de sa sœur. Elle continue de chercher partout des indices, elle soulève les tapis, elle écoute aux portes, elle regarde dans les poubelles, elle quémande, elle se fait honte, misérable mendicité de confidences.

Lors d'un repas, un soir, enfin. Cela se déroule chez Lucie Partière qui a réuni une petite dizaine d'amis de Rosa autour d'un appareil à raclette où grille mollement le fromage élastique. Peu avant minuit se met en place une sorte de jeu : chacun, tour à tour, dit une anecdote ou un souvenir de Rosa.

Une fille commence en racontant comment elles avaient escaladé la sculpture de la place de la République une nuit pour mettre un bonnet à la statue. Une autre dit que chaque fois qu'elle mange du chocolat, elle pense à ma tante et à cette manière qu'elle avait de le faire fondre entre ses doigts avant de le déguster,

– bien mou, un peu sale, mais tellement bon.

Quelqu'un parle de ses chaussures rouges. Lucie se souvient, elle, qu'elles avaient caché les lunettes de l'instituteur à l'école primaire et qu'elles avaient accusé la fille de la boucherie, une peste qui portait des bottes de majorette à talons carrés. Ça dit vaguement quelque chose à Lilas, elle s'appelait Vanessa ou Melissa, elle mettait son goûter dans les pochettes destinées à jeter les serviettes hygiéniques de sa mère et les filles trouvaient cela sensationnel. Un garçon raconte qu'un soir, après un spectacle, Rosa était venue vers lui et lui avait donné un très long et très tendre baiser :

— Quand j'ai ouvert les yeux, j'ai vu qu'elle pleurait. Nous n'en avons jamais reparlé ni ne nous sommes plus embrassés.

Ma mère fixe ses yeux sur la résistance rouge de l'appareil à raclette, ses joues la brûlent, cette histoire non plus Rosa ne la lui avait pas racontée. Le brouhaha prend sa tête. *Le secret. Un chouette projet. Une bonne nouvelle. Affectueusement. Un jour je te raconterai mais ce n'est pas le moment.* Cette phrase comme une balise, au fond de l'océan, mais elle ne peut attendre. Son tour de parole arrive. Il lui semble qu'elle sue. Elle bafouille et frotte ses paumes sur ses cuisses.

Sa voix est pâle :

— Depuis qu'elle est morte, j'ai tout oublié de ma sœur. Son rire, l'odeur de sa peau, le son de sa voix, la couleur de ses yeux, je ne les sais plus. C'est comme si tout s'était effacé. J'ai vécu des années à ses côtés, très longtemps nous avons dormi dans le même lit et ne passions pas une journée sans nous téléphoner mais je n'ai plus rien. L'autre jour, j'essayais de me souvenir de ses mots quand elle a vu ma fille à la maternité : rien ; des bagues qu'elle portait la dernière fois que je l'ai vue : rien ; de sa tête lorsqu'elle avait un rhume : rien du tout.

Pourtant autrefois, de nous deux, j'étais celle qui avait la meilleure mémoire. J'ai douze ans à peu près, je me souviens de tout. Des chansons qui passent à la radio et de la chorégraphie que les filles de la classe font dessus, du prénom de la vendeuse d'encens du Mont-Saint-Michel chez qui on n'a rien acheté, de phrases exactes du discours du candidat favori des parents avant l'élection, du nom du gars que ma mère regarde l'air hébété. Elle ne se rappelle pas qui il est, je me souviens. Le surnom de sa femme (la Joce), la marque de sa voiture et le motif du papier peint de ses toilettes. Je me souviens que pour aller chez les Giraud, on n'y est allé qu'une fois, les parents ne les aiment pas, il faut remonter à droite après l'église et s'arrêter devant la maison aux volets verts, c'est en face. Que chez Marie, ça sent l'odeur de la colle blanche en petit pot. Et que sa mère ne porte jamais de soutien-gorge. Que Mme Pérez, mon institutrice de CP, a un fils qui s'appelle Paul. Je stocke tout. Je bluffe ma mère ; elle est admirative et un peu inquiète. Elle trouve ça étrange, cette enfant si peu enfant. Je ne parle pas, je ne joue pas, je ne fais pas, je ne questionne pas, je me contente de piocher et d'absorber la surface. Vous comprenez cette mémoire ? Dans ma tête c'est comme un ordinateur, les choses sont classées et remontent quand j'en ai besoin. Les maîtresses m'adorent. Mon grand-père voudrait m'inscrire à un jeu télé. J'ai peur des autres mais je sais tout d'eux, je les guette en secret, je m'empare de leurs petits signes. Une écharpe orange et bleue, une cicatrice minuscule sur la lèvre, je leur vole. Je les observe. C'est ma façon de les aimer. Je les protège. Allez-y, vivez, agitez-vous, ne vous inquiétez pas. Comme sur la plage, quelqu'un garde les serviettes pendant que les autres se baignent, je veille sur votre patrimoine quotidien. Ramenez-moi des lambeaux de vie, racontez-moi le monde, je compile. Le soir avant de dormir, je m'exerce. D'abord revue rapide de la journée écoulée, classement, mise à jour du fichier : couleur, odeur, accent, apparence, détails marquants. Stéphane Triboulet a acheté des baskets montantes, quand il parle ça sent la chlorophylle. Il a une carie au fond en bas à gauche, non à droite, enfin à sa gauche à lui. Fabien Gauthier a fait passer un mot à Laetitia Grandjean, elle l'a montré en rigolant à sa voisine Nathalie Perrin. Puis le jeu des photos de classe. Je suis la reine des photos de classe. Je sais qui est à côté de qui, comment s'appelle la fille vietnamienne qui est arrivée au dernier trimestre et avec qui est copain le blond aux yeux verts. Pas la peine d'inscrire les noms, je me les rappelle tous, depuis ma première année de maternelle. Et l'année de Christophe Petit. Son père est venu le chercher un jour en classe, maman morte, pendue dans l'entrée. La maîtresse, qui disait tu m'appelles Martine, pas maîtresse, s'est agitée, elle a dit Christophe va vite vers ton papa, ne vous inquiétez pas monsieur, si on peut faire quelque chose n'hésitez pas, les enfants on va reprendre le dessin pour la fête des mamans, oh pardon je suis désolée, non, allez on va en récréation. C'est M. Lucat qui nous a fait la récré, Martine pleurait dans le bureau de la directrice. On a joué à la balle au prisonnier avec les garçons, c'était la première fois. Christophe Petit est revenu après, il disait que sa mère était au paradis des mamans et qu'en regardant bien le soleil, on la verrait. On se brûlait les yeux.

C'est fini.

Je n'ai plus de mémoire, j'ai tout perdu. Disque dur effacé. Enregistrer sous ne marche plus. Rechercher non plus. Tout ce qui est plus haut est inventé, je ne sais pas si Christophe Petit a existé, je ne sais plus les noms, ni les odeurs. Je ne suis pas sûre qu'on soit jamais allé au Mont-Saint-Michel. Vidée. Nettoyée. Sans mémoire je suis quoi ?

D'elle, ne me reste que le grain de la peau de ses joues, aussi précisément que si je les touchais à nouveau avec mes lèvres. Rien d'autre, pas un seul souvenir précis. Dans les rêves, juste elle très jeune, les cheveux courts, un petit garçon. Le médecin a dit c'est normal, vous êtes sous le choc, c'est une forme de protection, ça reviendra. Il avait raison, c'est revenu mais différent. Des bouts de gens, des bribes de choses dont je ne suis pas sûre d'être dépositaire. Tout est là, je le sens, mais dans un tel désordre. Ça remonte n'importe comment. La voisine du dessous a le même parfum que Rosa. Elle en laisse des bouts dans l'escalier, une vague qui m'assomme. C'est elle mais non, ce n'est pas elle.

Il faudrait reconstruire. Commencer par le gros œuvre sans abîmer les détails. Les coins du puzzle. Déblayer en mettant dans des écrins tous ces morceaux qu'il faudra recoller un jour. Comme un grand blessé, les masser doucement pour que revienne peu à peu la chaleur, la sensibilité. Je vous mets un peu d'huile, ça chauffe ? oui, ça fait du bien, ça va vous apaiser. Que la douleur fasse un peu de place. Se forcer à emmagasiner à nouveau. Devenir archiviste. Méthodiquement. Les films les revoir, les livres les relire. Les photos s'en imprégner. Prendre des notes et les réviser. Avant de dormir, s'exercer à nouveau. Peut-être qu'alors reviendraient nos infinitésimaux. Les détails de nos conversations chuchotées sous la couette de la chambre du fond. Les modulations de sa voix quand elle chuchote ou déferle dans un éclat de rire, perdue au milieu, tremblée par les soubresauts. Je me souviens que ça faisait ça, mais je ne l'entends plus. La finesse de la peau de ses tempes et la petite boule que fait une veine dans son cou. L'odeur de ses mains quand elle a lu le journal, la tête du chanteur sur le poster avec lequel on s'amuse à faire la météo, la sienne quand on joue aux cheveux longs dans la salle de bains et la couleur de son pyjama quand on chante Jamais jamais séparées en sautant sur le lit. Tiens, Jamais jamais séparées, la météo et les cheveux longs me sont revenus.

À nouveau m'emplir, me recomposer. Revoir la lumière du matin d'hiver quand je rentre me coucher avec le garçon et que l'on souhaite bonne nuit à ceux qui partent au travail. On va faire l'amour. Et celle du midi quand l'Américain boit un verre en plissant doucement les yeux. Sa peau est dorée. Son regard mouillé. Toucher encore la légère pliure presque déchirée de l'Excuse du vieux jeu de tarots du boulevard du Temple, en sentir l'âcreté. La boum de cinquième, je ne sais pas danser. Un gars aux oreilles décollées s'est moqué de ma nouvelle coupe de cheveux. Et le garçon en maternelle, Jérôme comment déjà? Ils s'appelaient tous Jérôme. Ou Laurent. Elle aimait son petit frère. Peut-être Jérôme et Laurent. Elle, elle était la championne de ça. Elle en tirait une fierté, de faire remonter plus vite que moi les souvenirs de ma propre vie. Je n'ai plus rien qui vient. Ou bien huit ans, la claque de la vague quand le rouleau m'emporte en Espagne, papa me tient la main, l'odeur du tabac froid dans la voiture, mon bras par la fenêtre ouverte fouetté par les hautes herbes. Le prénom du premier baiser, le goût de sa langue, l'odeur de son front, les histoires de papa, les bonnes nuits ma puce de maman. Les jeux d'enfant, à quoi je jouais ? La tête de mon baigneur et celle du prof de tennis avec son assent du sud. Le parfum écœurant de l'ennui, ces heures à attendre que la vie commence. Je ne veux pas du catalogue, de la chronologie, je veux les ressentis. Je les ai perdus.

Elle lève la tête, ils la regardent tous sans rien dire. Il lui semble qu'ils la comprennent à cet instant. Elle peut continuer. D'un mot faire fuir les frelons :

— Je pensais qu'on se disait tout, je crois ne lui avoir jamais rien caché. Mais même cela, je ne suis pas certaine de ne pas l'avoir oublié. J'avais le sentiment que mes souvenirs étaient les siens et inversement. C'était une idée rassurante. Ce n'est pas grave d'oublier quand l'autre peut nous remémorer. Mais elle a disparu avec nos souvenirs, les miens, les siens, tout ce qu'on mélangeait pour en faire notre mémoire commune. Mes oublis sont irrémédiables sans elle pour les réparer. Et ce secret, ce projet dont on me parle sans rien m'en dire : le connaissez-vous ? Rosa m'en avait-elle parlé ? Peut-être que oui, peut-être un soir au téléphone, petite confidence emmitouflée dans la pénombre. Je ne me souviens pas.

Ma mère boit un grand verre d'eau en fixant un à un les convives. Il y a dans l'air une drôle de couleur un peu orangée, une immobilité menaçante.

– Dites-moi s'il vous plaît, dites-moi juste ce qu'était ce projet, ce n'est rien pour vous, j'ai besoin de savoir, s'il vous plaît, dites-le-moi.

Elle ne bougera pas tant qu'elle n'aura pas obtenu la réponse. Lucie éteint l'appareil à raclette et commence à débarrasser les assiettes mais sa diversion n'y change rien. Les secondes tombent comme des minutes, gouttes escargots glissant visqueuses sur une vitre. Ma mère a tout son temps, c'est l'avantage des désespérés. Elle ne partira pas avant qu'ils répondent.

La fille de la statue de la place de la République finit par lâcher à Lilas en détournant les yeux, comme si elle glissait sa dose à une toxicomane :

– Un bébé que Lemy et Rosa avaient décidé de faire tous les deux : c'est ça qu'ils fêtaient ce soir-là tous ensemble.

Nous sommes dans le salon, je joue avec mon ourson et elle est allongée sur le canapé jaune, yeux mi-clos. L'ourson est le cadeau de Rosa pour ma naissance, il est habillé d'une salopette rouge dans laquelle on peut mettre ses mains, ça lui donne une allure d'humain. Je l'ai toujours : sa salopette est pleine de trous et ses oreilles sont élimées d'avoir été tétées. Je peux dormir sans lui désormais.

Si l'on regarde bien ma mère sur son canapé, on dirait que ses lèvres bougent. Ses joues, la peau si douce de ses joues, ont des petits mouvements imperceptibles. Pourtant aucun son ne sort de sa bouche.

Elle pense à Rosa, elle pense au secret.

Depuis qu'elle sait en quoi consistait le *projet*, les frelons n'ont pas quitté son cerveau épuisé.

Ils bourdonnent sans relâche, se moquant de son aveuglement, la harcelant jour et nuit.

Tss tss tss tu aurais pu deviner, idiote.

Vrrr, vrrr, vrrr, tout était sous ton nez et tu n'as rien vu, trop occupée à regarder ton nombril.

Elle les avait pourtant vus se rapprocher, son ami et sa sœur, elle a capté quelques regards, une complicité, mais elle n'avait pas compris. Tout lui paraît évident maintenant, d'une logique implacable. Projecteurs éblouissants éclairant la scène d'une lumière crue, sans ombre où planquer quelque mystère, voix off explicative. Elle se souvient que Hyriée lui avait demandé souvent – et elle pensait qu'il plaisantait, jamais ne lui a accordé le crédit de son sérieux – de lui faire un enfant,

– car nous serions de bons parents, toi et moi. Pas des amants, juste des parents. Une famille, pas un couple. Laissons le couple aux sexes, les nôtres ne s'affolent pas. Unissons-nous en créant une cellule qui n'aura rien d'amoureux mais une vraie famille, comme le sont celles qui sont débarrassées des passions pour jeunes filles. Ce n'est pas parce que j'aime les hommes que je ne peux pas être père. Nous serons ses parents, il sera notre enfant. Imagine! On lui lira des livres et tu tresseras ses cheveux, je lui construirai une cabane.

Lilas le trouvait fantaisiste et original, elle souriait et puis elle oubliait.

Rosa le bon choix, si jolie, si vive, Rosa qui dit – et Lilas l'entend nettement lorsque les frelons cessent dix secondes de frotter leurs ailes,

– Jean ne veut pas d'enfant, c'est comme ça. Mais moi j'aime Jean, je l'aime tant que je l'aimerai malgré cela, je l'aime tant que je l'aime même peut-être aussi pour ça. Je ne veux pas vivre sans lui. Je ne renonce pas pour autant à être mère.

Lilas devine la suite : Hyriée a demandé à Rosa. Elle reconstitue leurs conversations, Lemy et Rosa arpentant le plateau du Vercors ensemble, suant sous le soleil cru, s'écorchant les mollets dans la broussaille sèche, imaginant déjà le bébé dans son ventre à elle et plus tard sur ses épaules à lui.

Elle peut voir les yeux de sa sœur briller, du bonheur de cette solution trouvée : un enfant qui n'est pas celui de Jean mais qui ne l'en éloignera pas. Un père, Hyriée, qui ne revendiquera aucune exclusivité sentimentale. Rosa, Jean, Lemy, un petit triangle pacifique.

Lilas se souvient maintenant du dernier jour de Rosa, du rouge sur ses lèvres et de son air mystère.

– Il faut qu'on parle d'un truc avant que les autres arrivent.

Les derniers détails, peut-être les modalités pratiques, et puis la fête.

Oh ma Rosa pourquoi n'as-tu pas partagé ta joie avec moi ? Quelle peur avais-tu pour me tenir à l'écart ?

— Te parler de ça alors que tu étais enceinte était difficile, a écrit Lemy.

Elle voudrait à cet instant ne pas m'avoir attendue. Elle voudrait entendre le téléphone sonner et que Rosa lui dise, un sourire mouillé dans la voix,

— j'ai un drôle de truc à t'annoncer.

Ou alors un soir sous la couette du canapé. L'entendre de sa bouche et rire avec elle de cet autre bébé qui viendra.

Voilà : elle voudrait l'entendre.

Mais sous les frelons il n'y a que de la colère.

Elle se lève brutalement. D'un geste elle attrape les premiers livres qu'elle a sous la main et se met à les déchirer. Les plus fins, elle les coupe en deux morceaux qu'elle jette derrière elle. Les autres elle les déchire en mille confettis, sa fureur est terrible et je hurle dans le petit siège où mon père m'a posée avant de sortir.

Ce sont ses trésors qu'elle éventre, trouvant obscènes et répugnants ces romans qui prétendent contenir la vie mais ne lui rendent pas un gramme de celle de sa sœur.

Elle hait ces écrivains impuissants, petits larbins de l'imaginaire qui ne sauront jamais décrire ce que fut la sensation de respirer le même air que Rosa, ces auteurs qui ne savent même pas inventer le mot pour dire son chagrin, l'obligeant à fabriquer celui, vulgaire, de *sœurpheline*.

La colère, comme le sommeil et le chagrin, n'y change rien : ma mère a beau n'avoir plus de larmes à verser et déchirer maintenant toutes les photos qui lui viennent sous la main, et ce sont celles de ma naissance qu'elle déchiquette et il n'en restera rien, elle ne détruit pas la mort de Rosa. Dans la panique je fais tomber mon ourson et mes hurlements redoublent et ça l'énerve et elle crie à son tour et les livres volent et les photos s'envolent par la fenêtre. Par instinct (son sixième sens juif, dirait ma grand-mère Silver), Seymour sent qu'il doit abréger ses courses, gravir les escaliers en vitesse, fermer les fenêtres et entraver sa femme de toutes ses forces. Il plante ses yeux dans son regard, combien de fois l'ai-je vu faire cela ? il comprime ses bras avec les siens, ça lui laisse des marques bleuies au-dessus des coudes.

– Calme-toi, ça ne sert à rien.

Elle a quelque chose d'animal dans sa manière de s'agiter. Son visage est strié de plaques rouges. Il la maintient jusqu'à ce qu'elle retombe, masse molle, sur le canapé jaune où elle s'endort de ce mauvais sommeil qui l'assomme sans la reposer depuis des mois.

Ensuite Seymour jette les confettis de photos, perdues à tout jamais, et raccommode patiemment les livres déchirés en faisant semblant de trouver cela amusant :

– Ta maman en aura besoin quand elle se remettra au travail, sweet little Daffo.

Pour plus de minutie, il utilise la loupe de joaillier que son père lui a offerte pour ses dix ans. Il nous prend en photo, moi avec mon ourson ahuri, lui, son œil de cyborg et son sourire exagérément optimiste.

Un peu plus tard, j'ai un an et deux semaines, il me promène au parc et je goûte ma première crêpe au chocolat, je lèche la paume de mes mains à pleine langue, la moitié de mon visage est couverte de chocolat.

Lilas est chez ses parents. C'est le premier anniversaire de la mort de Rosa.

Tout a basculé et pourtant tout est là.

Qu'est-ce qui change entre le moment d'avant et celui d'après, cette fraction de seconde qui bouleverse tout ? On pourrait croire que la catastrophe n'est pas arrivée. Le vieux fauteuil marron au pied de l'escalier, dont les filles ont élimé les accoudoirs à force d'en frotter le velours lorsqu'elles téléphonaient, des heures de conversations liquides, fil tiré depuis la prise du salon : exactement le même, immuabilité rassurante. Pourquoi lutter ? Accordons-nous aux objets qui n'ont pas la faiblesse de s'émouvoir.

S'ils sont là c'est que le monde autour est le même. Et Rosa est assise dans le fauteuil de son amusante manière : les deux jambes passées sur l'accoudoir gauche, le dos calé contre le droit. Elle est en chaussettes, peut-être même juste en culotte, elle tripote son cuir chevelu à la recherche de croûtes qu'elle regarde avant de les porter à sa bouche et elle bavarde gaiement dans le combiné.

Lilas monte dans leur chambre.

Là aussi, des objets éternels. Petites tables de nuit sans tiroir, lampes de chevet sur les pieds desquels elles écrivaient le nom de leurs amoureux d'école primaire, appareil à cassettes dont la façade est cassée, deux ou trois pinces à épiler. Tout est là, tellement Rosa.

C'est en s'asseyant que Lilas est parcourue du frisson cinglant de sa solitude : le lit n'est plus *leur* lit. Son monde vacille, les objets ne sont pas un rempart. L'univers s'est vidé de Rosa. Bien sûr, elle le savait, mais à cet instant elle l'éprouve.

Même les frelons prennent peur, la désertent, laissent la place à toutes ces choses, souvenirs, regrets, secrets, qui n'existaient pas quand Rosa pouvait y venir. On ne se souvient que de ce qui n'est plus.

Ce jour-là, dans le silence de la chambre, sages dans leurs coins d'ombre mais impatients comme les élèves le premier jour d'école à l'énoncé de la composition des classes, ma mère perçoit un chuchotis étouffé : un petit tas de souvenirs qui l'attendaient pour lui sauter à la gorge.

Tu te souviens qu'on sautait sur le lit ?
Jamais jamais séparées, tu te souviens ?
Et la dispute des parents ?

Quand papa est parti, tu te rappelles ?

*Et l'orphelinat, et la pouponnière, et aussi les his-
toires que je te lisais quand tu ne savais pas encore
lire, et l'odeur de nos cheveux sales, celle de nos poupées, la fois où on a bouffé du chocolat toute la nuit,
planquées dans le lit, la lumière de l'été quand le
soleil entre dans la chambre en plein sur nos oreillers,
le bruit de la porte du garage, tes chaussons en laine,
ton réveil Mickey, nos pyjamas chinois, les craies écrasées dans la rigole du petit tableau de bois, tes jam-
bières rose bonbon, nos musiques chantées à tue-tête,
la peur de ma vie quand Bertrand Partière a voulu
sortir avec moi et m'attendait dans la haie, on le sur-
veillait de notre fenêtre, quand on se maquille – on
est des putes ! –, ton oreille que tu caresses en suçant
ton pouce et parfois le haut de ta fesse, tu l'appelles
ton chaud et tu dis ne prenez pas mon chaud, les jeux
idiots pour t'aider à trouver le sommeil, tu connais les
capitales de tous les pays du monde, Luanda Oulan-
Bator Maputo, et la finesse de ta peau, t'en souviens-
tu de toutes nos choses, mon roseau ?*

Ils sont là, ses morceaux de mémoire éclatée,
indolents, immobiles, narguant Lilas, la forçant à
affronter sa solitude puisqu'elle ne les partage plus.
Les ignorer, elle tente de regarder cette chambre
comme s'ils n'étaient pas là. Les affiches au mur
et cette petite aquarelle de Rosa encadrée près de
la fenêtre : une maison, deux cyprès, la silhouette
sombre d'un enfant – ou peut-être est-ce un chat ?

Dans le placard les vêtements de Rosa, Jean voulait les jeter, ses parents les ont récupérés. D'autres souvenirs en piles. Les T-shirts moulants, les pulls trop grands, la jupe de ses vingt ans, au liseré bleu, des sous-vêtements de toutes les couleurs, un maillot de bain orange à l'élastique lâche, une combinaison de ski qui lui boudinait les cuisses. Un chapeau d'homme, deux casquettes en velours, un joli bonnet.

Lilas plonge son nez dans les pulls, cherche un cheveu égaré, une goutte de transpiration, un peu de parfum, la tache d'un repas. Personne n'a lavé ses vêtements. Tout ce que Rosa aurait laissé serait encore un peu de Rosa. Mais rien.

Et les chaussures, cette folie de leur mère de garder toutes leurs chaussures depuis leur naissance (mais n'en achetait que deux paires par an, une l'été, une l'hiver). Combien de fois Marcel a-t-il râlé après ces *godasses, trop de godasses,* qui encombraient les bas de tous les placards de la maison ? Aujourd'hui Lilas bénirait sa mère pour ne pas les avoir jetées. Agenouillée. Toutes les chaussures, trop de chaussures, de Rosa enfant et adolescente sont là, mélangées à celles qu'elle s'était choisies à l'âge adulte et que Jean a mises dans de grands sacs poubelle, souvenirs en vrac, images d'exterminés, tous ces pas désormais orphelins et errants.

Ne manque qu'une paire, légendaire : des tennis toutes neuves achetées pour l'entrée au Cours

moyen deuxième année et que Rosa avait échan-
gées contre une jupe à volants avec Vanessa Heurtaing. Elle raconta à ses parents que Mohamed
Bensallah les lui avait volées, mensonge impa-
rable – et un de mes préférés de la Chambre des
mensonges, je dois dire : antiracistes, mes grands-
parents s'interdisaient tout ce qui aurait pu passer
pour de la stigmatisation. Aller réclamer les baskets neuves aurait pu être mal pris par les parents
du jeune voleur, ils préférèrent en acheter une
nouvelle paire à ma tante. Lilas croit la reconnaître : des chaussures qu'ils avaient choisies en
vitesse au supermarché. Tout est là, qui sera plus
tard installé dans l'Hélicoïde.

Dans le placard de gauche, ce sont les bottes
qui gisent à terre, toutes les bottes de Rosa à la
pointure si petite que Lilas peut à peine y glisser le
bout de ses pieds. Tiens, voilà les fameuses chaussures rouges dont parlait la fille l'autre soir.

Elle s'allonge sur le lit, Rosa a dormi ici une
semaine avant de mourir, avec Jean, ils ont peut-
être fait l'amour sous ces draps et sa sœur avant
de s'endormir a regardé ce plafond. Et si elle y
avait déposé un indice pour elle ? Une trace de
sa pensée, laissée à l'encre invisible, une ombre
chinoise qu'elle seule verrait. Quelque chose qui
lui expliquerait, quelque chose qui la mettrait
dans le secret, quelque chose qui dirait qu'elle est
la première à qui elle parle de l'idée de faire un

bébé avec Lemy, et Lilas pourrait jouer son rôle de conseillère, comme tout serait normal alors.

Elle scrute chaque défaut des murs, chaque reflet de la peinture, elle est un officier de police criminelle, reine des scènes de crime, œil ultra-puissant, elle cherche derrière la plinthe ou sous sa lampe de chevet comme avant, lorsqu'elles se laissaient des messages. Rien.

La colère, la même.

Elle soulève le matelas, c'est idiot, n'y trouve que le sommier, lattes blondes, moutons de pous-sière. Elle s'énerve, ouvre le lit comme si sur les draps avait été brodée une phrase pour elle. Pauvre fille. Le lit est tout défait maintenant, ne reste qu'un désordre absurde pour une chambre de morte.

La bibliothèque de Rosa, pleine de livres, défie ma mère ; ils l'agacent avec leurs airs de messieurs je-sais-tout, leurs morales définitives, leurs tragé-dies ultimes qui abaissent la mort de Rosa à l'état de petite redite sans importance. Sur l'étagère du bas, les lettres d'adolescence, bien rangées dans leurs boîtes en carton près de ses livres de théâtre. Elle n'ose pas les ouvrir, Rosa déteste qu'on lise son courrier en son absence. Mais les livres, elle les prend. Par terre les livres, à mort les recueils de poésie, rien à faire des pièces en cinq actes ! C'est en empoignant la rangée du haut qu'elle aperçoit la boîte dissimulée derrière un dictionnaire de rimes. Une petite boîte en carton rouge, pas plus grande qu'une main sur laquelle Rosa a écrit en lettres capitales

SECRET

Le couvercle de la boîte est entouré de plusieurs couches de scotch noir et lorsque Lilas la secoue, elle n'entend aucun bruit. La boîte a beau être très légère, elle fait l'effet d'une pierre précieuse de plusieurs carats pour ma mère qui la tient comme si elle allait se dissoudre dans la minute. Ses mains tremblent légèrement. L'excitation et l'émotion, le soulagement surtout.

Voilà le secret que Rosa lui a laissé.

Elle porte le carton à son nez, le caresse, l'embrasse. Elle savait bien que sa sœur ne l'abandonnerait pas sans un mot.

Que tout cela était
impossible.

Oh ne m'en veux pas, je ne pouvais pas venir plus tôt, au-dessus de mes forces, pardon mon roseau, mais je suis là maintenant.

Elle essuie son nez dans sa manche, morve claire et salée, puis retourne la boîte. Sur le dos, très lisible :

À N'OUVRIR SOUS AUCUN PRÉTEXTE,
(MÊME PAR TOI, LILAS)

Une crucifixion, un couteau brûlant dans la plaie. Sa sœur, et personne d'autre, lui refuse la confidence. Pire : elle se défile, même pas là pour prendre les coups de poing que ma mère donne au matelas, même pas là pour voir ce que font la détresse et l'humiliation quand elles se mélangent, même pas là, bien protégée dans son cocon d'inattaquable défunte.

Les interdits des morts ne se transgressent pas.

Lilas ne saura jamais. Elle met la boîte dans la poche de sa veste. Jamais ne l'ouvrira mais toujours la gardera puisque c'est à elle que malgré tout Rosa la promettait. Rosa dont il ne reste rien. Juste des larmes sans destination sur les joues glacées de sa sœur.

– Maman ?

Une voix translucide en bas.

– Maman ?

Dans la chambre des parents, la voix.

Le couvre-lit n'a pas changé, toujours des fleurs roses brodées en frises. Par endroits, on devine que le tissu est devenu tellement fin qu'on pourrait le transpercer d'un ongle. À travers la fenêtre, on voit le jardin, l'arbre de Lilas, la haie qui sépare le terrain de celui des Partière, l'allée qui descend vers le portail. Il mériterait un coup de peinture, les filles faisaient ça en été. Il y a une reproduction de *Guernica* au mur derrière le lit, ça les effrayait lorsqu'elles étaient enfants, les dents du cheval, les gueules ouvertes des personnages, la mère et son enfant inerte, elle s'en fiche aujourd'hui.

Plus peur de rien.

Sur la table de nuit est posé un portrait de Rosa petite fille. C'est un cadre que Marcel a façonné avec une des photos qu'elles avaient faites chez le photographe, décor champêtre et canotier sur la tête. Le visage est figé, la pose empruntée. Marcel a fait agrandir le portrait.

Rosa, hideuse de ce sourire trop grand.

Marguerite lui tourne le dos, allongée sur le côté sous sa couverture. Elle est en pyjama, il est pourtant 15 heures passées.

— Maman, je suis là.

Marguerite se tient le ventre et si elle tourne vers sa fille son visage d'absente, son beau visage, c'est sans la voir.

— Maman ? Tu m'entends ?

Lilas l'enjambe et s'allonge à la place du père, elle peut sentir l'odeur de son sommeil sur son oreiller creusé. Sur le visage de Marguerite se lisent les marques du chagrin. Il y a de chaque côté de sa bouche des rides inconnues, elles forment des parenthèses, et son pyjama sent la sueur.

Déjà.

En quelques mois devenue vieillarde, elle autre-fois si jolie. Ses petits seins sont des poches tristes, sa peau est grisée. Lilas approche sa main de la joue. Elle veut une caresse, la recevoir, au moins la donner.

Mais Marguerite se retourne.

– Laisse-moi, veux-tu.

Elle refuse la consolation, ni la recevoir, encore moins la donner. Alors Lilas se lève. Elle ouvre la fenêtre, elle aimerait secouer le couvre-lit, le laisser pendre de longues heures, que tout s'imbibe d'une odeur de frais, que soient chassés les vieux effluves.

– Lève-toi, je suis là.

Je ne sais pas si un homme peut comprendre cela, Pierre-Antoine : les mères sont toujours insuffisantes pour leurs filles. Lilas aimerait que sa mère la berce jusqu'au sommeil et lui murmure que tout passe, même les chagrins de mort, mais Marguerite ne berce pas. Elle n'est que la mère d'une enfant morte, les vivants ne l'effleurent plus, pourquoi les consolerait-elle ?

Ma mère et ma grand-mère se ressemblent, il n'y a que la couleur de leurs yeux qui les distingue : ceux de Marguerite sont noirs comme une nuit sans lune, ceux de Lilas presque transparents, une eau claire. Sinon, même maigreur, mêmes seins plats et indomptables cheveux. Identiques jusque dans leur douleur : égoïste, mais peut-on souffrir autrement ? L'épreuve les éloigne, chacune est enfermée dans un fortin de chagrin.

Lilas déteste voir Marguerite ainsi, ça la

dégoûterait presque cette manière d'être inerte aux autres. Elle remâche les mots que sa mère ne dit pas, elle ressasse ses plaintes, elle trouve que Marguerite prend tout le chagrin et ne lui en laisse pas, comme s'il n'y en avait pas assez pour eux tous.

– Lève-toi ! Ça suffit maintenant, tu comprends ça ? Lève-toi !

Elle pourrait la frapper. Marguerite répond, voix toujours grise :

– Je veux ma petite, mon enfant. Laisse-moi.

Quiconque serait brisé par la vision de ma grand-mère, autrefois si belle et vive et que les hommes aimaient complimenter, une reine de beauté, une femme à corsages souples et jupes étroites, une femme qui courait sur ses talons hauts, les faisait claquer dans les rues pour chaussures plates du village, élégante comme une citadine, aujourd'hui tassée sur elle-même, vieillie de vingt ans, vidée de toute substance. Ses joues creusées, son regard caverneux, les cheveux en nids derrière sa tête, sa position dans le lit : Lilas n'y voit que provocation et abandon. Elle voulait quelqu'un et il n'y a personne.

Juste un souffle qui peine :

– Mes amies ont prévu de venir ce soir, dis-leur que je n'ai pas la force.

Une explosion en retour :

– Je ne dirai rien à personne, tu vas te lever et prendre le téléphone si tu veux les prévenir !

Marguerite soulève une paupière molle, une manière de montrer sa surprise, puis la laisse retomber sur son faux sommeil alors que sa fille claque la porte de sa chambre. Elles sont deux poissons myopes, un gel gluant les isole irrémédiablement l'une de l'autre.

Lilas sort en courant.

Marcel est assis à son bureau, là où autrefois il réglait les questions urgentes de la société Souvenirs Faure. Sur sa table se trouve le téléphone qu'il a décroché un an plus tôt. Il était 5 h 52, un dimanche matin d'automne,

– c'est horrible, Rosa est morte,

a dit Jean et ces mots le lient à jamais au jeune homme. Il y a un an, se dit Marcel, et cela semble si proche qu'il pourrait presque le toucher : cet instant où il a appris l'impuissance. Il s'est retiré, puisqu'il n'y a rien que l'on puisse y faire, retiré quelques mètres derrière une vitre blindée aussi invisible qu'infranchissable, à travers laquelle il voit se déliter irrémédiablement son monde. Tout cela lui semble si vain. Une grande fatigue le pétrifie, qu'on appelle fatalisme.

Ce ne sont pas ses forces qu'il a perdues mais l'illusion qu'il pouvait avoir prise sur sa vie.

Plus rien n'affole Marcel, on pourrait même lui prendre sa femme, oui tous les hommes, même le maire, pourraient la séduire et l'embrasser dans le cou et la faire rire, qu'il lèverait à peine le nez de ses mots croisés. Il s'y attache matins et après-midi, penché sur sa table, s'y raccrochant comme à un ultime rempart avant la chute finale : si seulement le monde pouvait s'ordonner comme une grille bien équilibrée. Il vient de trouver un IX horizontal, et c'est une satisfaction (les lettres qui s'ajustent, dégageant l'horizon pour d'autres définitions) qui l'empêche de voir sa fille passer, elle est déjà dehors.

Le jardin, vite son arbre.

Il paraît bien malingre à Lilas, le tronc fin qu'autrefois elles trouvaient élégant semble maladif, fichu comme eux tous ; elle passe la barrière sans les prévenir pourtant ils ont dit mille cinq cents fois vous ne sortez pas sans nous le dire, elles ont tant joué dans cette rue que derrière ses larmes gélatineuses elle peut presque apercevoir sa petite sœur accroupie près d'une flaque où elle confectionne une *bouillasserie* qu'elles mettront ensuite dans des verres pour le restaurant qu'elles ont ouvert sur le trottoir.

Elle traverse maintenant la grande route, Rosa est derrière elle, elle entend son souffle régulier, voilà déjà la côte qui monte à l'église, longue, raide, idéale pour faire souffrir les pénitents, en vélo elle brûle les cuisses, la *côte de la mort* elles l'appellent.

Lorsqu'elles arrivent en haut, elles sont en nage et Rosa n'a jamais peur de pousser la petite barrière, même si le soir est tombé, elle n'est pas une poule mouillée comme Lilas, pas la tête qui tourne, à peine un filet de sueur sur ses tempes, pas comme qui a trop chaud trop mal trop peur des feux follets dont les garçons de l'école ont parlé, ils serpentent entre nos jambes paraît-il, non, Rosa ouvre le portillon métallique, ça la ferait même rire qu'il y en ait un, tiens, elle adorerait ça, elle essaierait de l'attraper et le ramènerait aux garçons en trophée.

Dans sa poche, Lilas sent se balancer la petite boîte rouge de Rosa. Elle marche dans l'allée, le bruit de ses pas sur le gravier lui donne l'impression qu'elle est accompagnée. Encouragements. Elle passe la petite fontaine qu'entourent des cache-pots et un gros arrosoir vert ; elle contourne le sapin central, une odeur d'épines mouillées prend ses narines. La pelouse est une éponge gorgée de l'eau de l'automne. Elle aimerait enfouir sa main dans celle de Seymour.

Elle sait où est sa sœur.

Au fond, le long de la haie, tout au fond.

L'endroit des brûlés.

Elle essuie son nez d'un revers de la main. Pas la chiale, pas là. Avale son chagrin, une grosse boule de glaires blanches coule dans sa gorge, texture épaisse.

Une stèle de granit noir.

En haut au milieu, pas la chiale pas maintenant, une photo de Rosa, deux dates, quelques fleurs et des galets sur le rebord. Lilas se brûle les yeux à force de retenir ses larmes. C'est une forme de courage, inutile certes. Elle entend le vent du nord, il agite les hauts sapins bordant le cimetière, on dirait un lent et lointain applaudissement qui la berce.

Elle ne sait pas quoi faire.

Arranger les fleurs, soulever les galets? Parler est une solution. À voix basse elle raconte l'année passée. Elle parle de moi un peu, de Seymour, de Jean et de Lemy, de leur stupeur collective et des parents vieillis d'un coup. Sans début ni fin, sans majuscule ni point, monte une parole que rien n'empêche, un dialogue de cimetière.

ta mort dure trop longtemps, le temps n'apaise pas le chagrin, le mien s'alourdit chaque jour chaque minute passée sans toi; comment veux-tu que je le supporte? plus le temps m'éloigne de toi plus tu me manques, le trou s'agrandit, me laisse à peine de quoi me tenir sur les bords, toujours près de tomber; je lutte pourtant, regarde-moi Rosa, je lutte comme une petite grognarde, je ris toujours aux blagues de Seymour, tu vois jamais je ne pleure, ils n'aiment pas cela, à peine une petite chiale de temps en temps, mais concentrée hein, cachée dans l'oreiller, une chiale express tu dirais; je lutte dents serrées et poings fermés mais raté, peine perdue, note le jeu de mots Rosa mia, peine perdue ma lutte;

aile sans air;

puisque tu as vingt-six ans trois mois et six jours

pour toujours j'ai vingt-neuf ans et des rides pourtant jusqu'au bout des seins, et des jambes en poteaux, on dirait des Giacometti, toutes mes veines gonflées comme des boursouflures de bronze, je suis devenue vieille tu le crois ça mon ro, une affreuse petite vieille presque effacée et même pas morte, tous ces traits qui me barrent, et mes yeux sont devenus blancs à force de s'écarquiller pour y croire, tu m'as lâchée c'est bien ça, on avait pourtant juré, sang mélangé jamais jamais séparées, mais tu es partie, mes yeux plus clairs maintenant que ta peau de morte, mon vieux roseau : combien d'heures sans toi ? le reste sans importance ;

le reste, c'est cet ennui des jours sans toi, c'est la ter- reur de la vie qui court pour quoi ? tu ne le connais pas cet ennui des jours sans toi, tu ne sais rien de cette terreur ; il y a eu les semaines vides, sidérées ; il faut du temps pour comprendre, tu sais, que le trou jamais ne se comblera ; je regardais le monde comme de dehors, de loin, l'enfant, ma toute petite, bougeait à mes côtés inertes ; sa présence, absurde et scandaleuse ; je la rends, je vous le jure, je la rends si vous me rendez Rosa ; le bout de moi, reprenez-le et prenez-moi avec si le compte n'y est pas, je renonce au grand bonheur, à la joie qui déferle dans mon ventre, j'abandonne l'impunité, la certitude et le serein, je renonce à être mère pour rester sœur ;

mais la petite veut une mère ;

après l'hiver, il y a le printemps et tu ne reviens pas ; envisager des vacances : dire oui aux parents si

*tristes, je viendrai avec l'enfant, s'allonger à l'ombre
de notre arbre avec elle si petite, si forte et la laisser
faire, j'aurais voulu que tu voies ça, elle ne parle pas,
six mois à peine, je l'ai entendue malgré tout : je suis
ta fille, tu es ma mère, inutile de penser autrement ;
juste avec ses yeux, deux lacs sombres comme les tiens,
sous les sourcils froncés, tu avais dit une tête de pape
je crois quand tu es venue la voir à la maternité ;
j'ai plongé dans son regard, mordu son oreille et dit
dedans : « oui, ma si petite, je suis ta maman, on va
y arriver » ;*

on a continué ;

*le premier été arrive et à nouveau de la vie dans
mon ventre ; le docteur du village se moque de moi,
si éduquée, si intelligente, et pourtant la pire cruche
de la campagne qui tombe enceinte comme ça, c'est
la meilleure celle-là, ah ah ah il rit sous sa moustache
tu te souviens de sa moustache, ça ne m'amuse pas
cette effraction dans mon corps éteint ; je dis non, pas
encore le malheur à acquitter, je ne veux plus rien
payer, j'accepte la vie amputée, mais plus le malheur,
plus d'enfant ; Seymour pleure pendant toute l'opé-
ration ; ils arrachent le fœtus, le jettent je ne sais où ;
nous n'en parlons à personne ;*

*lorsque nous rentrons de la clinique, deux tours
s'effondrent sur tous les écrans de télévision, mille
fois les mêmes images ; Brooklyn sous la poussière,
Manhattan décapité, les gens qui sautent dans le
vide, Seymour pleure sa ville, on est un peu excités,
c'est étrange, la guerre qui revient et le monde entier*

hagard ; pour la première fois, je me sens à l'unisson
du désordre : le monde s'effondre ? je sais, je sais ; il
n'y aura plus d'enfant

Un crissement dans l'allée lui fait lever la tête.
Elle ne reconnaît pas d'abord cette silhouette de
chat squelettique.

C'est ma grand-mère.

Elle est venue à pied aussi, ne couvrant pas ses
jambes maigres et blanches, on dirait une pay-
sanne en sabots crottés, sa marche est fragile et la
montée de la côte l'a fatiguée. Arrivée près de ses
filles, elle propose à Lilas de s'asseoir sur le banc
que l'on a installé près du *jardin du souvenir*, ce
parterre rocailleux où les cendres de certains ont
été répandues.

Pas le froissement du vol d'un oiseau.

Un silence de roche.

Sa respiration est alourdie, pénible, on la dirait
chargée de grains de sable. Elle a planté son regard
dans les cailloux. Difficile de savoir à laquelle de
ses enfants elle s'adresse : elles devront faire avec
cette peine et personne ne pourra l'amoindrir, il
n'y a pas de mot pour désigner le parent qui perd
son enfant ni la sœur qui perd sa sœur, c'est ainsi ;
des malheurs si cruels qu'on ne peut les nommer.
Elles sont des sans-mot, à égalité, seules avec cette
chose impossible.

À moins que ce ne soit pour elle-même qu'elle
chuchote,

– j'ai perdu une sœur moi aussi, nous étions deux dans le ventre de notre mère, elle n'a pas survécu, je n'en ai jamais parlé à personne, je ne sais pas pourquoi c'est un secret.

Lilas pose sa tête sur les genoux crayeux de sa mère. Il y a dans son esprit un espace qui attend ces mots depuis toujours, un petit creux aménagé tout exprès pour les recevoir. Une fois qu'ils l'atteindront et s'y logeront, une partie de l'inexpliqué de leur enfance s'éclaircira, les colères et l'insatisfaction de sa mère, son perpétuel manque. Comme une démonstration mathématique très sophistiquée à laquelle aurait manqué une ligne essentielle, sans laquelle on ne pouvait la résoudre.

– Ils l'auraient appelée Véronique mais pour moi elle est Magnolia.

Et Lilas comprend que Magnolia est là, soixante-deux ans après n'être pas née, assise sur le banc entre elles, posant un regard tendre sur sa sœur et sa nièce, adoucissant l'air autour et faisant une place à Rosa que Lilas sent s'asseoir à ses côtés : ses cheveux sont courts, elle est souriante, un peu pâle et fatiguée comme le sont les morts âgés d'une année.

Tout être sensé daterait le basculement de ma mère de ce jour-là. Pour nous au contraire, le premier anniversaire de la mort de Rosa marque la fin de son enfermement et son retour à la vie. Une sorte de printemps. L'arrivée impromptue de sa tante Magnolia, morte depuis toujours mais indubitablement présente, offre une solution. Elle desserre l'étau qui nous étreint tous les trois.

Elle rentre et nous pouvons enfin être une famille. Elle embrasse mon père dans le cou quand elle passe derrière lui et souffle fort sur mon ventre rond, je ris aux éclats et l'on aperçoit mes premières dents,

– c'est fini, tu m'entends jolie Daffodil ? c'est fini, on va vivre maintenant je te le promets, chuchote-t-elle en me demandant pardon.

Une enfance, la mienne.

Un matin, elle se réveille en nage. Un poids l'entrave, sa poitrine lui paraît trop petite, elle suffoque. Un instant elle croit le *pressentiment* revenu, elle approche son pouce de la veine de son poignet gauche, un deux trois quatre cinq en cinq secondes, battant aussi fort que si le sang allait déchirer la peau du bras pour jaillir hors de son corps, mais régulier comme une horloge ancienne.

Un instinct la fait bondir.

Elle ouvre la fenêtre, la bise qui s'engouffre dans la chambre réveille mon père.

– Lilas! Qu'est-ce que tu fais?

– Besoin de respirer.

Elle s'habille à toute vitesse, un vieux jean et deux pulls feront l'affaire, sans soutien-gorge pour sentir chaque gramme de son corps, elle enfile ses chaussures et sort! Ça paraît banal mais pour une femme qui n'était jamais sortie de chez elle avant 10 heures du matin, c'est incroyable de se retrouver dans la rue à 6 heures.

Premiers pas de grande convalescente, la gueule ouverte comme un chien, elle lape l'air,

– tu es complètement crazy, dirait mon père

s'il la voyait accélérer sur le trottoir, traverser les carrefours déserts en courant, oui elle court maintenant et chaque respiration est une brûlure dans sa gorge. Elle sent ses poumons, elle sent ses cuisses, elle sent ses seins se balancer, son cœur cogner, le sang battre ses tempes et la sueur couler déjà dans son cou.

Elle accélère encore, semant derrière elle le *pressentiment,* bien trop essoufflé pour la suivre. Elle est un des rouages de la ville qui se réveille, piétons ensommeillés, voitures nerveuses, lumières intermittentes, percolateurs odorants. Son cerveau est une machine qu'elle remet en marche, l'air fait tousser les tuyaux abandonnés depuis si longtemps et les mécanismes sont grippés par la crasse mais en quelques tours, la machine fonctionne à nouveau.

Une heure après, elle nous annonce qu'elle a

– une idée.

La douleur est comme une eau stagnante qui pue et les gens s'en détournent, une main sur la bouche pour réprimer la nausée ; à force d'immobilité, elle s'épaissit, pourriture en gelée, et vous avec : vous engourdit et vous croupit. Lilas s'ébroue, elle nettoie l'eau nauséabonde de ses bras, elle frotte ses jambes avec vigueur, boudins de peau morte, griffures rouges ; au sang qui coule entre ses cuisses elle sourit.

Évacuation des eaux usées, elle a trouvé une échappatoire. Son chagrin inutile, le met à la poubelle. Alors que depuis des mois tout le monde lui répète qu'il n'y a rien qu'on puisse faire, qu'elle doit

– passer à autre chose, tourner la page, regarder devant,

elle vient de trouver quelque chose à faire. Ce

n'est pas l'idée d'une vengeance qui lui est venue, on se ne venge pas de la fatalité, mais la solution à un problème.

L'idée s'est installée sans un bruit, imperceptible et rapide, une fourmi envoyée par les autres en repérage pour savoir si le terrain est bon, puis revenant avec toutes ses amies, leur démarche titillante, leur labeur discret, et bientôt toute une fourmilière au travail ne lui laissant plus aucun repos.

Ma mère n'aura plus assez de ses journées pour achever tout ce que *l'idée* lui commande de faire. Enfin Lilas se redresse, elle quitte son lit et cette moue lasse et revient à table, manger et parler avec les autres. Parler avec l'accent anglais, *nevermore*, puisqu'il n'y a plus personne que ça fasse rire aux éclats.

Mais le reste, tout le reste, d'accord.

Une rescapée qui méprise son malheur : elle détache ses cheveux, plus longs, plus légers, plus soyeux qu'une serviette de toilette, enfile des jupes, met des talons et commence à sourire ; c'est étrange mais nous aimons ça papa et moi.

L'image de mon enfance, ce dont je me souviens : une mère un peu inquiétante qui passe du désespoir à l'excitation et dit soudain

— Seymour, emmène-nous en voiture, on se fiche qu'il faille se coucher et que demain l'école !

Et nous partons à la recherche de dos-d'âne qui

feront chavirer mon cœur. Ils ouvrent le toit, il accélère dans les descentes, je ris à en baver sur mes genoux puis ils mettent la musique très fort, des vieilles chansons américaines, papa caresse la cuisse de sa femme sous sa jupe et nous roulons jusqu'à la fin de la musique.

Le lendemain, à l'école, l'institutrice soupire parce que je m'endors un peu sur mes cahiers.

L'idée est simple : elle veut écrire un livre qu'on mettra autant de temps à lire que Rosa a vécu. Il s'agit de reconstituer aussi précisément que possible chaque minute de la vie de ma tante, soit 26 années, 97 jours, 16 heures et 30 minutes. Chaque fois que quelqu'un commencera à lire Le Livre de Rosa, pense ma mère, la vie de sa sœur se trouvera prolongée d'autant. Ainsi Rosa vivra éternellement dans les yeux de ses lecteurs. On a les immortalités que l'on peut.

Son redressement n'est pas son retour vers moi. J'ai beau grimper sur ses genoux, exigeant une histoire ou un câlin, demandant qu'elle attache mes lacets ou qu'elle boutonne la robe d'une de mes poupées, elle ne m'appartient pas (mais m'a-t-elle appartenu un jour ?). Elle est la sœur de Rosa, sa mission est supérieure.

Notre appartement n'est pas commode pour qui veut y travailler : deux petites chambres et un salon étroit prolongé d'une minuscule cuisine. Mes jouets tiennent dans une caisse en plastique

que je roule de ma chambre au salon, agaçant ma
mère qui se prend les pieds dedans. Elle s'irrite
de ne pas avoir de place, une pièce à elle, même
rudimentaire, un lieu où retrouver sa sœur. Pendant quelques semaines, elle s'installe sur son lit.
Leur chambre devient son QG et on me l'interdit.
Parfois je parviens malgré tout à m'y glisser : ma
mère est assise en tailleur sur le lit, penchée sur
son ordinateur, sur son front sa ride creusée.

— Il y a tant à faire, Daffodil, je ne dois pas
traîner. Je vais venir tout à l'heure et nous joue-
rons à la marchande, je te le promets, mais pour
l'instant, s'il te plaît, sors d'ici, tu vois bien que tu
me déconcentres.

Elle ne me rejoint presque jamais pour jouer.
Désormais, si elle pleure le soir, ce n'est plus de
peine mais de colère : elle n'avance pas assez vite,
ce ne sont pas de bonnes conditions, elle n'y arrivera jamais. Mon père propose des solutions :
dégager une place au salon, louer une chambre de
bonne, changer d'appartement, de ville, de pays.
Il n'est attaché à rien d'autre que nous, dit-il. Il le
prouvera, consacrant sa vie à aménager la nôtre,
marin fatigué de la navigation qui fabrique avec
entrain le port où il va fixer son bateau. Où elle
ira il la suivra.

L'appartement, aussi petit soit-il, a connu
Rosa et ma mère n'est pas prête à le quitter. Il lui
semble que sa sœur y a laissé des traces de vie, une
sorte de voile transparent qui recouvrirait tout,

un cheveu sur le canapé, une gouttelette de salive dans la salle de bains, un éclat de son petit rire clair sur la table du salon. Le quitter serait l'abandonner.

Je ne sais comment lui est venue l'idée de s'installer dans le cimetière. Peut-être lors d'une de nos visites. Nous y allons souvent, elle et moi, mettre des fleurs jaunes à Rosa, des tournesols, du mimosa et des branches de genêt en fleurs. Ce sont nos petites cérémonies.

J'aime l'air solennel que nous donne l'allée que nous remontons lentement, ses frétillements de gravier sous nos pas, je m'imagine dans une longue robe de princesse marchant dans la nef d'une cathédrale le jour de mon mariage. Je plonge mon nez dans les bouquets que je tiens fièrement. L'odeur des fleurs est épaisse et poisseuse ; si une nausée me prend, je la cache à ma mère, je ne veux pas la décevoir.

Ciel de pierre,
goût de plâtre,
tout est minéral ici.

Nous nous tenons bien droites devant la tombe, je m'invente des révérences à un seigneur intimidant, je baisse la tête et regarde le bout de mes chaussures sur lesquelles la poussière a dessiné des lunes.

Elle demande pour elle-même :
— Et si je l'installais là, ma place ?
Là : près de l'urne de Rosa.

Là : chez les morts, loin des vivants.
Là : une île pour naufragée.

Elle en parle à sa mère. Marguerite nage encore dans cet entre-monde où l'a plongée la mort de Rosa. L'idée de Lilas ne lui semble pas insensée. Elle sollicite le maire.

– Ce serait une sorte de caveau familial ouvert, dans lequel ma fille pourrait passer un peu de temps près de sa sœur.

Le maire accepte de faire une entorse au règlement des cimetières et sépultures de la commune et Marcel y voit la preuve de ce qu'il soupçonne depuis toujours. Ma mère achète une concession et elle obtient l'autorisation de monter son abri. En quelques jours ils construisent « le Cabanon Rosa ».

J'imagine mon père au milieu des tombes, à clouer les planches de bois comme si tout cela était parfaitement normal. Trois mètres carrés à peine, une ouverture donnant sur la colline, une porte que fait mine de fermer un cadenas mais que n'importe qui, d'un coup d'épaule, pourrait faire céder.

L'intérieur est décoré aux couleurs préférées de Rosa. Un banc couvert de coussins borde un des côtés, l'autre est occupé par la table de travail de ma mère ; des photos, des endroits de Rosa, de ses amis. Au-dessus de la porte s'agite un mobile enfantin. Vivre dans un cimetière : il n'y a que les chats, les feux follets et ma mère pour trouver cela possible. Elle adore sa cabane.

Lilas se met au travail. Elle partage son temps entre Paris et Cintodette. On pourrait la prendre pour une de ces femmes affairées qui marchent à grands pas à la recherche de taxis en sortant de la gare. Si ma mère est pressée c'est qu'elle est convaincue d'avoir enfin trouvé un sens à la catastrophe. Elle est près de Rosa comme elle l'a toujours été. Qu'elle soit morte n'est après tout qu'une vicissitude à laquelle il faut savoir s'adapter. Elle n'a plus peur de pousser le portillon du cimetière.

C'est là qu'elle devient amie avec Christophe Jacquier. À l'époque, il est cantonnier au village et gardien du cimetière. Vous le connaissez j'imagine : le fils de l'auto-école Jacquier.

Il était à l'école primaire en même temps que Lilas. Après la mort de sa mère dans un accident de voiture, son père s'était remis en ménage avec une femme qui le frappait et le privait de repas. Les enfants dans la cour de récréation se racontaient la cruauté des châtiments qu'elle lui infligeait, on disait que la marâtre l'empêchait d'aller aux toilettes, le forçant à uriner sous lui et à remettre ses vêtements souillés, ça les excitait un peu cette méchanceté de conte de fées.

Plus tard, Christophe Jacquier fut placé chez ses grands-parents maternels, qui tenaient la ferme du bas, près du rond-point. Si bien que Christophe sentait soit l'urine soit une odeur de bêtes et de fumier.

– Pue la merde, pue la pisse, disaient les garçons et les filles tordaient le nez.

Lilas se souvient d'avoir ricané avec les autres quand il se faisait interroger, incapable de réciter ses tables de multiplication, il baissait la tête, ses cheveux tondus trop courts sur les oreilles. Quand il apparaît dans l'encadrement de la fenêtre du cabanon, c'est ce qu'elle reconnaît en premier : ses cheveux, leur couleur de paille sale. Même s'il les a laissés pousser, ils font comme un casque autour de son visage cuivré par le soleil. Sa figure ramène ma mère vingt ans en arrière.

Cintodette était encore un petit village, à peine mille habitants. L'essentiel de la commune tenait à une école, une mairie, un terrain de foot, une église où plus personne n'allait, une fontaine et un arrêt de bus où les jeunes buvaient des bières en écoutant de la musique sur des radiocassettes de mauvaise qualité.

Les gens qui n'habitaient pas ce qu'ils appelaient les HLM, en réalité un petit immeuble de quatre étages à peine, vivaient dans des lotissements, alignements de pavillons ou de villas plus ou moins luxueuses. On connaissait votre niveau de vie selon que vous habitiez La Blaque (assez pauvres) ou Le domaine de la Côte (pour les plus aisés). Mes grands-parents avaient fait construire leur maison au Clos du pré, un lotissement inter-médiaire, peuplé d'enseignants et d'employés de bureau. Les commerçants étaient plutôt à la Combe Suzon, là où les maisons sont défraîchies maintenant.

En face des HLM se trouvait le centre com-mercial, un bien grand nom pour désigner la boulangerie, l'épicerie-boucherie, le bar-tabac, la marchande de journaux et le bureau de poste. Je ne savais pas que votre père s'y trouvait aussi, ma mère ne m'en a jamais parlé. Elle insistait plus sur les craquements de leurs pas lorsqu'elles marchaient en hiver sur les petits monticules de neige noire, tentant de ne jamais poser le pied sur le goudron de la route. Ou des longs après-midi d'été où elles arpentaient la rue qui menait de l'école aux magasins, marchant en funambules sur l'arête du trottoir, insultant les routiers qui klaxonnaient leurs jupettes – Rosa leur faisait des doigts d'honneur – et rentrant plusieurs fois de suite à l'épicerie puis à la presse pour voler, ici des bonbons, là des bijoux de pacotille. Elles surent plus tard que les commerçants mettaient sur la note de leur mère tout ce qu'elles chapardaient si bien que leurs vols étaient à la fois sponsorisés par les parents et appréciés des marchands.

À côté du bureau de poste, se trouvait le petit local de l'auto-école. C'est la nouvelle femme du père de Christophe, la cruelle, qui donnait les

leçons de code. Elle passait les diapositives en soupirant, un éternel chewing-gum dans la bouche.
Le père Jacquier était le professeur de conduite.
Toujours affublé de la même chemise en tergal,
odeur amère d'avoir été trop lavée, il se retrouvait
souvent, sous prétexte de changer une vitesse, à
effleurer la cuisse des filles.

Lilas, en voyant Christophe apparaître à la
fenêtre du cabanon, se souvient de l'odeur froide
de tabac brun qui emplit la voiture où le père
Jacquier lui apprend à conduire, elle réprime ses
haut-le-cœur, elle a tant besoin de ce sésame, le
permis de conduire, comme tous les jeunes d'ici,
pour partir.

La chose qui a le moins changé à Cintodette
depuis cette période est la rivière, avec son bar-
rage et ses rives aménagées en une petite plage
où l'on trompait déjà l'ennui en venant pêcher,
pique-niquer, jouer au volley-ball, draguer et
même mourir quand les tumultes du courant
vous emportaient. Plusieurs tombes au cimetière
sont celles de noyés. C'est ce qui est arrivé au père
Jacquier quand Christophe avait une vingtaine
d'années.

Parti pêcher à l'aube un dimanche matin de
printemps, on a retrouvé son corps emprisonné
dans les racines des saules pleureurs trois jours
plus tard. Ils l'ont enterré à côté de sa première
femme.

Leur fils, pourtant quotidiennement au

cimetière, n'a jamais rien mis d'autre sur leur tombe qu'une plante en plastique made in China. Ma mère se souvient de la battue organisée par les villageois pour retrouver le père Jacquier, ils marchaient en ligne au bord de la rivière et criaient son nom. Christophe était resté assis pendant que tout s'agitait autour de lui, un enfant oublié dans un hall de gare.

Il s'est épaissi, son pas s'est alourdi et sa démarche est légèrement courbée, les mains derrière le dos. Il porte autour de la taille une ceinture en cuir à laquelle sont accrochées toutes sortes d'outils. On dit qu'il fait toujours peur aux filles du village, ses manières un peu brutales.

Lilas sort du cabanon, lui tend la main et un léger sourire, elle s'attend à ce qu'il la rabroue. Il dit :

— Je te reconnais, tu es la sœur de l'autre.

La définition convient à Lilas.

Il dit aussi :

— Si tu ne me cherches pas de souci, tu n'en auras pas, je dirai rien de ce que tu fais.

Un étrange compagnonnage commence entre eux que tout éloigne pourtant, fait de silences et de gestes routiniers. Il perdurera jusqu'à ces dernières semaines. Le soir, après un dernier tour du cimetière et avant de rentrer chez lui, Christophe donne deux coups dans la barrière métallique avec un de ses outils et Lilas sait qu'elle est seule désormais.

Parfois elle lui propose un thé et ils le boivent en soufflant sur leur tasse, assis sur le banc du jardin du souvenir ; la plupart du temps ils ne parlent pas, mais aucune gêne ne s'installe entre eux. Elle a essayé d'en savoir plus et lui a demandé si son père lui manquait. Il lui a répondu par un de ces regards qui vous clouent,

— comme disait mon père en parlant de ma mère, les morts sont des vivants qui me foutent la paix.

Depuis, s'ils parlent, c'est de la météo. Ils sont là pour travailler et chacun s'occupe à sa manière de ses morts, Lilas dans son cabanon, Christophe dans les allées à rafistoler une barrière, préparer un trou, réparer un robinet, tondre le gazon, relever les pots, tailler les arbustes. Certains après-midi de semaine, lorsque le cimetière est désert, il la laisse monter le volume de la musique et Lilas ouvre la fenêtre du cabanon, elle jurerait que les mélodies font sourire les tombes et que Rosa sur sa photo lui adresse un clin d'œil.

Les jours d'enterrement, elle s'enferme dans le cabanon, et regarde par les interstices entre les planches. Elle cherche sur les visages des nouveaux endeuillés la marque du chagrin universel. Elle se convainc que c'est la seule chose, cette peine devant la tombe fraîche, que les humains partagent vraiment.

Lorsque je l'accompagne, remontant l'allée

gravillonneuse à petits pas serrés en la tenant par la main – et elle retient mon sautillement, j'aime tant le bruit de ces graviers –, il arrive que je surprenne les persiflages de vieilles femmes occupées à arroser les plantes d'un défunt regretté.

C'est indistinct, nous passons vite,

– folle, cabanon, famille de folles, filles-fleurs,

alors je serre sa main plus fort, une façon d'écraser ma honte.

Elle s'en fiche.

À part Christophe, elle ne parle à personne. Jamais elle ne lie conversation avec ces dames qui viennent chaque jour arranger les fleurs sur leurs tombes comme on fait son lit le matin : en prévision du coucher. L'une d'elles, Georgette, nettoie deux fois par semaine la pierre tombale sous laquelle elle reposera avec son mari Raymond, leurs noms déjà gravés sur la pierre grise, ne manque que la date de leur mort.

Lilas n'est pas des leurs.

Elle a peu le temps de s'occuper de la tombe de sa sœur. Elle ne s'y arrête presque jamais. Rosa n'est de toute façon pas là, dans ces quelques grammes de cendres que l'on conserve derrière le granit. Rosa est dans le *projet,* du travail pour cent ans. Reconstituer minutieusement la vie de sa sœur, c'est affronter la métaphysique, chapitre ontologie. Qu'est-ce qu'une personne ? Comment raconter dans le détail et la vérité la vie de quelqu'un ? Faut-il la considérer comme un organisme, décrire dans le détail les milliards de transformations qu'a subies son corps de sa naissance à son décès, en connaître la moindre molécule ? Ou au contraire faire abstraction de l'enveloppe pour ne s'intéresser qu'au contenu, à l'esprit, aux sentiments, aux pensées ? Mais alors ils sont une infinité, de la fraction imperceptible d'une réflexion fugace au raisonnement construit, des débats intérieurs aux contradictions avérées, des changements d'opinions aux valeurs immuables.

Et si, plutôt que dans ses pensées, sa sœur était dans ses actes, tous ceux qu'elle a effectués sans y penser depuis son premier souffle, tous ces mouvements qu'elle a accomplis, attraper un jouet, trouver son équilibre à vélo, manger, sentir ses doigts, traverser la route en courant, sauter du plongeoir, apprendre à conduire, se casser la jambe en tombant du train, ramasser les cartes, s'asseoir, uriner, écrire, gratter une croûte, craquer une branche, écraser un moustique, se cogner le coude, presser un bouton, arracher un poil, fermer les yeux, faire l'amour ?

Le fossé qui sépare Lilas de la vie depuis la disparition de sa sœur est un vertige profond – et attirant pour qui s'y penche.

Et que faire des secrets : à qui appartiennent-ils, les secrets des morts ? Que deviennent les non-dits et les cachés, petits clandestins tapis dans des doubles-fonds intérieurs, quand la vie s'en est allée ? Les tombes sont pleines de secrets trahis. Tu me diras quand tu le voudras, Lemy. En attendant, je creuse.

Le commencement est la naissance. Tout en dire. L'accouchement a duré quatre heures trente environ. Il faudra que le lecteur y passe le même temps. Pour cela décrire la ville où se trouve l'hôpital, raconter les rues écrasées par la chaleur d'août et les blouses violacées des rares passantes, l'orage qui déchire le ciel et fait trembler les murs trop fins du pavillon alors que Marguerite sent les eaux chaudes du liquide amniotique couler entre ses jambes, la vieille voiture dans laquelle Marcel la conduit jusqu'à la maternité et les cigarettes qu'il enchaîne sur le trajet, fumée âcre que les fenêtres grandes ouvertes ne suffisent pas à dissiper. Dire ensuite l'atmosphère de la salle de travail, la suspension du temps, on ne sait s'il est trop lent ou trop rapide, la douleur de Marguerite et le désarroi de Marcel, impuissant à soulager sa femme. Alors qu'elle retient ses cris, cabrée à chaque contraction, il agite frénétiquement un journal pour se faire de l'air. La sage-femme, plusieurs fois, lui demande s'il veut sortir.

Lilas va à la recherche des témoins : celles qui ont accouché aux côtés de sa mère, ceux et celles qui y travaillaient ces jours-là. Par chance, la maternité avait été totalement rénovée quelques semaines plus tôt et venait de rouvrir. L'actualité de ce mois de vacances est pauvre, aussi le journal local couvre-t-il l'événement hospitalier en long et en large : dans les archives du quotidien, se trouvent plusieurs reportages sur le service. Un photographe a été envoyé spécialement pour immortaliser les premières heures de la nouvelle maternité. Ses images permettent de se faire une idée précise de ce que vit Rosa lorsqu'elle ouvrit les yeux. Murs jaune poussin, fresques naïves, petites baignoires en plastique et balance où elle fut pesée, fenêtre par laquelle on aperçoit le toit de l'hôpital, sabots de la sage-femme, chariots de médicaments, biberons alignés, portes à hublots, serviettes-éponge et savons liquides.

Un après-midi mou, alors que tout le monde semble attendre que la journée se termine, Lilas obtient de Marcel qu'il diffère ses mots croisés et de Marguerite qu'elle quitte son lit.

– Papa, maman, je dois vous parler de mon projet : faire revivre Rosa dans un livre que l'on mettra autant de temps à lire qu'elle a vécu. C'est ça que je fais dans le cabanon là-haut. Il faut que je reconstitue toute sa vie, chaque minute vous comprenez ? J'y mettrai le temps qu'il faut, toute ma vie peut-être. Mais pour cela j'ai besoin que vous me racontiez tout ce que vous vous rappelez dans les moindres détails. Faites un effort : remettez-vous par exemple exactement au moment de sa naissance et dites-moi tout ce qui vous vient. Vos pensées, vos habitudes, vos amis, ce que vous mangiez alors, les musiques qui passaient à la radio maman, et toi, papa, ta voiture, la couleur de ta voiture, les clients que tu voyais, les modèles que tu leur vendais, les cigarettes que tu fumais, tu fumais dans la voiture, hein ? Dites-moi aussi comment elle était, dites-le-moi le plus concrètement possible. Et ce qu'elle faisait : les premiers mouvements qu'elle a effectués lorsqu'elle est née, dites-moi tout.

Marcel et Marguerite sont assis dans leurs fauteuils, on dirait qu'ils ont des couvertures de vieillards sur les genoux. Ils aimeraient tant lui faire plaisir. Elle est folle mais vivante au moins, celle-là. Marguerite sort ses albums. Elle en a des dizaines, alignés sur l'étagère du salon. Le moindre dessin de ses filles a été collecté et archivé, chaque photographie est datée et légendée.

Ils tournent ensemble les pages. Mais voir ces images ne provoque rien de spécial, comme si le souvenir était l'image, rien de plus pour leurs esprits anesthésiés. Surtout leur mémoire est trop sentimentale pour Lilas qui ne voudrait que des faits bruts, minutés, intangibles.

Ils disent qu'elle était mignonne, Rosa, et qu'elle a pris son pouce tout de suite. Ils disent qu'elle criait si fort que la dame d'à côté s'était plainte aux infirmières et que grâce à ça, Marguerite avait obtenu une chambre pour elle toute seule. Et qu'elle était si agitée que l'habiller relevait du tour de force. Elle était même tombée de la table à langer à force de gesticuler, elle avait à peine trois semaines.

Lilas sait déjà tout ça, les légendes familiales.

– Non, pas les clichés, merci! Faites un effort! Donnez-moi des faits. Essayez de vous rappeler des choses concrètes. Elle dormait sur le dos?

Lilas ne veut pas l'écume des anecdotes, elle cherche l'épaisseur de sa sœur. Elle se fiche de savoir que Rosa avait des joues rondes et une fossette au menton ou que Marguerite était un peu déçue, elle qui aurait tant aimé avoir un fils (prénom Cyprès), elle aimerait savoir à quelle heure, par exemple, sa sœur a pris sa première tétée et pouvoir la décrire avec précision et temporalité : que sa lecture prenne le temps qu'il lui fallut pour boire. Impossible de trouver cette donnée pourtant essentielle. Sa mère se souvient que ce n'était pas au sein, mais au biberon, mais elle ne sait pas combien de temps elle dura, ni même qui la lui donna. Idem pour le premier bain, et les suivants : le matin? L'après-midi? Et les vaccins? Et les visites? Qui l'a vue en premier? Ma grand-mère n'a pas oublié ceux qui ne sont pas venus (ses beaux-parents, qui toujours disaient On ne va pas vous déranger pour justifier leurs absences) mais elle est incapable de dire qui, de sa mère ou de ses sœurs, a pris sa seconde fille dans les bras en premier.

Dans le carnet de santé n'ont été portées que des considérations médicales. Un apgar de 10,

léger ictère, réflexes bons, poids de naissance
3 120 grammes (ici ma mère a noté entre parenthèses : poids des cendres après incinération ? =>
<u>Se renseigner</u>), taille 52 centimètres.

Lilas continue d'interroger ses parents.

Que s'est-il passé lorsque Rosa et Marguerite
sont rentrées après cinq jours passés à la maternité ?

Marcel se lève, préparer un thé, sortir le chien,
s'absenter, échapper à cette torture que leur inflige
Lilas, laisser Marguerite raconter. Elle était fatiguée, harassée par la chaleur et la petite qui dormait très peu. Sa sœur Iris est restée à la maison
la première semaine pour l'aider. Mais très vite,
Marguerite s'est retrouvée seule avec les deux
gamines. Marcel était sur les routes du lundi au
vendredi, le coffre plein de souvenirs-cadeaux qui
n'étaient pas encore de sa fabrication. C'était la
grande époque du Mont-Saint-Michel.

– J'ai déprimé je crois, dit Marguerite à sa fille
et c'est une confidence. J'ai commencé à avoir
peur de tout. Je m'inventais des menaces, c'est
idiot quand on y pense. Ne le dis pas à ton père,
il n'est pas au courant.

Marguerite ne dit pas combien de temps prenait un biberon, ni la couleur du pyjama de Rosa
(pour cela, ma mère s'aidera des albums photos),
ni les premières sorties en landau dans le village
ou le flasque de son ventre après l'accouchement,

elle lui confie une terreur intime construite dans la solitude de ses journées de jeune mère.

– Je me racontais des histoires. Un type du village d'à côté avait perdu toute sa famille, sa femme et ses trois gosses, dans un incendie. On le croisait à la boulangerie, les yeux dans le vague, les cheveux défaits, cent ans sur les épaules. Je me suis dit qu'il me guettait derrière les volets le soir, qu'il m'attendait derrière la porte. Ton père n'était pas là, tu comprends. Tu étais encore toute petite et ta sœur n'avait que quelques mois. Je n'avais personne à qui parler. J'imaginais que ce type était armé d'un long couteau, fin et gris : je voyais briller sa lame derrière les volets, j'en étais sûre, j'en aurais gueulé de peur si je n'avais craint de vous réveiller.

Ma mère enregistre tout sur un appareil. Plus tard, lorsqu'elle réécoute, elle découvre dans le souffle de sa mère que celle qui les protégeait était encore une enfant. La maison alors semblait aussi vaste et sombre à Marguerite qu'à Lilas lorsqu'elle se levait pour aller aux toilettes la nuit, s'appuyant aux murs du couloir noir, les yeux écarquillés et la respiration suspendue. Une ombre passait devant la fenêtre, le bruit de la pluie dans le chéneau et Marguerite visualisait son assassin et la scène du crime dans ses détails les plus rouges, un carnage, cadavres, sang, tripes. Marcel les trouverait à la fin de la semaine, éventrées, dépecées, souillées.

– Un long couteau, fin et gris : je voyais sa lame briller, j'en aurais gueulé de peur.

Le couteau. Lilas pense à Lemy.

– J'étais convaincue qu'il voulait me violer et me tuer. Le pauvre, s'il avait su. C'est là que j'ai commencé à inviter Christine Partière. Elle couchait ses gamins et me rejoignait après. On écoutait de la musique, des chansons chiliennes, c'était l'époque. Souvent elle amenait du cognac et un peu d'herbe. Nous nous installions au salon. Ta sœur dormait dans son berceau et je luttais pour que tu ne te relèves pas. Nous buvions le cognac dans les tasses à café tour Eiffel que ton père vendait à ce moment-là. Tiens, tu voulais connaître le décor : tasses à café tour Eiffel, plateau Notre-Dame et un cendrier avec l'image de la grotte de Lourdes. Nous fumions en nous racontant des horreurs : moi et mon serial killer, elle et les infidélités de son mari qui ne rentrait qu'un soir sur trois. C'était avant leur divorce, ça a duré des années. À la fin de la soirée, elle traversait la haie et rentrait chez elle en rampant pour échapper au violeur ! Ça la faisait rire mais pas moi : je n'arrivais pas à dormir, persuadée qu'il avait tout entendu et n'en serait que plus cruel avec nous.

À cette époque, lorsque Marcel l'appelle, tous les deux jours, il trouve des airs mystérieux à sa femme. Il croit bien sûr qu'elle a un amant.

Quand Lilas rentre de Cintodette, c'est comme si elle revenait d'un voyage d'affaires. Mon père est mon quotidien, elle est mon cadeau de fin de semaine. Elle pose son sac dans l'entrée, jette son manteau sur une chaise, enlève ses chaussures, se regarde dans le miroir, ébouriffe ses cheveux, jette un œil aux papiers sur le petit meuble près de la porte et m'embrasse enfin. En lui passant les bras autour du cou, elle dit à mon père qu'elle est épuisée mais heureuse de nous retrouver. Ils boivent un verre de vin et elle pose ses pieds sur ses cuisses, ils sourient, j'aime la douceur de ces instants.

Parfois, le vendredi soir, ils invitent Jean et Barthélemy à dîner. Un soupçon de comme autrefois plane entre eux. Je suis dans un coin, si je ne fais aucun bruit, ils ne me demanderont pas d'aller me coucher avant minuit. J'entends ce qu'ils disent, je m'en imprègne ; j'ai hérité de deux choses de ma mère : son petit tabouret bleu et sa mémoire.

Jean a repris ses études d'histoire. Il n'a pas encore abandonné tout à fait l'idée d'écrire une pièce de théâtre mais sans Rosa, son moteur est cassé.

– Je peine, dit-il en écrasant sa cigarette.

Il passera les concours de l'enseignement à la fin de l'année, ça lui fera une sécurité. Pour payer le loyer du boulevard du Temple où il est resté vivre, il travaille quelques heures par semaine dans une librairie, au rayon bandes dessinées. Il a rencontré une fille, blonde, gentille, amoureuse ; elle le distrait mais il ne l'aime pas : il le dit à Seymour et Lemy pendant que ma mère est partie chercher le dessert. Lorsqu'elle revient, ils parlent d'autre chose.

Lemy est lancé dans l'écriture d'un deuxième roman. Il espère le terminer pour la rentrée de septembre. Il changera probablement d'éditeur et refusera à son habitude toute compromission avec les médias. Une interview est toujours un mensonge, même une toute petite, ou même une très longue.

– Le mystère de l'art ne se raconte pas, dit-il, et ma mère l'écoute en tenant ses joues entre ses mains comme si elle cherchait à contenir ses pensées dans sa cervelle, qu'elles ne se déversent pas, que tout soit sous contrôle, bien comme il faut.

Ils ne parlent pas du secret.

Lilas pense que le moment viendra un jour.

Lemy espère qu'elle oubliera.

Ils sont amarrés autour de la table, leur amitié se débat dans la tempête mais, instinct de survie, ils font le dos rond, attendant des jours plus calmes.

Ils me font penser à cette guêpe que mon père a emprisonnée dans un verre : s'économisant après la panique de la capture pour garder assez d'oxygène et tenir jusqu'à la libération lorsque cette cage de verre se soulèvera et la laissera repartir. Puisque Lilas s'est relevée, ils font comme si la vie avait repris. Ils sont dans l'illusion qu'en ne formulant pas les problèmes on les combat, que les ombres vont s'estomper peu à peu, qu'avec le temps, va, tout s'en va.

La vérité est bien sûr qu'ils ont beau s'en défendre, rien ne sera plus jamais comme avant et qu'ils n'y peuvent rien, émouvants petits humains.

— Et toi, Lilas? demande Lemy. Comment vont nos amis les critiques littéraires?

— Aucune idée. J'ai tout coupé, tu sais, je ne lis plus rien. Je ne peux plus, c'est presque physique, j'ouvre un livre et rien ne s'imprime dans mon cerveau. La fiction m'insupporte et les témoignages me débectent.

— Elle préfère se plonger dans les plans d'hôpitaux et dans les histoires de syndicats d'infirmières, dit mon père en plaisantant.

Il la borde du regard.

Et sort, pour leur montrer, les photos qu'il a faites du cabanon. Je sens une imperceptible gêne s'immiscer entre eux — ou peut-être est-ce juste ma honte —, Jean et Lemy ne disent rien. Ils regardent les images et écoutent ma mère leur raconter son projet comme on se renseigne sur une maladie : attention et inquiétude. Mais Seymour ne le remarque pas. Pour lui, la folie n'est pas là, pour lui la folie serait de consacrer sa vie au cours de l'or pour amasser le magot qui permettra d'échapper à l'extermination. Il lui est difficile de leur dire mais l'enthousiasme de Lilas, fût-il pour un objet de chagrin, structure sa vie comme un corset bienveillant dont il ne pourra plus se passer.

Puis ils débarrassent la table, ne gardent que leurs verres et m'envoient me coucher. Ils vont peut-être jouer aux cartes. J'aime faire le tour de la table pour les embrasser, la peau imberbe de Lemy est encore plus douce que celle de ma mère et Jean me prend dans ses bras en disant que je suis Daffodil, la princesse aux longs cils.

Je me souviens d'une nuit où Jean a dormi chez nous. J'avais peut-être cinq ans. Ils avaient ouvert le canapé jaune. C'était une des premières fois qu'on l'utilisait depuis ma naissance et j'étais très excitée. Je trouvais ce canapé-lit d'une fantaisie incroyable, un génie l'avait inventé tout exprès pour m'amuser. J'avais voulu faire le lit avec mon père et nous y avions passé une demi-heure.

Je me précipitais sous le drap comme un rongeur, hurlant de rire lorsque la main de mon père, sa grosse main d'Américain, se posait enfin sur moi pour me sortir de ma cachette.

Plus tard, ils avaient mis de la musique brésilienne et fumé à la fenêtre. Puis ils s'étaient couchés et j'avais prétexté une insomnie pour rejoindre Jean dans le canapé-lit. Je me souviens, il me regarde tendrement,

— tu es ma Daffodil, ma folie,

je presse sur son nez pour l'écraser, j'étire un peu plus ses yeux, je lui dis

— tu ressembles à un Chinois,

et il pleure en silence, un sourire douloureux aux lèvres. Plus tard ils m'expliqueront : *Chinois* était un des surnoms que Rosa donnait à Jean.

Lilas les convainc de venir voir le cabanon.

Nous prenons le train ensemble un samedi matin, avec cette fausse joie que je prendrai longtemps pour un authentique entrain. À Cintodette Marguerite s'est levée à l'aube, pour cuisiner comme à Noël. Après le déjeuner, je reste avec elle sur la terrasse, je tire les oreilles du vieux chien pendant qu'elle taille ses rosiers, et ils grimpent jusqu'au cimetière.

Hyriée n'était pas revenu depuis l'enterrement. Ils se recueillent un instant devant la stèle puis Lilas leur fait visiter le cabanon. Elle est heureuse, c'est étrange, n'est-ce pas ? Il lui semble qu'ils reforment enfin le cercle dissous, elle sort un jeu de tarots et les voilà tous quatre, jouant à quelques mètres de l'urne de Rosa. La musique coule doucement derrière eux, le thé est chaud, les coussins confortables, ils pourraient presque oublier où ils sont. Ce qu'ils font. Cette incursion au pays de Rosa qui est aussi celui de la folie de Lilas.

Soudain Hyriée se lève. La peau de son crâne glabre, on voit ses veines pulser, des filets de sueur froide le long de ses tempes, ses yeux cernés. Il extirpe son grand corps du cabanon et ses amis le voient tanguer entre les tombes.

Mon père le suit.

– J'ai peur Seymour : je vais crever à mon tour, je vais tomber comme Rosa.

Courbé en deux, le souffle court, il tente

quelques pas et finit par s'écrouler dans les épineux de la haie.

Ma mère est pétrifiée sur le seuil de son cabanon. Et si c'étaient les feux follets? Un signe envoyé par Rosa? Un appel pour qu'il la rejoigne, ensemble à jamais dans leur secret? Retenir le cri d'effroi, attendre et subir puisqu'il n'y a que cela à faire.

Mon père a allongé Lemy par terre. La peau de ses bras est écorchée, il saigne un peu. Seymour lui pose une main sur son ventre, Hyriée est blafard. Un fantôme.

— Respire calmement, ce n'est rien.

A-t-il vu de l'inquiétude dans le regard de mon père que pourtant rien n'affole jamais? Lemy se met à trembler, son corps est secoué d'électricité. Des spasmes, des grimaces de peur, est-ce ainsi que les hommes meurent?

Il n'y a que Jean pour se tenir éloigné. Assis sur le banc du fond, il fume une cigarette. Il voit le premier arriver Christophe Jacquier, la ceinture d'outils cliquetant à sa taille.

— Qu'est-ce qu'il se passe? On avait dit pas de bazar, crie-t-il à ma mère.

— Il a un malaise, Christophe, ce n'est pas un bazar. Il faut appeler les secours.

Jacquier hausse les épaules en jetant un œil au grand chauve :

— Les secours? On n'est pas à la ville ici. Il sera mort avant qu'ils arrivent. Il faut l'emmener chez le docteur.

Ils doivent porter Hyriée, de leurs bras font une chaise à porteurs. Il tremble moins mais sa peau a toujours la couleur des marbres. Le médecin l'ausculte attentivement puis finit par annoncer, comme il l'avait fait pour ma mère quinze ans avant :

– Crise d'angoisse, c'est rien.

Le *pressentiment*, voilà qu'elle en partage les signaux avec son ami : Lilas prend la main de Barthélemy qui n'a pas la force ou le courage de la lui retirer. Tout à l'heure je la regarderai soigner ses écorchures, à petits tapotis de coton, et il tournera la tête pour ne pas voir ses plaies.

Pendant tout ce temps, Jean est resté au cimetière. Nul ne sait ce qu'il fait devant la sépulture de sa bien-aimée. Il est le veuf, l'inconsolé, elle est son étoile morte ; toujours je lui ai connu cet air de rescapé d'une catastrophe, ce détachement qu'ont ceux à qui le pire est déjà arrivé.

Une nuit sans lune, absolument noire.

Je ne vois même pas mes pieds. Ils se prennent dans les racines et je trébuche. Nous avons passé le puits depuis longtemps déjà, sans même y jeter un caillou, tendues par la nuit qui nous presse. À petits pas rapides nous avançons comme si une avalanche menaçait de nous engloutir : à la fois vite et précautionneusement, chaque pas pouvant déclencher la fureur dans la pente. C'est presque flotter.

Vite, avance, vite.

Seules les silhouettes des arbres, noires ténèbres, se découpent devant nous. Nous savons qu'ils nous accompagneront jusqu'en bas de la côte. Le sentier descend dans le bois, il serpente autour des rochers puis il rejoint la route, encore deux kilomètres, nous passerons devant le cimetière, peut-être ferons-nous une pause au cabanon, j'y ai dessiné cet après-midi, puis la longue descente, si drôle lorsqu'on se laisse aller en courant, les pieds qui tapent le goudron, la tête qui résonne à chaque choc, et la maison sera là.

Mille fois nous avons fait cette promenade de jour, mon père dix pas devant nous, défrichant d'un bâton les herbes hautes, me montrant un trait de lumière dans les feuilles, comparant avec les forêts américaines, ma mère à mes côtés me parlant de tout, de rien et de Rosa.

C'est moi qui ai insisté pour que nous redescendions à pied. Mon père a raccompagné mes grands-parents en voiture, nous sommes parties toutes les deux. Nous avons mangé au restaurant du haut pour fêter la fin des vacances. En sortant, Marcel a pris Marguerite par la taille, il a déposé un baiser dans son cou, ça m'a fait un peu rougir de les surprendre.

L'été se termine.

La chaleur s'est évaporée et un petit vent nocturne s'est levé qui fait frissonner mes épaules nues. Une demi-heure que nous sommes parties. Nous devons être à mi-chemin.

Je marche devant.

Ou derrière.

Je ne sais plus.

Tout à l'heure, nous nous sommes frôlées.

Me doublait-elle ou me laissait-elle passer?

Aucune idée.

À part les craquements de mes pas sur les branches et le froissement des arbres dans la brise, il n'y a pas un bruit.

Pour une fois, ne parlons pas, tu veux bien ma Daffodil ? Nous profiterons mieux de l'instant.

Pas un bruit, vaguement un souffle qui m'entoure. J'avance difficilement. Il faut que je me hâte pourtant. Chaque pas est une petite chute, une prise de risque dans l'amas tortueux qui jonche le sentier. Je me concentre sur mes chevilles que rien ne doit tordre. Tout à l'heure la droite s'est pliée, j'ai poussé un petit cri.

Non, ça va, ce n'est rien, ne t'inquiète pas, maman.

Je le dirai à mon père lorsque nous arriverons. Il prendra ma cheville dans sa grosse main chaude, la tournera un peu, il aime nous masser les pieds, il passera peut-être un peu d'eau ou de pommade et finira par chiffonner ma frange.

Je suis en sandales, leurs brides sont fines et mes pieds glissent, je dois avoir une écharde dans l'orteil droit. Les branches ont griffé mon visage, mes jambes et mes bras nus. J'ai des écorchures sur les joues, le goût métallique de mon sang sur les lèvres, papa aussi les soignera tout à l'heure.

Soudain : l'arête d'une pierre, trente centimètres peut-être, tranchante comme le verre, renvoie un rayon anthracite. Une mâchoire d'acier.

Ou est-ce un animal tapi dans l'ombre ?

Ses dents ?

Sa gueule ouverte pour m'avaler d'une bouchée ?

– Maman, qu'est-ce que c'est ?

Elle ne répond pas.

Pour une fois ne parlons pas.

La tache sombre me regarde en ricanant.

– Maman, où es-tu ?

Pas un mot.

Nous profiterons mieux de l'instant.

Je comprends : elle se tait pour ne pas attirer l'attention du monstre. S'il nous entend il nous sautera dessus, ses crocs se planteront dans nos gorges et rien ne pourra arrêter nos sangs de tremper la terre grise ; nos cadavres blêmes seront son dernier festin estival.

Je pourrais hurler de peur si la terreur ne coupait pas mon souffle. Je cherche la main de ma mère dans le noir, je tends mon bras comme une aveugle pour la trouver. Je tâtonne, tout est si sombre dans cette forêt. Elle n'est pas à droite. Ni à gauche. Devant peut-être.

Maman, prends ma main, j'ai peur.

J'avance en vacillant, les deux bras écartés, toute mon envergure pour toucher ma mère. Je dois la trouver. Je cours maintenant, tordant mes chevilles, tombant dans les ronces, je tourne sur moi-même les yeux fermés, la bouche ouverte et les bras en avant pour trouver quelqu'un. Mes mains affolées fouettent le vide.

Ou c'est encore le cauchemar d'une gamine de neuf ans, et c'est la nuit et je suis seule et je pleure.

Je suis fille unique.

C'est une absurdité dans une famille de sœurs.

Jusqu'à moi, toutes les générations voyaient éclore des brassées de fleurs, des Iris, Violette, Marguerite, Jacinthe, on a même connu une Pâquerette et une Tulipe. Je serai l'unique Daffodil. Mon père aurait voulu pourtant une autre enfant. Elle aurait été drôle et tendre, nous l'aurions appelée Poppy, Coquelicot en anglais.

Mais ma mère a pris peur.

Comme sa mère s'imaginait un violeur tapi dans l'ombre, prêt à la massacrer, elle s'invente une malédiction qui veut exterminer ceux qu'elle aime. Oui, une malédiction, de celles qui ordonnent l'impensable, formant un récit logique qui permet d'expliquer l'impossible.

Elle se raconte un cauchemar dans lequel les

coïncidences n'existent pas, une terreur où le tribut à payer est ce que l'on a de plus cher.

Une vie pour une vie.

Une mort pour une naissance.

Un malheur pour un bonheur.

Méchante équation : c'est pour la punir de sa plus grande joie que lui fut infligée sa plus cruelle épreuve.

Mon âge est la durée de son deuil. Chaque automne, la même histoire. Mes bougies sont encore chaudes, elles viennent d'être soufflées, ma mère prend une ombre dans son regard, elle s'éloigne imperceptiblement, pensant déjà à l'autre date, égrenant le triste compte des années qui la séparent de sa sœur.

Mon anniversaire aura toujours cette atmosphère étrange, comme si un spectre en cape noire se tenait dans un coin, prêt à recouvrir mes rires et mes cadeaux d'un voile funeste.

Bien sûr elle n'en a jamais parlé.

Il n'y a que dans le silence des insomnies, lorsque la nuit isole plus qu'elle ne repose, que ces pensées vous viennent. Mais on n'a pas besoin de les formuler pour en être l'objet. Il m'a fallu du temps pour le comprendre, personne ne dit

— nous sommmmes les maudits, notre famille est frappée par la malééédiction,

aucun bruit de chaînes dans la maison la nuit, pas de drap blanc aperçu au fond d'un couloir :

les fantômes savent être discrets. On peut être une fille banale et pourtant otage d'une tragédie antique.

Lilas se met en quête.

Elle veut savoir ce qui s'est passé avant elles. Rosa est-elle un cas unique dans sa lignée ? Quelles fautes paye une famille pour se voir frappée ainsi ? Quel est l'ancêtre qui a laissé sa descendance aussi endettée ? Elle passe des nuits sans sommeil à fouiller dans ce qu'elle entendait Marguerite et ses sœurs raconter lorsqu'elle était enfant.

Je suis d'une famille de femmes où chaque généra-tion a perdu une sœur.

Lui reviennent des bribes d'histoires. Des chuchotis, *morte en couche*, des apartés, *la faucheuse*, des bruits de fond, *terrible accident*. Rosa, Magnolia et bien des aïeules avant elles : une petite Myosotis n'avait pas vécu plus de dix jours, une Marie-Pivoine avait succombé à une horrible fièvre peu avant la Seconde Guerre. De quel crime cette cruauté est-elle la condamnation ? Jusqu'à quand devrons-nous payer ? De quoi Rosa est-elle le prix ?

C'est un puzzle dont ma mère n'a ni le nombre de pièces initiales ni le plan. Elle voudrait que ce ne soit qu'une fabrication malsaine de son esprit traumatisé mais il n'y a pas de hasard possible lorsque le drame frappe avec une implacable régularité. À chaque génération sa victime arrachée violemment aux siens.

Fauchée, Rosa, comme les autres, exécutée en pleine fête. Comment ne pas lier les deux événements ? Les jeunes femmes ne meurent pas en principe. Ce n'est pas le rouge à lèvres, ce n'est pas la pluie, ce n'est pas la danse, ce n'est pas la malchance, ce ne peut être que le bonheur de ma naissance.

Je suis d'une famille où chaque mère a pleuré sur le cercueil d'une de ses filles.

J'ai quatre ans, elle me regarde enfiler mon déguisement de pirate. Elle ne veut plus m'échanger comme aux premiers jours de la disparition de Rosa, me redonner contre sa sœur, la vie sans moi lui est maintenant inimaginable. J'ai enfilé le pantalon et voilà la veste en velours rouge. Mon épée en mousse est dans son fourreau. Ne me manque que le bandeau que l'on doit mettre sur mon œil gauche. Au prétexte de m'aider, elle me prend dans ses bras, me soulève jusqu'à elle. Elle est forte maintenant, ses mains me saisissent fermement sous les aisselles. Je me vois dans ses yeux transparents où tremble un peu d'eau claire, un lac de montagne, j'aime cet endroit pour mon reflet, je pourrais m'y noyer de bonheur.

– Pardon ma petite, cette vie n'est pas une vie, je fais de mon mieux tu sais, nous y arriverons mon Daffo.

Elle m'entoure entièrement de ses bras, je suis

si petite encore, ses larmes inondent ses joues et les miennes dans un même flot.

– Tu n'auras pas de sœur, je ne t'infligerai pas ce chagrin. Je veux briser la malédiction, que Rosa en soit la dernière victime et que tu en sois libérée. Tu n'auras pas de sœur et je prie, moi qui ne crois en aucun dieu, je prie chaque minute pour ne pas te perdre, ma seule enfant, moi qui ai déjà perdu ma moitié.

Elle me sacrifiait autant qu'elle me sauvait en ne faisant plus naître personne, vous comprenez? Fille unique. Une enfance en sursis, sous le regard inquiet de ma mère comme si un rapace tournoyait sans cesse au-dessus de nous, prêt à m'arracher avec ses serres coupantes. Mon père se moque d'elle, il la taquine,

– Laïlac la mère poule, cot cot cot Laïlac!

Elle hausse les épaules et noue l'écharpe autour de mon cou. Je grandis sous la menace. On s'y habitue, c'est comme les prénoms idiots et les regards en coin.

Bien sûr mon père a une autre définition de la malédiction. Quand vous vous appelez Silver, issu des Silberstein de Lublin, que la plupart de vos ancêtres n'ont pas une tombe où les pleurer mais juste leur nom gravé au milieu d'autres sur un mur poli par les caresses des survivants à la déportation; lorsque vous êtes du peuple mille fois maudit, vous ne pouvez croire que ces femmes en robes chamarrées qui fêtent Noël en parlant trop fort soient prisonnières elles aussi d'une malédiction terrible.

À chaque Noël, chez les Faure, le même rituel. La première fois qu'il les rencontre, Rosa est là bien sûr, se réjouissant de la fête et des journées un peu molles qui la précèdent, lorsqu'il faut cuire les foies gras, commander les fruits de mer et monter les gâteaux. On se lève tard, on boit du thé, on se fait des tartines et personne ne voudrait briser cette douceur. Journées de pain d'épice, on regarde des films aussi, serrés sur le canapé, les cassettes vidéo des précédents Noëls que l'on montre à Seymour.

C'est Rosa qui a filmé. Ce que je connais par moi-même de ma tante : sa voix claire et enfantine puis ronde, presque grave, lorsqu'elle chuchote près du micro, alertant sa sœur que quelque chose d'amusant se prépare,

– Lilas, regarde Iris, regarde Iris !

Elle est là, au milieu de tous ces autres, morts maintenant mais morts bien après elle, tous bientôt frappés par le malheur de sa perte, petite princesse prémonitoire qui pouffe de rire dès que sa tante Iris prend la parole.

Iris, la plus drôle et la plus jeune des sœurs de Marguerite, assure le spectacle pour les siens qui ne sont pas encore les accablés. Une salière devient un micro, la table familiale est son public. Iris est mariée avec Marc Bonjour. Ils habitent dans la banlieue parisienne où ils tiennent un garage automobile, le garage Bonjour. Il est à l'atelier et elle au bureau, en réalité un bocal vitré où l'hiver un radiateur électrique lui réchauffe les jambes et où l'été un ventilateur agite ses cheveux. Ces cinq mètres carrés sont le royaume d'Iris. Postée derrière son bureau, elle répond au téléphone tout en se limant les ongles (elle a horrrreur des ongles huileux de garagistes) ou en terminant une partie de mots fléchés (elle dit « mots flèches »).

– Garage Bonjour, bonjour ! lance Iris en décrochant un faux téléphone et l'on entend les autres éclater de rire. Qui est à l'appareil ? Monsieur Mariot ? Oui, c'est au sujet de l'Opel ?

Elle se tourne vers la caméra, en aparté :

– Ils adorent qu'on se souvienne de leur nom et du modèle de leur voiture, même quand on ne les a vus qu'une fois. Ils ont le sentiment d'être uniques. Ça les fait revenir, ça les fi-dé-li-se. Alors j'apprends, j'apprends par cœur : Mariot-Opel, Jouot-BMW, Phélizon-Volkswagen, Hocine-Peugeot, Perrin-Renault, des listes de noms et de voitures, je peux leur ressortir des années après, ça les épate ! Le soir, je lui récite, au Marco, il aime bien, il compte ses clients, ça le berce.

À cet instant, Rosa a tenté un mouvement de travelling un peu tremblant qui fait défiler sur l'image aux couleurs déjà fanées ces femmes hilares et leurs robes aux motifs moirés. Iris,

Violette, Jacinthe, Marguerite, les quatre sœurs-fleurs comme les appelaient les gens du village lorsqu'elles étaient enfants, ne se voient guère que pour les grandes occasions.

Jacinthe vit à l'étranger, son mari travaille sur les plateformes pétrolières, quelque part au large de l'Afrique, elle est d'une élégance un peu surannée, réminiscence coloniale accrochée à ses longues jupes, ses bijoux trop dorés et son rire d'ambassadrice. Elle revient deux fois par an, menant grand train dans sa villa de la côte d'Azur.

Violette est la troisième et la plus effacée des quatre. Elle est mariée avec un type que toute la famille s'accorde à traiter d'abruti. Elle l'a rencontré dans l'entreprise de roulements à bille où elle travaille. Elle s'occupe des fiches de paye, il est chef d'un des ateliers. Prétentieux, manquant singulièrement d'humour, il fait l'unanimité de la famille contre lui. Je ne me souviens plus de son prénom, peut-être le retrouverez-vous dans vos dossiers.

Une rumeur court à leur sujet, les sœurs se téléphonent et en parlent à voix basse : Violette aurait reçu des coups de son mari. Mais celle-ci ne raconte rien. Même sous le feu des questions de ses sœurs, elle garde le même air désolé de déranger. Un étrange silence. Sur le film on la voit un peu à l'écart des autres. Elle est assise au bord d'un fauteuil. Emmitouflée dans un gilet bleu ciel, un foulard cache son cou, elle semble ne pas appartenir vraiment à cette famille.

Il faut regarder attentivement pour distinguer en arrière-plan les hommes. Ils sont le décor, pas les personnages principaux. Assis à table, Marcel leur sert une dernière coupe de champagne, la nappe est jonchée des petits débris de repas, boulettes de pain, brisures de coquilles d'huîtres, opercules aluminium.

Des enfants jouent par terre. Et tout autour les papiers déchirés des cadeaux de Noël, éventrés dans l'excitation et abandonnés sitôt découverts.

Tout à l'heure, la famille chantera, chaque année les mêmes chansons, celles-là mêmes que leur chantaient leurs parents lorsque les filles-fleurs étaient enfants,

et c'est Iris encore qui mènera la chorale,

et j'entendrai encore la voix de Rosa.

Ce sont leurs yeux qu'on ne pourra jamais oublier. L'odeur, de viande carbonisée, on pourra la confondre. Elle se mélangera dans la mémoire avec toutes celles des grillades laissées trop longtemps sur le barbecue et aussi avec celle des morceaux de charbon de bois qu'on utilisait pour me grimer en charbonnier à carnaval, mon grand-père en avait des sacs pleins dans le garage, j'y plongeais mes mains et longtemps après elles sentaient cette odeur-là, feu, pétrole, mauvaise santé.

Même leurs doigts, éclatés et noirs comme des saucisses brûlées, on pourrait en admettre l'image. Mais leurs yeux, non. Personne ne pourra jamais faire comme s'il n'avait pas été fixé par eux. Des yeux de poupées, effrayants, visqueux, dégoûtants d'être si fixes. Si ouverts avant que les flammes ne les prennent eux aussi. Deux fois plus d'yeux que d'enfants, c'est normal, mathématique, mais combien de bébés au juste ? On pourrait dire plusieurs dizaines, jetées dans le brasier comme des petits tas d'ordures, aucune considération, pas un mot, ni remords ni couronne.

Un aigle observe la scène,
Son bec est une lame.

Un homme, sans doute, est à la manœuvre si j'en juge par les mains puissantes qui saisissent les nourrissons par les pieds et à la chaîne s'en débarrassent dans les flammes déjà grasses de leurs chairs molles. Certains ont eu la peau arrachée avant d'être mis au feu, leurs muscles sont rouges et leurs viscères blancs luisent d'un nacre de perle au-dessus du brasier. Les petits damnés ont à peine le temps d'un gémissement, la stupeur fige leurs yeux clairs. Il fait une chaleur à vomir.

L'homme et ses mains, un robot.

Bien sûr, encore quelques crépitements insoutenables et je vais me réveiller, j'irai dans la chambre de mes parents et maman réveillera mon père pour qu'il me fasse la danse de la chasse des cauchemars, nu sur leur lit, se déhanchant tel un chef indien, faisant résonner son chant apache, promettant l'enfer au *nightmare* s'il s'aventure à revenir dans mes parages ; et son sexe se balancera et sa tête touchera presque le plafond de leur chambre.

Tout est faux de ce que l'inconscient invente pour laver nos âmes quand nous dormons, je n'ai pas d'ancêtre barbe bleue qui tuait des bébés à la chaîne, juste des victimes du grand massacre, aucun bourreau, d'ailleurs les malédictions n'existent pas, n'est-ce pas, Pierre-Antoine? Vous le savez bien, vous qui entendez ici les pires déchirements familiaux.

C'est chez vous que se règlent, pour solde de tout compte, les différends les plus rances, les souffrances les moins guérissables, une fois qu'il est trop tard pour exiger un pardon, murmurer une excuse. Les gens déposent les armes sur votre bureau, signent vos papiers et repartent avec la promesse de quelque consolation, comme si l'on pouvait tout racheter.

La vérité, vous la connaissez mieux que quiconque : ce mal que l'on se repasse honteusement de génération en génération en tournant la tête pour ne pas voir que la souffrance des suivants est semblable à celle des précédents.

C'est étrange, je n'ai jamais parlé autant.

Vous vous pensiez caché derrière la procédure, bien à l'abri des intimités et voilà que je vous déverse toutes nos liquidités. Ce ne sont pas des confessions, pourtant – je n'ai rien à me reprocher et un prêtre se serait assoupi depuis longtemps – pas même une confidence. Ici je vide mes poches. On dirait que votre bureau attendait mon barda depuis toujours. Voyez : je suis arrivée ce matin bien décidée à être concise et à en finir dans la matinée et voilà déjà les nuées de la nuit qui rôdent autour des réverbères.

Je n'ai pas vu passer le temps.

Je veux dire : ce temps-là, que nous avons passé ensemble vous et moi. Le reste du temps, celui de ma famille, celui de nos vies longues et étirées comme un infini décompte, me semble au contraire s'être écoulé avec la lenteur d'un repas de mariage.

Ma mère me disait souvent cela :

– La vie sans Rosa est trop longue.

Je crois que j'ai repris cela à mon compte, à moi aussi la vie sans Rosa est trop longue. Comme si ma mère m'avait légué l'ennui des jours sans elle. C'est idiot, n'est-ce pas, de s'embarrasser d'une tante morte quand on n'a soi-même pas de sœur ?

Vous voyez, Pierre-Antoine, je vous parle de moi comme si j'étais seule. C'est exactement cela, comme je me parle le matin sous la douche quand personne ne peut m'entendre, ou parfois dans la rue, je prends mon téléphone et fais mine d'appeler quelqu'un, je ne peux pas attendre pour que les mots sortent, c'est une sorte de besoin vital, il me faut les expulser, les prononcer pour qu'ils prennent sens, forme et débarrassent mon capharnaüm intérieur ; ou le soir avant de m'endormir et ils sont si nombreux à vouloir s'exprimer qu'ils se bousculent, tous en même temps, brouhaha inaudible avant de s'ordonner, petits élèves turbulents qui finissent par se ranger lorsque, au bout de l'épuisement, la cloche sonne, et je suis brillante alors et jamais menteuse.

Aujourd'hui comme dans ces moments-là, je vous donne tout sans rien attendre en retour. Attitude suicidaire, dirait mon père qui avait lui aussi cette capacité à s'offrir sans rien demander, cette forme de générosité indolente, et il ajouterait

– les gens, ma Daffo, n'aiment que ce qui est difficile à obtenir, ce qui est donné ne vaut rien. C'est pourquoi la maison Silver de Brooklyn ne faisait jamais de cadeau, même à ses plus fidèles clients. Mais nous ne sommes pas exactement des Silver, my sweetie.

Voilà ce qu'il dirait, mon père.

Mon père qui, depuis quatre-vingt-douze jours, ne dit plus rien.

J'ai lu avec attention l'intégralité de votre inventaire, j'y ai passé une partie de la nuit. Je dois dire que je suis impressionnée par la somme de travail qu'il a dû demander à vos services. Ma mère aurait adoré avoir cela, connaître au stylo près l'état de sa vie à l'instant T de sa dispersion. Compter, évaluer, décrire, recenser : n'a-t-elle pas couru toute sa vie après cela ?

Elle qui, depuis la construction du cabanon, n'a cessé de tenter de reconstituer la vie de sa sœur, avec un acharnement parfois insupportable, aurait apprécié la précision de vos descriptions, purement techniques et matérielles, débarrassées de tout affect. Une sorte de sobriété objective. L'exhaustivité, surtout, aurait fait sa joie et son apaisement.

259 couverts dont 10 services complets de 6 couteaux, 6 fourchettes, 6 cuillères à soupe, 6 cuillères à café, et 19 autres venant de services dépareillés. 52 verres, dont 32 à pied. 25 draps de bain et serviettes de toilettes. 50 785 photos

et diapositives (dont 31 albums complets et 102 enveloppes en vrac). 357 paires de chaussures. 5 chapeaux, 14 bagues portant pierres précieuses, 3 685 livres, deux bouteilles de gel douche dont une à demi vide.

Tout est là, n'est-ce pas?

Chaque salle est décrite dans le détail. Rien ne manque de ce que fut l'aventure de la vie de ma mère, son *projet* (que ce mot m'insupporte désormais), son succès et son échec; rien ne manque donc de Rosa. Pourtant, j'ai eu beau chercher, revenir en arrière, relire les passages sur lesquels j'aurais pu m'assoupir, nulle part je n'ai trouvé trace de son odeur.

Quelle odeur avait Rosa à cinq ans en été? Quel parfum exhalaient ses cheveux à vingt ans lorsqu'elle sortait de la salle de bains? Et sa peau, ce granulé des bras qui rendait la caresse ou le frôlement rugueux, ce granulé souvent décrit, jamais reconstitué? Il n'est pas dans vos mille cinq cents pages d'inventaire.

Pas plus que le chant de son rire.

Que Rosa fut une gamine puis une femme joyeuse est avéré. Mais qu'est la joie sans le rire? Lilas l'a longtemps recherché, jusqu'à faire établir une bibliothèque des rires aussi fournie que possible puisque les films familiaux avaient fini par s'abîmer, ternes images au son devenu métallique, aux rires hachés, incomplets. Elle voulait me faire entendre l'intégralité du rire, cette cascade enfantine, me disait-elle, qui commence par une petite explosion et se termine en fragments aquatiques. Je me souviens qu'elle passait de longues heures le soir à sa banque de rires, à piocher au hasard des bandes enregistrées, espérant tomber par hasard sur une intonation, un déferlement, un écoulement qui correspondrait à sa mémoire.

– S'il sort, je le reconnaîtrai car je l'ai en dedans – en touchant sa tempe elle le disait.

– Elle était si drôle, tu aurais aimé rire avec elle, ses blagues, ses mimes, ses grimaces – en frottant ses yeux me disait.

Et je joignais mes mains collées comme une bigote en prière pour que le rire sorte, j'attendais le jackpot, enfant sérieuse devant un bandit manchot, prête à effectuer des calculs statistiques pour défier le hasard. Jamais nous n'entendîmes un rire de Rosa. Plus personne aujourd'hui ne saurait le reconnaître s'il venait à apparaître.

Ma mère refermait brusquement ses appareils,

– allez hop, une petite fille a mieux à faire que de fouiller dans ces vieilleries, au lit !

Elle s'allongeait à mes côtés et nous lisions à haute voix un livre, chacune notre tour. Nous appelions ça *le petit rendez-vous*, je donnerais dix ans de ma vie pour en avoir encore un.

Je suis fatiguée. Je reviendrai demain matin. J'ai juste une question Pierre-Antoine : quand vos parents sont décédés, est-ce vous qui vous êtes occupé de leur succession ?

mercredi 7 octobre
troisième rendez-vous

Entre vingt et vingt-deux ans, j'ai vécu aux États-Unis. Officiellement pour un stage dans une agence de publicité, pas pour m'éloigner des fantômes de ma mère ni pour retrouver ceux de mon père. Malgré Seymour, ses hamburgers et les histoires qu'il me racontait, parmi lesquelles m'impressionnaient celles concernant les tempêtes de neige, lorsque le vent de glace pétrifiait la ville, rappelant au moins une fois par an leur vulnérabilité aux habitants, je me sentais si peu américaine que j'ai réussi à me faire croire, lorsque mon avion a atterri, que j'étais une sorte de pionnière, l'exploratrice d'une terre inconnue aux miens.

Pas peur de vivre loin, heureuse au contraire de respirer un autre air, plus frais que celui légèrement écœurant qui gardait au fond de ses particules le souvenir de Rosa. Loin, loin de ma mère qui rêvait autrefois d'hôtels de voyageurs et d'accents étrangers mais ne pouvait plus s'imaginer vivre autre part que dans les lieux qu'avait foulés sa sœur, accrochée comme sa mère avant elle, et elles s'en étaient tellement moquées, à cette terre comme un prisonnier l'est au geôlier qui le brime autant qu'il le nourrit.

En pensant que j'étais la première à m'en défaire, j'occultais une moitié de mes origines, celles que mon père avait lui-même tenté d'effacer en mettant un océan et plus entre eux, toutes mes fines gourmettes en argent, une chaque année, tant que ma grand-mère Silver était en vie, qui s'emmêlaient dans ma petite boîte à bijoux.

Même quand j'ai trouvé à louer un petit appartement à Brooklyn, non loin de là où ils avaient posé leurs malles et leur garçon à la couche pleine de pierres précieuses, je n'ai pas fait le rapprochement avec le périple engagé par mes grands-parents Silver près d'un siècle plus tôt.

Je les ai si peu connus.

Quelques photos dans un album à la couverture bleu marine, des bribes de légendes arrachées à mon père si bavard sur tout, si taiseux sur eux, les pancakes que me dore ma grand-mère dans une poêle noire de vieille graisse l'unique fois que je dors chez elle, mon oncle Jacob vient de mourir, nous sommes venus pour les funérailles, elle est une vieille femme qui écrase ses larmes entre ses gros doigts et souffle en marchant, sa maison est sombre, le parquet grince sous ses pas déhanchés, sa robe est noire et elle porte une perruque mal ajustée, elle dit en soupirant

— Jakub poor little Kuba

et j'essaye de ne pas rire de ce surnom, elle dit qu'elle aurait voulu mourir avant lui, une mère ne peut voir son enfant mourir, elle dit aussi à mon père

— Seymour fais attention à ta famille, toujours tu le dois,

elle me recoiffe et pince ma joue quand je lui souris. Je n'ai pas connu Jacob, je ne suis décidément la nièce que de morts inconnus, ici comme là-bas.

Après l'enterrement, elle me montre ses photos, coincées dans le miroir de sa chambre, Jacob et elle quelque temps après leur arrivée en Amérique, la première boutique, tous les quatre sur les planches de Coney Island, elle porte un immense chapeau, mes parents et Rosa, ses petits-enfants, joues rouges, dents manquantes, je suis là sur un manège, sérieuse petite aviatrice, elle les regarde avec moi puis s'allonge sur son lit, les mains croisées sur son gros ventre, elle clôt les yeux, me demande de fermer la porte et je pense qu'elle va mourir puisque je crois que c'est ainsi que l'on meurt lorsqu'on est vieux, allongé sur son lit, le sommeil emporte les derniers battements de cœur.

Le lendemain, je la trouve dans la petite

cuisine, penchée sur mes pancakes comme s'il n'y avait rien de plus important, comme si la mort de Jacob était du passé.

Elle s'est éteinte l'année d'après, me semble-t-il, en hiver. On l'a trouvée dans son fauteuil, les mains posées sur les cuisses, la tête inclinée.

Une longue sieste.

Seul mon père est allé à ses obsèques.

Lorsque je suis arrivée à New York, il n'y avait plus de Silver-Silberstein de Lublin depuis long-temps. Le reste de la famille, les neveux et cou-sins de mon père, s'était installé pour partie en Floride et pour l'autre en Californie. Leurs des-cendants y sont encore, vous les retrouverez faci-lement je pense. La famille Silver est connue en Amérique, « l'empire Silver », titrent les journaux qui racontent la fabuleuse ascension de ces petits immigrants polonais devenus en une génération magnats de l'or et du diamant. Une pierre sur deux ornant les bagues de fiançailles des jeunes Américaines est aujourd'hui encore issue des ate-liers Silver.

Quand j'ai vécu à Brooklyn, la petite boutique historique avait été vendue depuis longtemps. À sa place sur Bergen Street se tenait une minuscule échoppe de jus de fruits totalement étrangère à la famille. C'était bien le signe que je n'avais plus rien à voir avec cette ville et que je pouvais m'y sentir totalement à mon aise, aussi étrangère que l'on peut l'être dans un endroit où rien ne vous rappelle qu'une malédiction colle à vos semelles, rendant la marche lourde et disgracieuse.

Ce que j'aimais me sentir inconnue !

Pas la fille de la dingue du cimetière ou du grand Américain aux voitures décapotables. Je me promenais dans les rues de New York comme tous les immigrants : le nez levé, le vent du large dans les cheveux.

J'avais vu tous les films et lu bien des livres, à mon tour je voulais tenter ma chance. Chaque soir, j'ouvrais mon ordinateur et j'essayais d'écrire une histoire. Les vieux radiateurs en fonte de mon appartement m'accompagnaient de leurs claquements secs et de leurs jets réguliers de vapeur brûlante, je me nourrissais exclusivement de yaourts au granola, je crois que je n'ai jamais été aussi heureuse.

J'avais beau me croire détachée, on n'échappe pas à ses fardeaux. À l'aéroport, toute à mon excitation du départ, je n'avais pas lu le mélange d'incompréhension et d'inquiétude dans le dernier regard de mon père avant qu'il ne me voie franchir la douane, dernier clin d'œil sous les néons de l'aérogare, derniers

— I love you, sweet Daffo

muets articulés par-delà la foule des voyageurs en manteaux,

pas saisi qu'il se sentait mis en accusation par mon séjour chez lui. Pas compris que cette hérédité-là pèserait malgré moi sur chacun de mes pas aux États-Unis.

Je faisais en réalité son voyage retour par procuration, un peu tard pour apaiser les plaintes de sa mère et les reproches de son père, mais est-il jamais trop tard ?

J'ai adoré la vie américaine et puis je l'ai détestée. Un vernis joli qui s'écaille et qu'on finit par trouver vulgaire. La vie d'avant se met à vous manquer. Votre mère vous manque, la bienveillance de votre père vous manque. Tous ces gens trop pressés, l'angoisse de l'arrêt fatal qui vous saisit lorsque, assis sur un banc du métro, vous laissez passer quelques trains et vous sentez en quelques minutes déjà clochard, cette impression qu'il n'y a de place que pour les hommes debout, actifs et performants. Je ne suis pas restée.

Avant de rentrer en Europe, j'ai fait comme les Américains : mettre tous ses meubles sur le trottoir, préparer des cookies et du jus d'orange et attendre que les voisins viennent acheter ce qui leur plaît. C'est de cette façon, en piochant sur les trottoirs de la ville, que je m'étais équipée en arrivant.

Je déposai dans la rue tout ce que je possédais : mon lit, un simple cadre de bois blond, un coffre peint d'un décor slave, mon gros fauteuil en velours orange, râpé aux accoudoirs mais d'un confort inimitable, la table en Formica sur laquelle j'avais travaillé pendant ces deux ans, sans terminer aucune des histoires entamées, mes trois chaises branlantes, quelques lampes et toute la vaisselle dépareillée.

Nous étions en mai, il y avait déjà un voile de moiteur sur les rues et un peu de doré dans la lumière. Les magnolias finissaient de fleurir, je les regardais sans penser à la sœur de ma grand-mère, juste concentrée sur la vente de mon mobilier. Le premier à partir fut le fauteuil. Un couple d'étudiants me l'acheta. Elle s'y était assise en passant pour plaisanter et poser pour l'appareil photo de son amoureux. Un quart d'heure plus tard, ils revinrent acheter le fauteuil, ils s'appelaient Kate et Kurtis, je leur donnai aussi une lampe et le coffre. Sa serrure était cassée mais il n'était pas laid. Nous fîmes une dernière photo tous les trois sur mon fauteuil et je le quittai sans un soupir.

Je cédai tout le reste, le lit, la table, les trois chaises, les lampes et la vaisselle à un homme d'une quarantaine d'années qui les chargea dans le petit fourgon d'une entreprise de pressing. Le tout me rapporterait à peine deux cents dollars. Mais le prix n'avait aucune importance dans le fait de les vendre. S'en débarrasser était l'essentiel.

Peut-être était-ce même le but de tout ce voyage : vivre intensément sur un socle vierge et puis partir sans rien garder, ne surtout rien rapporter qui pourrait encombrer le futur.

Ma mère aurait détesté cette conclusion mais voilà l'idée : je ne suis pas dans les objets qui m'entourent. Les poubelles sont pleines de ceux que j'ai jetés sans même penser qu'ils pourraient un jour évoquer un souvenir important ou, pire, qu'ils pourraient me manquer. Les gens me manquent, pas les choses.

Je suis d'une famille où l'on a enterré des boîtes en marqueterie dans la terre de Pologne avant de partir en Amérique.

Être une Silver plus qu'une Faure.

Laisser les objets derrière soi, ne s'arrimer à aucun endroit qui pourrait devenir nasse. Grandir avec cette simple organisation du monde, une dichotomie : les Silver sont des enfouisseurs, fossoyeurs d'objets et d'instants, prêts à tout quitter dans la journée, alors que les Faure, tous les Faure et tous les gens comme les Faure, qu'ils soient d'ici ou d'autres villes, tous les gens que personne n'a jamais chassés, sont des écureuils qui restent, gardent, recensent, comptent et recomptent leurs petites boîtes, pas enterrées, rangées serrées dans leurs grandes boîtes, alignées sur les étagères dans leur salon, leur chambre, leur couloir, leur garage, boîtes debout, toutes là sauf une, la petite rouge que l'on conserve sur sa table de chevet, mais toutes les autres là, dressées dans un alignement parfait, rassurantes petites armées de souvenirs qu'on protège plus qu'elles ne nous défendent.

Et puis un jour, réaliser que ses quatre grands-parents ont filé à l'américaine, qu'ils soient d'ici ou de là-bas, boîtes enfouies ou mises en carton, les meubles sur le trottoir, le jus de fruit, les cookies, un sourire pour chaque passant qui s'arrête, que le plus rapide les prenne. Oui, les Faure de Cintodette comme les Silberstein de Lublin : même liquidation du passé en quelques jours, même irréversible départ.

Leur chien venait de mourir.

C'est ce deuil-là qui achève mon grand-père. En quelques mois, on le voit s'éteindre. Même les mots croisés ne lui disent plus rien. Sans l'animal à sortir, trois fois par jour, sans compter les promenades jusqu'au cimetière où ils l'accrochent à la barrière, et le setter attend sagement que ses maîtres aient terminé leur visite à leur fille, sans son poil roux à flatter, brosser et dénouer, la vie de Marcel est semblable à un immense gouffre, une cavité sans mystère, un océan sans vague : on mettrait des décennies à en faire le tour sans jamais trouver le moindre intérêt à l'exploration.

Alors partir.

Peut-être Marguerite attendait-elle ce jour depuis longtemps, peut-être même bien avant la mort de Rosa, bien avant le mariage et les naissances, tous ces instants dont on ne peut contester le statut joyeux sans bousculer tout un petit monde ; alors on ne dit rien, on se fond dans la place qu'ont façonnée pour nous les générations précédentes, elle a au moins le confort du familier ; on écarte d'un souffle les désirs qui courent sur notre peau, on manque de courage, on se dit que la vie est belle, mari enfants maison vacances chien, que la routine créera la félicité, on serre les dents et parfois l'on sourit même de bon cœur ; arrive le jour où l'on a peur à son tour de l'inconnu, on pose des barrières autour de ses curiosités, on clôture et l'on se dit que c'est cela, être heureux.

On se le dit tellement que les autres en sont persuadés, ils ne savent rien du feu profond qui anime Marguerite, le même que ses filles avant le désastre, rêvant de voyage elle aussi, d'inattendus et d'accents exotiques, n'ayant jamais osé le dire, mais quand tout est à terre, on ne perd rien à révéler ses désirs profonds.

Plus rien ne peut arriver à ma grand-mère si ce n'est un supplément de vie, une fenêtre qu'on entrouvre dans une pièce emplie jusqu'à la nausée de l'air poisseux d'ici, ce beurre rance que l'on pourrait fendre à la lame tiède et c'est une flaque grasse qu'on ferait goutter jusqu'au sol.

Elle regarde Marcel se flétrir.

Comme elle dans son lit après la mort de sa petite, toutes ses journées allongée dans l'effroi, masse pétrifiée par le chagrin ; elle voit son homme se rapetisser, lui autrefois si fort, impétueux, dont il fallait toujours rassurer le désir, et elle savait s'y prendre, une main sur son entrejambe et d'une voix un peu rauque murmurer

– je suis à toi seul,

suffisait ; il n'est plus l'homme jaloux et fougueux, il est toute sa peine, cette accumulation de chagrin, cette capitulation en rase campagne, l'ombre de lui-même implorant qu'on lui rende sa fille et pleurant son chien matin et soir, se remémorant ses jappements et ses coups de langue chaude râpeuse malodorante.

Ce n'est pas une vie, que de pleurer ainsi sans larmes, sans dieu et sans répit, ce n'est pas non plus tout à fait une mort. Marguerite se convainc que partir est une chose à faire.

Partir sans se retourner, comme des juifs qu'ils ne sont pas, si loin de cette coutume de baluchons. Comme des Silberstein, tout vendre, porter sur soi les bijoux de sa propre mère, emporter quelques valises, les papiers importants dans deux enveloppes, un carnet d'adresses à jour, ne laisser que ses morts au village, les parents sous leurs pierres tombales, Rosa derrière sa stèle, et des souvenirs partout, sur le goudron noir des ruelles leurs premiers baisers, Marcel attend Marguerite vers le lavoir, ils se cachent dans la rue des Écuelles si étroite que les voitures l'évitent et abandonnent la chaussée aux amoureux et aux chats, d'autres souvenirs encore, accrochés aux rais de la lumière d'hiver lorsqu'elle perce sous les branches basses des sapins, les grains de poussière dansent comme elles autrefois, petit bouquet de filles-fleurs en ronde enfantine pour carnaval, et des souvenirs abrasifs aussi, piquant les yeux, brûlant le cœur, pourrissant la langue, la sonnerie du téléphone qui déchire la nuit, la peau blême de Rosa, la lenteur mortifère de tous les jours qui lui survivent.

Laisser ses filles au cimetière, les cendres de l'une, le cabanon de l'autre, se détourner de cette douleur de marbre est le plus difficile et le plus vital. Ce n'est pas un abandon, juste un plan d'évacuation que conçoit Marguerite. Du canot de sauvetage, elle sera le capitaine.

Il n'est pas dur de convaincre Marcel, il se fiche d'être ici ou ailleurs, dans son fauteuil ou un autre, il veut juste sentir Marguerite à ses côtés, user sa peine sur sa peau, la dernière qui ne soit pas glacée sous ses doigts.

Mes grands-parents n'ont pas besoin de mettre un écriteau devant la maison pour signaler sa mise en vente. Le fils Partière, Bertrand, le frère de Lulu, frappe à la porte un soir, sa mère lui en a parlé, il veut acheter. Il y vivra avec sa femme et leurs trois enfants, dont une paire de jumeaux qui s'installera dans ce qui était, quand la vie était encore un clapotis joyeux et que l'on pensait vivre ici pour toujours, la chambre des filles.

Le garage sera réaménagé pour accueillir les serpents et reptiles du couple qui projette d'ouvrir une boutique d'animaux sauvages. Son prix est celui de mes grands-parents. Le magasin n'a jamais vu le jour mais les serpents Partière se sont fait remarquer plusieurs fois en s'échappant dans les rues du village.

Ma mère qui a aussi peur des reptiles que de Bertrand Partière ne retourne jamais chez eux. Parfois elle passe en voiture devant la maison, son pied droit relâche l'accélérateur, laissant son véhicule ramper en silence sous les hautes fenêtres de leur chambre – espère-t-elle encore voir se découper derrière les vitres la silhouette de sa sœur ?

La vente de la maison de ses parents se fait trop vite pour qu'elle comprenne. Sinon, elle l'aurait achetée évidemment. On voit bien la place que le pavillon aurait pu occuper dans son projet. Mais Lilas est prise de court, elle croit encore que son idée se réduit au livre tentaculaire sur lequel elle peine, seule dans son cabanon de cimetière, ensevelie de documentation et d'archives. Elle ne sait pas que quelques mois plus tard, grâce au départ de ses parents, l'idée connaîtra une accélération inouïe.

Un jour d'été comme un autre, tous les trois assis dans la cuisine, une chaleur immobile piquée de mouches. C'est Marguerite qui parle, en lissant la nappe cirée du tranchant de sa main, le geste précis de ramasser les dernières miettes de leur vie, n'en oublier aucune.

– Nous avons trouvé acquéreur pour la maison, Bébert la prend. Il sera tout près de chez sa mère, peut-être vont-ils même déplanter la haie et faire un seul grand terrain. Christine s'occupera des fils de Bébert, il n'a eu que des garçons.

– Où allez-vous ?

– Partout.

– Où partout ?

– Partout. Nous avons repéré un camping-car neuf, tout le confort et tout. Nous roulerons vers l'Ouest pour commencer, je rêve de voir les îles de l'Atlantique. Ton père a gardé des contacts avec ses anciens représentants. Puis nous descendrons passer l'automne en Espagne et au Portugal. Ensuite nous verrons bien. Nous vous rendrons visite, ne t'inquiète pas. Plus de maison, la liberté, comme vous disiez quand vous étiez adolescentes.

Lilas reste longtemps sans rien dire. Le café dans les tasses a refroidi, mélasse épaisse presque figée. Marcel a planté son regard dans une zone floue, le marécage de sa peine est une lâcheté.

Ils désertent.

Une mouche dodue, noire et bleue, luisante, les nargue, elle aimerait l'attraper et arracher ses ailes sans la tuer, pour la regarder se débattre avec l'idée de la mort. L'insecte paniquerait de ne plus pouvoir voler, rien sur cette table ne pourra la nourrir et la toile cirée un peu grasse est désagréable à ses pattes.

Comprendra-t-elle, la mouche, que l'immobilité les condamne tous ? A-t-elle ces angoisses qui ont fini par faire se relever Marguerite ?

Elles faisaient ça autrefois, les deux sœurs, capturer et torturer des insectes. Elles sont férues de gendarmes, ces bestioles rouges et noires qui grouillent près du tilleul. Rosa trouve dans le garage une boîte contenant des vis et des clous. Elles la transforment en un véritable camp de concentration sur lequel elles règnent. Par le plastique transparent de la boîte elles ne manquent rien de l'agonie des insectes, le réjouissant spectacle.

Parfois, avant de finir leur vie au camp, les gendarmes ont droit à un séjour tout confort dans une autre boîte de quincaillerie transformée en un palace quatre étoiles. Les filles y installent des lits de mousse, des tables en cailloux recouvertes d'herbe fraîchement coupée, une allée de promenade en gravier, elles sont devenues amies des animaux, leur inventent une langue, une conscience, une intelligence ; Rosa passe des après-midi penchée sur la boîte, elle ne porte qu'un bas de maillot de bain et un T-shirt un peu long descend sur ses cuisses brunes, elle essaye de les distinguer, l'un s'appelle Vercingétorix, l'autre Madonna, ses doigts sentent la terre, elle fera tout pour éviter le bain ce soir et passera ses doigts sous son nez pour s'endormir, elle aime être un peu sale.

– Vous les avez gardées, les boîtes où on élevait nos gendarmes ?

La mère et la fille sont dans le garage et Marguerite cherche les boîtes parmi toutes celles, des dizaines de toutes formes et toutes tailles, qu'elle a conservées. C'est ici que ma mère ressent le vrai vertige, le vide sous les pieds. Elle ouvre les placards, tire les cartons, réalise qu'après avoir tout gardé, tous leurs vêtements, chacun de leurs jouets, l'intégralité de leurs cahiers d'école, leurs chaussures – trop de chaussures ! – leur mère s'apprête à tout jeter.

Puis ils fermeront leur porte et donneront leurs clés, tous les jeux de leurs clés, à Bertrand Partière. La signature des papiers les met en joie, Marguerite surtout, à qui il semble maintenant que cette terre n'a prodigué que des malheurs, Marguerite, toute à l'illusion qu'ailleurs elle pourra recommencer une vie vierge de chagrin.

Pour Marcel c'est différent : il est en deuil de tout. Autrefois fort et fier, Lilas le trouve voûté et fragile, petit homme détruit de l'intérieur, toutes les fondations renversées par un tremblement de terre, plus rien à quoi il puisse se raccrocher, lui qui pensait autrefois que la volonté suffisait – il disait comme un axiome pour la réussite d'une vie : 90 % de volonté, 10 % de hasard – se retrouve comme un naufragé sur un radeau vermoulu, rien ne tient, les vagues érodent irréversiblement l'embarcation.

Espérer serait une folie, désespérer est inutile.

Rien qu'il ne puisse faire pour maîtriser sa vie, alors Marcel laisse juste filer et évite de pleurer, ça irrite la peau devenue sèche de son visage. Parfois l'on s'invente des superstitions, petites pensées magiques pour lutter contre l'attrait du gouffre. À la mort de Rosa, mon grand-père s'est dit que cette épreuve était si terrible qu'elle les immuniserait contre tous les autres malheurs, il a cru que c'était comme une taxe, un tribut à payer et qu'alors ils seraient quittes.

J'accepte que vous me preniez ma Rosa, la plus tendre de mes filles, la plus malicieuse aussi, elle m'est si chère qu'il me serait moins douloureux de m'arracher les deux bras, prenez-la puisque telle est la sentence, mais c'est la dernière fois, n'est-ce pas ?

Presque comme s'il achetait l'assurance qu'aucun autre malheur ne les frapperait. C'est ce qui l'a terrassé, je crois : comprendre que Rosa n'était qu'une avant-gardiste, le début de la catastrophe, les prémices du désastre. Que rien ne vaccine contre la mort et la disparition. Une fille, une usine, un chien, une maison. Qu'on peut subir plusieurs fois l'insupportable.

Après sa fille, porter son animal au fond du jardin, creuser un trou, répéter à mi-voix mon pauvre chien, pelleter à en suer, jeter la terre par-dessus son poil rêche, la mouiller de larmes, planter un rosier à l'aplomb et, le jour de la signature chez le notaire, entendre le tremblant de sa voix demander au fils Partière d'en prendre bien soin.

Avant de liquider leur passé, Marcel fait une dernière chose : il entend les craintes de celle qui demeure. Il ne comprend pas tout ce que Lilas explique de son projet mais un soir, à bout de fatigue, il lui dit

– d'accord, je te donne l'usine, de toute façon personne n'en voudrait, et nous te laissons tout ce qu'il y a dans la maison, tu pourras entreposer dans l'usine les meubles et les cartons.

Ensuite il ouvre une bouteille de bon vin et ils boivent en silence.

Le lendemain, ils se rendent à l'usine tous les deux. L'enseigne Souvenirs Faure est déglinguée. Il manque des lettres, le V et le F, tombées un soir de vent ou dérobées par des gamins. Le bâtiment de l'usine est usé, il paraît immense et pauvre, toute splendeur et énergie fanées.

Lilas n'y est pas retournée depuis son enfance, avec Rosa elles s'asseyaient dans un coin. Chaque chose était à sa place, les gestes sûrs des ouvrières et les moustaches des hommes, comme cet ordre était rassurant. Chaque métier avait son nom, modélistes, mouleurs, peintres.

Il y avait dans l'atelier de moulage des odeurs toxiques un peu enivrantes, comme les effluves dansants de l'essence que Lilas adorait renifler quand son père faisait le plein à la station-service – elle ouvrait grande la fenêtre arrière de la voiture. L'étape était cruciale et dévolue aux hommes, rater un moule, une sorte de coque molle qu'ils empliraient de résine liquide, compromettait toute la suite.

La pièce d'après, le séchoir. On y amenait les moules sur des chariots de boulanger. Rosa s'y était endormie une fois, on l'avait cherchée partout avant de la trouver là, vaincue par le ronron chaud de la machine.

Quand les pièces de résine étaient sèches et dures, il fallait les gratter à l'aide d'une sorte de fraise de dentiste pour éliminer les petits reliefs et les bavures à la jointure du moule. L'atelier grattage était le plus pénible, un bruit, une poussière, exclusivement des femmes assises sous les néons, leur colère lasse.

Lilas et Marcel poursuivent la visite. Mon grand-père balance la tête de droite à gauche, de sa résignation il ne dit rien. Les voici à la teinte. Une grande pièce pleine de bacs où l'on plongeait les produits pour leur donner une couleur de bois. D'énormes extracteurs d'air aspiraient les effluves chimiques au-dessus des bassines, ça n'a pas empêché les maladies de se déclarer des années plus tard.

Il faut monter sous les toits pour retrouver l'atelier de décoration, le préféré des filles. Elles venaient souvent admirer la dextérité des ouvrières chargées de la peinture, ici une lampée de rouge, là un trait de noir, plus adroites et minutieuses que les hommes à manier ces pistolets-là. Il faisait une chaleur terrible sous la charpente métallique. Aux beaux jours, elles étaient en blouses sans manche (un été, particulièrement torride, elles avaient même fini en soutien-gorge). Quand la finesse d'un motif l'exigeait, des yeux, le détail d'un monument, elles prenaient le pinceau et en une seconde donnaient vie à la statuette ou une inscription à l'assiette, *Dieu protège notre maison, Après la pluie vient le beau temps, Bonne renommée vaut mieux que ceinture dorée, Charbonnier est maître chez lui,* et hop, file à l'emballage, plier le carton, glisser la pièce dedans, fermer le carton, coller l'étiquette, expédier les Souvenirs Faure aux six coins de l'Hexagone.

Rosa et Lilas avaient aidé parfois, les années de grosses commandes. Marylou, une chef d'atelier aux cheveux orange, les prenait en mains. Il suffisait de suivre à la lettre ses instructions et tout allait bien. Bien sûr le dos tirait à la fin de la journée, leurs mains étaient rougies et elles sortaient un peu étourdies de toutes ces odeurs de vernis mais comme la vie était simple alors.

Il y a longtemps que l'usine Souvenirs Faure ne fabrique plus que de la poussière. Il n'y a plus d'odeur chimique, juste de renfermé. Il faut imaginer dans la grande salle glaciale et plongée dans le noir l'alignement des machines recouvertes de draps blancs devenus gris. Les tables à dessin des modélistes, les bassines de teinture vides, le séchoir désert, les pistolets à peinture rouillés, posés un soir sur leurs tablettes comme on le fait quand on revient le lendemain mais plus jamais repris, arrêtés en plein mouvement.

Un verre est encore retourné sur l'évier et trois blouses bleues pendent aux clous du vestiaire. Lilas pense à Pompéi en passant son doigt sur l'épaisse couche claire qui recouvre tout, à Hiroshima aussi. Ce n'est pas une éruption volcanique ni un souffle nucléaire qui a pétrifié les Souvenirs Faure mais une forme de modernité, la mondialisation, ses avions et son homogénéisation. Les Chinois, disent les gens de Cintodette pour résumer, et ils se comprennent : un travail moins cher ailleurs et que tout le monde peut faire, des Mont-Saint-Michel comme s'il en pleuvait, des grottes de Lourdes à n'en plus savoir que faire ; crachés par leurs machines, tours Eiffel, Sacré-Cœur, Mont-Blanc, Bigoudènes et Alsaciennes à coiffes, bibelots en mauvais plastique, résine bas de gamme mal teintée et aux détails grossiers, plus personne pour dessiner les yeux des personnages, moins de dictons sur les assiettes qu'on vendra une bouchée de pain à des touristes pressés.

Les Chinois, répètent-ils, et tous entendent cela : des ruines d'usines partout, personne ne veut même en racheter les murs sans charme et bien trop fins, carreaux cassés par les mini-vandales du village, résonance de cathédrale, pièces de la taille de terrains de football.

Lilas n'entend plus les pas de son père résonner derrière elle. Il est sorti, dehors il fait moins froid que dans le bâtiment abandonné. Elle voit par une vitre brisée qu'il parle tout seul en chassant des graviers du plat du pied, il a les mains dans les poches et hausse de temps en temps ses épaules maigres. À quoi se résigne-t-il encore ? Elle lui trouve un air de vieillard. Il est si petit.

Le jour de leur départ, les parents feront klaxonner leur camping-car dans tout Cintodette et on pourra presque deviner un sourire enfantin sur le beau visage de Marcel. Tous partis sauf elle qui rêvait de s'enfuir d'ici, ce sont les ironies de la vie, n'est-ce pas ?

Rosa partie,

les parents partis,

des Faure il ne reste qu'elle.

Ma mère revient sur ses pas, elle descend l'escalier métallique, traverse à nouveau la teinte et le séchoir, mesure du regard l'atelier de moulage. Dans quelques jours elle viendra y entasser son trésor, des caisses et des caisses de tout ce qui constituait l'intérieur de la maison de ses parents ; ce sont des morceaux de Rosa qu'elle mettra à l'abri, des bouts de leur enfance qu'elle tentera de préserver et il n'y aura que Seymour pour ne pas trouver cela étrange.

Elle frissonne un peu, tapote ses joues et sort.

Son père lui tend les clés de l'usine.

Du sanctuaire ; il faut bien dire les mots.

J'ai beaucoup pensé hier soir à ce que vous m'avez dit de votre frère Jean-Cyril. Pas seulement pour les difficultés que vous avez eues à le retrouver après la disparition de vos parents mais pour cette absence omniprésente qu'il vous a infligée en s'évaporant un beau jour. Nous sommes pareils vous et moi, nous avons vécu dans l'ombre ingrignotable d'un absent. Ma tante, votre frère : nos mères nous ont imposé un autre invisible et indépassable.

— Il est parti un matin pour aller en cours comme tous les jours. Il faisait du droit, bien entendu, appelé à succéder à mon père en tant qu'aîné. Il était en deuxième année, nous venions de fêter ses vingt ans. Je le revois encore descendre les escaliers de la maison et dire salut en attrapant son blouson. Jicé était comme ça, toujours de passage, un coup de vent qui lui évitait de donner des justifications et de recevoir les sermons paternels. Les téléphones portables n'existaient pas encore mais il était d'usage qu'il prévienne en cas de contretemps. Ce soir-là, pas de coup de fil. Il n'est juste pas rentré. C'est fou quand j'y pense et aussi simple que ça, juste ne pas rentrer. Nous l'attendions comme des imbéciles : pour passer à table. Les humains s'imposent des règles étranges, n'est-ce pas ? Chez nous, l'heure du dîner était une loi que ne bousculaient que des circonstances vraiment exceptionnelles. Perturber ce rituel sans bonne raison était une atteinte grave, un trouble à l'ordre privé. La table était mise à 19 heures et l'on y passait chaque soir entre 19 h 15 et 19 h 20, afin d'en avoir terminé pour le journal de 20 heures. Ce soir-là, le gratin avait refroidi et mon frère ne rentrait pas. Le car qui ramenait élèves, étudiants et travailleurs de la ville était arrivé depuis bien longtemps ; toutes les familles du village étaient au complet autour de leur repas sauf la nôtre, le journal télévisé allait bientôt commencer et mon frère ne donnait aucun signe de vie. Ça rendait fou mon père qui comme d'habitude vitupérait, de plus en plus fort, le traitant de taré, sale taré, sale taré de merde. Il faisait les cent pas en chaussons dans l'entrée, ma mère était immobile à la fenêtre de sa cuisine, hésitant entre la colère et l'inquiétude, attendant que la silhouette de son aîné se dessine au bout de l'allée

menant à notre villa. Ils avaient exceptionnelle-
ment laissé les lumières extérieures allumées.
Putain de sale taré de merde, qu'est-ce que j'ai fait
pour mériter un fils pareil, complètement détra-
qué, dégénéré, bon à rien, qu'à foutre la merde,
continuait notre père. Les gens d'ici, habitués à ses
manières policées de notable aux ongles impec-
cables, auraient été étonnés de l'entendre déverser
des tombereaux d'injures sur le dos de son fils
aîné. J'étais plus jeune, à peine lycéen alors, je sentais bien qu'il y avait un lien entre les insultes qui
tombaient continûment sur Jicé dès que notre
famille se retrouvait à huis clos et sa désertion. Le
deuxième soir, mes parents ont éteint les lumières
du parc. De l'extérieur, la maison retrouvait une
apparence ordinaire, cette douce normalité de la
bourgeoisie, pelouse tondue, voitures propres,
volets fermés, clos sur sa secrète violence. Je regardais l'assiette vide de mon frère, sa serviette enrou-
lée dans son rond de bois personnalisé à son
prénom, passais de sa place au visage détruit par
l'angoisse de ma mère, et je priais pour que mon
père dise une gentillesse, persuadé que, comme
par magie, ces bonnes paroles auraient un effet
immédiat et que Jicé serait là, à enlever ses chaussures dans l'entrée avant de cavaler dans l'escalier
pour nous rejoindre, les joues rouges de ces deux
jours de liberté gagnés. Mais mon père ne disait
rien, il lapait sa soupe comme tous les soirs,
comme ses aïeux paysans avant lui le faisaient : à

grand bruit. Il fut le seul de nous trois à manger. Ma mère le fixait du regard, peur, haine, dégoût, inexprimables sentiments accumulés depuis trop d'années pour faire machine arrière. À la première gifle admise, à la première injure, elle avait accepté tout le reste. Jusqu'à cette ultime péripétie, la rébellion d'un fils qui, puisqu'il ne l'avait pas mise dans le secret, les mettait dans le même sac, lui qui l'inondait de reproches, elle qui ne l'en protégeait pas. Ma mère était à deux doigts de hurler et d'accuser mon père, d'enfin lui résister. On sent ces choses-là, pas besoin de les dire, et mon père le savait lui aussi qui, exaspéré par ces accusations muettes, se leva brusquement de table. En jetant sa serviette par terre, il cria : Bon Dieu, ce petit merdeux m'aura vraiment pourri la vie jusqu'au bout. Alors seulement ils ont commencé à le chercher, à téléphoner. Personne ne l'avait vu depuis des jours. J'avais un regain d'excitation, il se passait enfin quelque chose. Pour un peu, j'aurais remercié mon frère de créer de l'agitation dans ma vie. Mon père a fini par prévenir le maire de Cintodette qui nous a envoyé les gendarmes. Ils sont venus à deux, se sont assis autour de la table, on a poussé les couverts et servi un café et ils ont posé des questions. Comment était-il habillé ? A-t-il une fiancée ? Quels bars fréquente-t-il ? J'ai vu mes parents saisis par l'effarement : à ces questions toutes simples sur leur fils, ils ne savaient pas répondre. Ils se regardaient comme des idiots, je ne sais ce qui leur faisait le plus honte : ne pas savoir quoi dire ou avouer aux gendarmes qu'ils ne savaient rien de leur enfant. Au bout d'un moment, mon père, nerveux, s'est tourné vers moi : « Toi, P.A., tu dois bien savoir quelque chose! Il ne t'a rien dit, ton frère?» Je connaissais le bar où il allait le samedi soir avec ses copains, c'est tout, pas grand-chose hein? ça aurait peut-être permis qu'on le retrouve mais je n'ai rien dit. Ma loyauté devait être fraternelle plus que filiale. Si l'un de nous pouvait se sauver, l'autre devait l'aider. Mon père était abattu et les gendarmes n'attendaient que sa reddition, non, nous ne savons rien de notre fils, pour saluer et partir se coucher. Si nous avions du nouveau, il faudrait les appeler. Personne n'a songé à le faire lorsque le lendemain mon père, abasourdi, nous a livré le contenu de la conversation téléphonique qu'il venait d'avoir avec un ancien condisciple de la fac de droit devenu président de ladite université : « Jean-Cyril n'a pas mis les pieds en cours de l'année, il ne s'y est même pas inscrit en septembre, cela fait des mois qu'il nous ment. » Le silence qui est tombé sur la table doit toujours y être : de pierre. Chacun de nous était assommé. Moi peut-être plus qu'eux encore : mon frère ne m'avait pas mis dans la confidence, j'aurais adoré pourtant en être le gardien, croix de bois croix de fer, je l'aurais couvert en toutes circonstances, je pensais qu'il savait pouvoir compter sur moi, mais non : il m'associait à nos parents, bien trop rigides, trop injustes, trop secs pour qu'on ait envie d'être lié à eux. Je me croyais son allié et il me trahissait et m'accusait en même temps. Je l'ai détesté pour cela, vous savez, Daffodil. Notre mère a continué de lui mettre un couvert pendant une dizaine de jours, jusqu'au soir où mon père a fracassé l'assiette par terre de colère ; Jicé n'est jamais revenu, nous n'avons jamais su où il était ni pourquoi il était parti aussi brutalement. Le calme, un peu mortifère, a repris possession de la maison. Ils ont fini par ne plus poser la question le soir, *Pas de nouvelles ?* non, pas de nouvelles, jamais. Rien. Ah si : pour l'anniversaire de ma mère, plusieurs mois plus tard, une carte postale, même pas glissée dans une enveloppe, postée à Marseille, si loin de Cintodette que c'en était inimaginable, quelques mots d'une politesse blessante, « Joyeux anniversaire, bises », aucun indice pour moi, aucune explication pour eux, pour lui la victoire par KO, nous laissant tous au carreau, mon père exsangue d'une colère sans adversaire, ma mère perforée d'amertume et moi, définitivement perdant de la compétition qui nous opposait depuis ma naissance. Jicé serait jusqu'à la fin de ses jours l'unique préoccupation de notre mère, sans cesse dans ses pensées. J'avais beau la serrer par le cou et mettre la table le dimanche avec mes petites fiancées bien coiffées, ma présence ne valait rien : elle n'avait que lui en tête et ne vivait que pour ces cartes ridicules qu'il envoyait quand cela lui chantait, rajoutant une dose d'inquiétude à l'attente chaque année à Noël ou pour nos anniversaires (carte ou pas carte?) mais n'oubliant pas de s'en tenir à la stricte amabilité de façade («Joyeux Noël et bonne année»). Jamais un mot personnel, jamais rien sur lui, jamais rien pour moi. C'est en maintenant l'attente que l'on devient omniprésent et insupportable.

Je croirais entendre ma mère me parler de Rosa. Je vous ai dit combien elles étaient devenues inséparables et se disputaient très peu. Il n'empêche : par sa mort Rosa devient indépassable, fille préférée, adorée de ses parents, sœur vouée au culte par son aînée, tante imposée à sa nièce en toutes circonstances.

Nous sommes en promenade et elle est là avec nous, se mettant en culotte pour se glisser dans le lac gelé au printemps ou sautant, les bras écartés, depuis le pont dans la rivière ; nous prenons une glace et on me parle de sa gourmandise qui la poussait à engloutir son cornet alors que ma mère, plus patiente, conservait le sien longtemps pour la narguer ; nous voyons un film et elle en chante la bande originale ; nous imaginons un voyage, elle guide nos pas.

Pas un repas où elle ne soit là, ombre bienveillante portée sur la table, présente dans un détail, un souvenir, une histoire racontée au coin d'une autre. Combien de fois ai-je entendu ma mère, se pensant seule, lui donner les dernières nouvelles du groupe ou relancer pour la énième fois une de leurs conversations préférées ? Elle ne parle pas toute seule, elle parle avec Rosa. Ça n'amoindrit pas ma honte lorsque mes amies en sont témoins. Je hausse les épaules et lance un chat perché.

Libre, drôle, complice, aérienne,

Rosa n'a qu'un défaut : elle est morte.

Nous sommes en vacances dans le Sud, j'ai six ans.

Nous louons une maison à l'écart d'un village. Rien de touristique ici mais de l'aride, du désertique, un paysage en pente rocailleuse encombrée de broussailles roncières et piquetée de petits oliviers trapus. Ils sont si bas que je grimpe dans leur cage argentée sans difficulté. J'y passe des heures à m'inventer des histoires avec mes meilleurs amis, qui sont aussi mes cousins, ceux que Rosa n'a pas eu le temps d'enfanter (mais nous ne nous arrêtons pas à ces choses dans ma famille), Mimosa et Tournesol.

L'arbre est notre bateau pris dans une tempête ou une maison où nous vivons en orphelins, puisque leur mère est morte et que la mienne n'est pas tout à fait vivante. Je prends à peine le temps de manger, engloutissant en vitesse un petit repas et courant rejoindre mes cousins. Je fais pipi dans l'herbe, je suis comme tante Iris, j'adore ça. Je m'imagine qu'à bien arroser toujours le même coin, je finirai par faire naître une fleur, et ce sera une sœur-fleur, un coquelicot tendre et amusant avec qui poursuivre mon chemin. Les odeurs se mélangent, le jet chaud de mon urine soulève une nuée de terre sèche. Une fois mon père me surprend, il éclate de rire et crie à la cantonade : Daffo pisse sur le thym, attention aux grillades au barbecue! J'ignorais que cette vieille touffe séchée avait un quelconque intérêt culinaire, elle devient le gimmick de ces vacances.

– Tu veux du thym sur ta viande? se demandent-ils et ils éclatent de rire, les idiots qui ne savent pas.

Un soir que j'arrose mon coin, Hyriée me rejoint.

– Je vais faire comme toi, tiens.

Nous pissons ensemble et il me sourit. C'est le premier sexe d'homme qui n'appartienne pas à mon père que je vois. La terre est si sèche qu'elle n'absorbe plus rien. Nos urines forment deux rigoles qui se rejoignent, nous multiplions les chances de naissance.

Le matin, mon père pose son doigt sur sa bouche pour que je ne fasse aucun bruit :

– Lemy a travaillé sur son livre toute la nuit, il dort, chuchote-t-il, et il m'emmène prendre le petit déjeuner au village. Nous restons longtemps au café, les tartines dans le chocolat chaud sont des éponges géantes, j'ai le tour de la bouche sale et mon père me nettoie de ses doigts qu'il lèche un peu pour les humidifier. Avant de rentrer, il me fait monter sur une chaise et nous jouons au flipper.

Lorsqu'il sort enfin de sa chambre, et j'en aperçois par la porte entrouverte le désordre dans la pénombre, les volets sont toujours tirés, le sol jonché de livres, de journaux, de vêtements et sur son matelas, les draps en friche et le rectangle lumineux de son ordinateur, Hyriée cherche invariablement sa casquette pour protéger son crâne nu du soleil, il la mouille au robinet et la pose sur sa tête, j'adore que ça dégouline, il me laisse grimper sur ses genoux, très amusant de sentir l'eau fraîche couler tout autour de son cou, jusque dans son dos, sur la terrasse une petite flaque se forme puis sèche en quelques secondes.

Pour moi un écrivain : quelqu'un qui ne peut jamais venir avec nous hurler dans le torrent glacé parce qu'il travaille dans une chambre sombre ou bien juste une fois, un jour que la canicule est insupportable, mais alors il craint l'insolation et reste assis à l'ombre d'un squelette d'arbre, une main sur le front, ses jambes sont des tiges blanches et son regard s'étonne de ce que nous ne remarquons plus : le noir des cailloux au fond de l'eau tranchant avec le bleu presque blanc du ciel, le vertige de s'y pencher, le bruit de la nature qui emplit tout quand nous arrêtons de crier, la fragilité de nos vies et l'éternité des pierres.

Le soir, nous irons tous ensemble au cinéma de plein air, il jouera à être mon cheval et moi sa cavalière.

Nous attendons Jean qui a promis de passer quelques jours avec nous. Il l'a écrit dans un message, oui je viendrai un peu et ce sera bien, et depuis mes parents guettent leurs téléphones, il va bien finir par appeler pour dire quand il arrive, samedi sans doute, nous irons le chercher à la gare, on pourrait en profiter pour programmer un pique-nique au Pont du Gard, il va bien finir par dire, voilà j'arrive demain et nous serons enfin tous ensemble ou presque,

il va bien finir par venir ou au moins prévenir, tu vois Rosa, je sais que tu l'aimes inconditionnellement ton Jean, ah oui pardon, tu n'aimes pas les adverbes, j'avais oublié ça que tu as en horreur les adverbes depuis qu'un professeur de français t'a appris qu'ils étaient lourds et encombrants, et pourtant rappelle-toi ce vers de Mallarmé que nous répétions en insistant sur sa jolie diphtongue, Victorieusement fui le suicide beau, n'est-il pas merveilleux cet adverbe victo-ri-eu-se-ment? avoue qu'il a du chic, some chic as they say in english, donc je sais que tu l'aimes de façon inconditionnelle, si tu penses que c'est plus aérien de le dire ainsi, et tu sais à quel point j'aime aussi Jean, fraternellement si j'ose dire, d'une manière qui autorise les élans et les pardons, mais je trouve mon roseau que là, vraiment, il abuse, ne pas répondre à nos appels, genre je suis trop occupé, je n'ai pas le temps, des choses plus importantes à faire, non vraiment et j'aime autant te prévenir que lorsqu'il daignera décrocher son téléphone il m'entendra, non ne t'inquiète pas, je ne lui ferai pas de mal mais je veux dire ces choses aussi, ton absence n'autorise pas tout

Sans Jean, ils se retrouvent, le soir, à jouer au tarot à trois, trop de cartes dans les mains, deux contre un, qui perd souvent ; je retourne le chien pour eux, j'aime les atouts et leurs habits de fête et aussi les cavaliers ; mais le jeu les lasse, quelques tours et puis s'arrêtent ; Lemy fume un cigarillo et Seymour dit

— à ce rythme, si nous continuons à perdre des partenaires, ça se finira en réussites nos parties de cartes, et je me demande bien qui sera le dernier joueur.

— Tais-toi, tu vas nous porter malheur, murmure ma mère en enfilant un gilet et Lemy crache la fumée caramel de son cigare par le nez et la bouche en même temps.

Je trie le vieux jeu et ils me laissent faire, signe qu'ils ne rejoueront pas, d'un côté les atouts de 1 à 21 et l'Excuse qui a un air de carnaval sinistre, de l'autre les quatre couleurs avec leurs rois frisés, j'imagine qu'elles sont des familles bien comme il faut, complètes celles-ci et sans fantôme, le roi, la reine et leur enfant le valet qu'ils promènent sur un cheval au milieu des basses cartes admiratives et des atouts en fête. Il ne manque personne.

Hyriée part bien avant nous, son sac pesant de tous ses livres sur son épaule et sa casquette qu'il met sur ma tête le temps du trajet jusqu'à la gare. Les enfants ne remarquent pas qu'une vitre est blindée. Je ne vois pas tout ce qui les sépare, ces couches de non-dits et de non-faits qui les éloignent, le verre entre eux est devenu trouble, il déforme tout et fausse ce qui était simple auparavant. Ils ont peur de se parler désormais. Leurs sourires un peu gênés lorsqu'ils se serrent la main avant que Lemy monte dans le train, l'ombre du chagrin qu'ils partagent sans pouvoir se le dire, leurs doigts froids malgré la chaleur étouffante du quai.

– La mort détruit tout sauf si l'on cultive la mémoire des défunts, disait mon père, fort de l'expérience de son peuple.

Ce matin-là, alors que nous regardons partir le train de Lemy sous le soleil éblouissant, il nous attend dans la voiture. Il n'a jamais aimé les adieux.

Jean ne donne pas signe de vie, c'est une autre manière de ne pas partager le chagrin. Jusqu'à la fin des vacances, ma mère s'en plaint à sa sœur.

Absorbée dans ses pensées, elle ne fait pas attention à moi. Je fais partie de ce décor un peu brûlé
de terres ocre et de feuilles d'oliviers brillantes.
Elle parle bas, ce n'est pas vraiment maugréer, en
remontant le grand champ qui permet de rentrer
à la maison plus vite, non il exagère, quinze jours
sans donner de nouvelles, et les herbes jaunes
crissent sous mes sandales, je cours jusqu'à la barrière et reviens vers elle, comme si un élastique
me reliait à sa rumination ; ou alors elle est aux
toilettes et je passe par hasard devant la porte,
il est gonflé, égoïsme, selfishness as they say in
english, et elle rit doucement ; et lorsqu'elle pend
le linge au fond du terrain près de la tente que
l'on a plantée pour mes après-midi, je suis d'accord avec toi, Rosa, aimer, c'est aimer aussi les
défauts, et je tente de dévier le chemin qu'une
colonie de fourmis a construit pour les faire entrer
dans la boîte que mon père m'a fabriquée. Je n'entends que des bribes, de Seymour j'aime aussi les
défauts, son fatalisme tu sais, je m'aplatis dans
ce qu'il reste d'herbe pelée, la terre est si sèche
que ça lui fait des rides profondes, des crevasses
sombres où grouillent d'autres insectes, toujours
trop d'insectes, je parle toute seule moi aussi, aux
fourmis que je jette dans les crevasses, répétant
comme une comptine *Victorieusement fui le suicide beau*, je ne sais pas encore ce qu'est le suicide
mais je savoure la victoire néanmoins, j'en parlerai tout à l'heure avec Mimosa et Tournesol dans

notre olivier, ma mère attache le dernier drap, son panier est vide maintenant, elle pense sans doute que je n'entends pas lorsqu'elle murmure tu as raison, je suis bête, en souriant, trop bête mon roseau, c'est toujours ainsi quand Rosa a le dernier mot, ma mère s'efface, lui accorde la victoire en riant, *victori-eusement ri-ant*.

Lorsque Jean réapparaîtra après les vacances, souriant tristement un soir dans l'encadrement de notre porte, je courrai dans ses jambes et ma mère s'accrochera à son cou pour y cacher la peur de l'avoir perdu aussi, lui qui est un dernier morceau de Rosa.

Aucun reproche ne sera jamais formulé, j'apprendrai ainsi que les reproches sont vulgaires.

– On ne reproche rien aux reliques, on les vénère. Pendant des années, ma mère a chaque matin aéré la chambre de Jicé, et épousseté ses coupes de tennis, ses horribles petites coupes en faux bronze alignées comme autant de témoignages de notre vie normale, comme si elles avaient une quelconque valeur pour mon frère, gagnées alors qu'il avait entre dix et quinze ans, jusqu'à ce qu'il ose dire qu'il voulait arrêter la compétition, peur de perdre, plus envie des encouragements de notre père au bord du terrain et des commentaires d'après-match, toujours les mêmes sur son revers à une main avec lequel il ne ferait jamais rien de bien. Elle les chérissait, ses coupes, moi j'avais envie de les mettre à la poubelle. D'ailleurs, je voulais tout mettre à la poubelle de cette maison qui avait fait fuir mon frère, m'enlevant ma seule source de distraction. L'été qui a suivi son départ, j'ai entièrement vidé ma chambre à défaut de pouvoir mettre l'intégralité de l'intérieur de mes parents dans une benne à ordures : des sacs et des sacs, des cartons de jouets borgnes, de livres gris et toute ma collection de boules de neige. Ma mère aurait pu m'arrêter, non ? Conserver quelque chose, une ou deux peluches, une boîte de Meccano, un déguisement de pompier, les photos de classe. Elle m'a regardé tout emporter sans un geste, à peine a-t-elle haussé un sourcil lorsque je suis passé devant elle, satisfaite même peut-être de me voir déblayer le terrain, alors que de vieilles boîtes d'allumettes attendaient un hypothétique retour du héros dans la chambre de mon frère. Les présents n'ont pas de reliques, les absents pas d'encombrants.

Moi aussi, Pierre-Antoine, j'aime jeter les choses. Le moindre objet touché par Rosa est devenu culte. Nous nous moquions de ma mère souvent,
– et le papier toilette, tu l'as retrouvé le papier toilette de Rosa, le papier quiou comme vous dites ? lui demandait mon père en m'adressant des clins d'œil.
Elle ne trouvait pas ça drôle.
Oh bien sûr, elle ne se fâchait pas vraiment,

elle savait que cette ironie était le prix à payer, une sorte de contrat muet entre eux, le soutien de mon père contre un droit à se moquer un peu d'elle. Elle nous laissait dire, elle souriait même mais au fond, rien ne l'angoissait plus que de ne pas avoir cet ultime rouleau de papier toilette et tout ce qui avait été terminé après Rosa (dernier paquet de café, gel douche, cigarettes) ou jeté parce qu'on finit toujours par jeter ce qui a appartenu aux morts. Ma mère, au contraire, toute à sa folie de l'accumulation, voulait tout garder. Rosa était partout, vous comprenez ? Même dans des objets qu'elle avait méprisés ou ignorés, une brosse de W.-C., une lampe dans une gare, un présentoir dans une boulangerie, un fauteuil de dentiste : Lilas ne voulait rien perdre des vingt-six années traversées par sa sœur.

Imagine-t-on la planète si chacun avait conservé comme elle tous les objets ayant appartenu ne serait-ce qu'à une seule personne décédée ? Tout l'espace vital serait mangé par les amoncellements, tout l'avenir bouché par le passé accumulé et les descendants empêchés d'avancer si le monde ressemblait à l'ancienne usine de mon grand-père lorsque les déménageurs eurent terminé, en ce jour d'été, d'y déposer l'intégralité de ce que contenait la maison de Marcel et Marguerite.

Les Souvenirs Faure n'ont jamais aussi bien porté leur nom. Nous creusons des petites ruelles entre les murs de cartons, et je m'y perds avec excitation. Je cours dans les allées, c'est la fin de journée, on a allumé les néons de l'usine, ils allongent les ombres des cartons jusqu'à m'engloutir quand je les atteins. Mon père finit par me donner une perche très grande afin de pouvoir me repérer dans ce capharnaüm.

Je pars en exploration pendant que mes parents sont penchés sur une grande feuille que ma mère a posée au sol, elle tente de faire le plan de l'usine et l'inventaire de tout ce qu'elle entrepose. La cartographie de sa vie, en somme : il y a dans ces caisses l'histoire d'une maison, ses objets triviaux et ses préciosités, quelques meubles étonnants, façonnés par mon grand-père Marcel, comme une table à repasser télescopique sur laquelle on peut étendre un drap dans sa longueur, mais aussi des vêtements, des chaussures, trop de chaussures, leurs cahiers d'école, leurs dents de lait et des conserves de légumes, tout ce que Marguerite a gardé en disant on ne va pas jeter, ça servira bien un jour ou l'autre.

Et voilà : ça sert à emplir en quelques heures les locaux vides et poussiéreux de l'usine. Ça sert à harceler ma mère, à ne lui laisser aucun repos ni aucune échappatoire, matériau indispensable pour la reconstitution de la vie de Rosa, mais un monstre aussi qui, pareil à l'eau glauque des inondations, envahit l'espace et menace de la noyer.

Ça sert à la sauver et à la tuer en même temps.

Son monde, si rétréci depuis la mort de sa sœur, elle l'ouvre à ces vieilleries, croit-elle vraiment que Rosa est là, au milieu de ce fatras ? Ou les tonnes de cartons donnent-ils simplement la mesure de sa peine ? Elle contemple son trésor, toutes ces caisses absurdes. Enchevêtrés et boiteux, des souvenirs à perte de vue, tout un petit peuple de souvenirs en haillons. Qu'y voit-elle ? L'espoir d'avancer dans sa quête ou la menace de ne jamais la réussir ?

Rosa, ma Rosa,
Je ne te trouve pas.

Ce soir-là, alors que la poussière de l'usine grise nos pieds et brûle nos bronches, elle a le sentiment que tout est désossé. Le découragement alourdit ses épaules : la recherche est laborieuse et la reconstitution exhaustive impossible, cette montagne d'objets n'est là que pour la narguer. Elle songe qu'elle n'aura jamais assez de toute sa vie pour écrire Le Livre de Rosa. Il y a trop de cartons, trop d'années, trop de minutes.

Et si peu pourtant.

Ce serait la tuer une deuxième fois, pense-t-elle. Ses larmes lourdes font penser à des limaces baveuses qui glissent jusque dans son cou, leurs traces sur son visage sale,

– je n'y arriverai jamais, cette idée est trop grande pour moi,

et sa voix est celle d'une vieille femme soudain.

Vue de loin, ma perche marque un arrêt mais

personne ne s'en soucie. Elle n'a pas pleuré depuis si longtemps, nous avions cru sa peine asséchée. Ils vont décider quelque chose qui changera le cours de notre vie. Je ne sais pas ce que je souhaite. Qu'elle abandonne son projet ? Je suis habituée à cette mère absente et obsédée. Que peuvent-ils faire ? Deux solutions : rappeler le camion de déménagement, vider l'usine, accepter la défaite, se résigner à ce que le passé s'efface peu à peu, ou faire fi de la raison et courir dans la pente. Seymour tranche, sa voix d'Américain :

– Nous allons nous mettre au travail.

Les gens sont là, vous pouvez sentir leur souffle, toucher leurs mains et essayer leurs bagues à vos doigts ; leurs corps émettent une petite chaleur éternelle et si vous vous approchez, vous pouvez voir tout un réseau fluvial sous leur peau.

Et puis les gens ne sont plus là. Brutalement, ne rient plus à vos oreilles, ne cherchent plus une mèche dans leur nuque, n'embrassent plus vos paupières, ne frottent plus leurs yeux délavés, ne disent plus s'il ne pleut pas demain nous pourrions faire une promenade tous ensemble ce serait chouette, ne chantent plus sweet little Daffo dans vos cheveux, ne laissent plus flotter leur odeur fleurie dans la pièce, ne s'endorment plus calmes et chauds à vos côtés.

À vos doigts leurs bagues sont glacées,
les gens vous abandonnent à leurs objets.

Ce matin avant de venir, j'ai pris un café au bar de la place du vieux village. Le flipper est toujours là, les boutons usés par toutes les mains qui les ont pressés, parmi lesquelles les miennes et celles de mon père lorsque nous partagions la dernière partie, lui côté gauche, moi à droite.

Il m'a semblé qu'il était présent lui aussi, debout au zinc comme à son habitude, à la manière de ceux qui n'ont pas l'intention de s'enraciner, juste un petit café et il s'en ira, perché sur ses longues jambes, vacillant un peu dans le contre-jour. À peine une minute de flottement et sa décapotable glissera dans les rues pentues de Cintodette, je choisirai la musique et nous roulerons longtemps sans vraiment parler, comme toujours, comme avant, comme quand ils étaient en vie.

Nous nous arrêterons au hasard, marcher un peu dans une demi-forêt, ramasser des choses, leur inventer des vies. Une fois que j'aurai rempli l'arrière de la voiture de branches inutiles et de pierres de toutes sortes, nous passerons chercher ma mère à l'usine, que nous n'appellerons entre nous jamais autrement que *l'usine* même quand, pour les autres, ceux qui ne sont pas de ma famille ni d'ici, ceux qui viendront dans quelques années en foules enthousiastes le visiter, le long bâtiment ne saurait s'appeler autrement que la Villa Liro.

Je suppose qu'ils me manquent.

Je me souviens avec précision de ces journées où ce qui n'est encore que le fantasme d'une personne, ma mère, devient, grâce à la complicité d'une autre, mon père, une entreprise collective.

Toute l'aventure, pour le meilleur et pour le pire, de la Fondation Rosa part de ces quelques heures où les digues cèdent, où Lilas le convainc de la suivre sur cette crête dont elle ne connaît ni l'altitude, ni la longueur, ni l'étroitesse. Le voyage sera à la fois long, merveilleux et difficile mais nul ne peut le deviner à cet instant.

Mon père aurait-il dû se mettre en travers de son *projet*? Seymour n'est pas un censeur. De ma mère, il n'est que le protecteur, l'assistant attentif, l'homme qui tremble, attention elle va se faire mal, elle est si fragile. Si précieuse, celle qui l'ancre enfin.

Alors, il la laisse faire.

Mieux, il l'accompagne.

Plus tard, lorsqu'il lui arrivera de regretter de ne pas avoir empêché toute cette histoire de prendre une telle place – toute la place en vérité –, il ne sera plus temps de revenir en arrière et Seymour optera pour l'amnésie. D'abord temporaires, ces oublis se sont installés, ils ont pris possession de son intérieur; un comble pour qui a lié sa vie à la fille de l'usine des Souvenirs Faure – «Avec nos meilleurs souvenirs», écrivait mon grand-père chaque année à ses clients pour leur adresser ses vœux, content d'avoir trouvé cette formule.

Chacun de nous, préférant se bercer de l'illusion qu'on n'y pouvait rien, connaîtra d'ailleurs les délices de l'oubli et effacera ces journées où, inconscients, nous courions sur un fil les yeux fermés pour rattraper ma mère et l'empêcher de verser à tout jamais dans le précipice.

Donc l'aider.

Le cabanon du cimetière était son histoire, la transformation de l'usine en Villa Liro sera celle d'un petit groupe qui n'en finira pas de grossir, jusqu'à devenir la multinationale dont vous avez consulté tous les bilans.

Au début, il n'y a que Lilas, Seymour et Christophe Jacquier qu'ils mettent à contribution pour ranger le fatras accumulé dans l'ancienne usine. C'est ainsi qu'il sera à jamais leur premier salarié, ce qui, malgré les vicissitudes, lui conférera une place à part.

Je suis là aussi, bien sûr, une enfant qui n'encombre pas les adultes et sait jouer calmement dans son coin – l'avantage des enfants uniques, leur appétence à une vie intérieure. Les cartons entassés me font toutes sortes de maisons et de trésors à protéger des méchants qui nous épient. Mes cousins Mimosa et Tournesol sont à mes côtés. Plus tard, je les tiendrai prisonniers dans ma chambre ou au fond du jardin, là où je peux, sans que quiconque ne risque de me voir entrer en conversation avec eux, à grand renfort de petits mouvements rapides des mains, mais au moment où nous investissons l'usine, je ne vois pas pourquoi je devrais entretenir une liaison clandestine avec mes cousins ; ils sont les enfants les plus importants de ma vie. Qu'ils ne soient pas vivants est une petite difficulté que je leur pardonne volontiers.

Je réalise en vous le disant ce que cela peut comporter d'étrange. Je réalise aussi qu'alors personne dans mon entourage ne trouve cela bizarre, car tout le monde, dans le petit univers qui est le mien, est en relation avec un ou des absents. Dans cette vaste pièce, encombrée de cartons, nous sommes en vérité chacun avec nos fantômes. Leurs souffles discrets occupent nos esprits, ils guident nos actes, les commandent sans jamais nous en remercier.

Ma mère est en perpétuel dialogue avec sa sœur, installée au sommet d'une pile de caisses, afin de l'aider à agencer à l'identique ce que fut leur maison familiale. Mon père a beau vouloir chasser de ses pensées sa famille exterminée, s'en échapper à toute force, ses grands-parents, ses oncles et tantes et tous ses cousins, les boîtes de Lublin et les pleurs de sa mère le hantent. Je ne sais à qui parle Christophe Jacquier mais son silence ne ment pas : lui aussi est en conversation avec ses perdus. Si bien que nous formons un drôle d'équipage, évoluant au milieu d'une foule invisible qui nous parle pendant que nous vaquons à nos occupations.

Ils rangent et je tourne autour d'eux comme une jeune abeille. Il leur faut d'abord vider entièrement les anciens stocks de l'usine. Un entrepôt attenant au bâtiment principal est empli de centaines de souvenirs dont personne n'a voulu. Allongées dans leurs caisses de bois, serrées l'une contre l'autre, des vierges en plastique invitent le pèlerin de Lourdes à entrer dans la grâce de leur mère Marie avec un sourire inquiétant, on dirait les oubliées d'une fête foraine ou les mortes livides d'un génocide absurde.

Des cartons entiers d'assiettes en faux bois déclinent leurs maximes de vie,

Charité bien ordonnée commence par soi-même,
Après la pluie vient le beau temps

et celui que je préfère :

Une mauvaise vie vaut mieux qu'une belle mort.

Elle décide de tout jeter.

– Vérifions qu'il n'y a rien de précieux dans les boîtes avant de les mettre à la poubelle.

Ce qui serait précieux pour Lilas, ce serait de tomber sur une collection inconnue que Rosa aurait cachée dans l'usine, ou sur une caisse de vêtements oubliés depuis longtemps, une lettre, un mot d'amour écrit à l'école primaire pour Laurent Barchon, voire le dernier paquet de mouchoirs en papier qu'elle aurait utilisé, une relique, n'importe laquelle. Christophe Jacquier m'impressionne : il éventre les cartons aux ciseaux pour en vérifier le contenu, puis les prend sur ses épaules et les jette dans une benne amenée devant l'usine. Tout part à la déchetterie sauf quatre vierges que je récupère.

Elles me serviront de poupées, magnifiques quadruplées orphelines et paralytiques à qui je ferai vivre les pires drames.

Je suis surprise que ma mère ne veuille conserver de ce patrimoine que les moules que son père a rangés dans un petit coffre dont, d'un coup de tournevis, Christophe fait sauter la porte. Il y a tous les moules de toutes les pièces que les Souvenirs Faure ont produites pendant leurs vingt-trois ans d'existence.

Plus tard, quand elle aura des remords, ils serviront. Je crois que c'est lors du dixième prix Rosa qu'ils reconstruiront l'usine Souvenirs Faure à l'identique et les bibelots à nouveau sortiront, crachés par la porte du four, leur résine durcie prête à être décorée. On ira jusqu'à réembaucher des ouvrières et les vêtir des mêmes blouses bleues sous la même chaleur du premier étage dans les mêmes effluves toxiques de résine et de peinture. Et jusqu'à les vendre à nouveau, les Souvenirs Faure, les mêmes que ceux dont plus personne ne voulait lorsque mon grand-père dut se résoudre à arrêter la production, accepter cette défaite aussi, mêmes statuettes kitch et assiettes marron désormais embellies du fait d'être des traces de l'environnement de Rosa et simplement étiquetées de cette petite étoile rouge que je dessine grossièrement un jour sur un cahier d'enfant et qui devient le symbole de la Fondation Rosa.

C'est ma mère qui a eu l'idée de l'utiliser :

– Une étoile est une image comprise dans le monde entier. Ça fera une bonne identité visuelle.

Mais je vais trop vite.

Ils ne savent rien alors, ni de la renaissance de l'usine, ni de la Fondation, ni de son identité visuelle, ces trois travailleurs en jeans sales qui s'affairent dans la chaleur de l'été. Nous y passons l'essentiel des grandes vacances. Christophe Jacquier est le mieux armé des trois pour ce travail, c'est lui qui dirige mes parents, et ça m'étonne.

Eux, les intellectuels, n'ont jamais autant utilisé leur corps. Ils se couchent harassés le soir sous les toits brûlants du bâtiment.

Parfois, quand l'air est trop étouffant, nous montons en haut du village et dans les champs qui bordent le cimetière, nous allongeons une immense couverture qui nous sert de lit. Nous portons des shorts et des débardeurs, on dirait une équipe de sportifs des jeux Olympiques. Mon père nous explique les constellations, là-bas le sablier d'Orion, en haut le W de Cassiopée et la Grande Ourse qu'on ne présente plus.

Je m'endors entre eux, les moustiques piquent mes cuisses et mes bras nus.

C'est le plus bel été de mon enfance. Pour ne pas que je m'ennuie, ils m'ont acheté un petit lapin à défaut du chien dont je rêve. Peu importe, un lapin fait un très bon chien pour une enfant imaginative.

Je le promène en laisse autour de l'usine et lui raconte toutes mes histoires, Mimosa et Tournesol en sont jaloux mais parfois je le leur prête. Nous l'appelons Rabbit Jacob, ça fait rire mon père.

Un jour, à peine quelques semaines après son arrivée dans ma vie, Rabbit Jacob disparaît ; ma mère est persuadée que les serpents de Bertrand Partière l'ont mangé.

Elle s'étouffe de rire :

– Ils l'ont bouffé !

Et je ne comprends pas ce qui les fait rire, mais ils hurlent de rire ;

– Bouffé le rabbit,

rient si fort que je bouche mes oreilles et pars en pleurant, ils me voient à peine tellement ils rient ;

– Tout cru, le Jacob.

J'appelle mon lapin pendant une semaine, jamais il ne revient.

Ce qui me marque : Christophe Jacquier se lave le soir après sa journée de travail, mes parents continuent de se doucher chaque matin dans l'ancien vestiaire des ouvrières avant d'aller se salir.

Et puis ça : un midi, à l'heure de la pause, nous préparons des sandwichs au saucisson. Les gros pois blancs de graisse font des bonbons dans la chair rouge, j'ai les doigts et le tour de la bouche huileux, j'aime le goût salé de la charcuterie.

Lorsque mon père propose un sandwich à Christophe, celui-ci refuse :

– Non merci Seymour, je ne mange plus de porc, je suis devenu musulman.

Silence de mon père qui mord dans son sandwich à en faire tomber un cornichon entier.

Une autre fois, j'aperçois Christophe derrière l'usine, en pleine prière. Il ne se cache pas mais s'est mis à l'écart. Il porte ses mains à son visage, on dirait qu'il le lave sans eau, geste élégant et doux, lent. Ses outils tintent à sa ceinture lorsqu'il s'agenouille pour prier.

Pour la première fois, la religion entre dans mon univers. Et avec elle, l'idée d'un recours possible pour nous, tellement entourés de morts et pourtant totalement ignorants des dieux. Une prière pour confier Rosa et les autres au ciel le temps de vivre notre vie, voilà qui ferait pourtant une solution à nos problèmes.

Je deviens croyante.

Je joins mes mains puis je les tourne, ouvertes vers le ciel. J'invente des prières avec mes cousins. Des prières pour Rabbit Jacob et Rosa. Un jour, alors que nous roulons sur la nationale – la capote de la voiture est ouverte et l'air agite mes cheveux –, je demande à mon père pourquoi nous ne sommes pas musulmans nous aussi. Puisqu'il ne répond rien, j'insiste :

– Sommes-nous des juifs alors ?

Tournés vers moi,

ses yeux ont une teinte inconnue,

métallique.

Dans ce qui fut l'atelier des modélistes, l'ancienne pièce noble de l'usine, la seule où une moquette avait été posée au sol et où la secrétaire arrosait un ficus une fois par semaine, ils installent le nouveau bureau de ma mère. Dans un coin de la pièce, ils déposent le canapé jaune ; elle l'ouvrira pour dormir si son travail exige qu'elle reste loin de nous. Le cabanon n'est pas détruit mais elle consent à le délaisser.

Christophe Jacquier, lui, continue de se rendre au cimetière chaque jour. Plus tard, quand ils sauront, les gens de Cintodette s'offusqueront : peut-on laisser nos morts sous le gardiennage d'un musulman, aussi familier nous soit-il ? ; ce Jacquier de toute façon a toujours été inquiétant, ses manières bourrues, son langage pauvre et rugueux, une pétition circulera, trouvant un prétexte quelconque pour demander son remplacement, c'est alors que mes parents l'emploieront à plein temps, se mettant encore à l'écart du courant général de la commune. Avant cela, elle remontera là-bas de temps en temps, pour boire un thé dans son cabanon avec Christophe Jacquier, plus pour travailler.

Ça tombe bien,
je commençais à me lasser du cimetière.

C'est étrange de remettre du travail dans un lieu endormi qu'est une usine abandonnée. Les anciens ateliers sont assez grands pour qu'ils y installent des meubles et tout ce qu'ils contenaient lorsqu'ils étaient dans la maison de mes grands-parents.

À l'étage, ils commencent par reconstituer la chambre des filles, le lit pour deux personnes, les affiches, les étagères et les livres de théâtre de Rosa, classés comme elle l'aimait, par collections. Ça fait des lignes de couleurs, rouge, beige, noir. Ne manque que la petite boîte rouge secrète que ma mère y a trouvée, celle-là restera jusqu'au bout sur sa table de chevet, assez proche pour la toucher sans jamais l'ouvrir.

J'aimerais que ces jours durent toute la vie.

Nous vivons dans un campement, il n'y a pas d'autres règles que celles du chantier de l'usine. Nous pique-niquons tous les quatre, et Christophe Jacquier me fait goûter le filet de maquereau, le jus coule dans ma gorge, j'aime le goût citronné du poisson. Le soir, nous partons souvent en voiture, musique au vent, mes parents ne parlent pas ; aucune tension ne sous-titre leur silence.

Une sorte de bonheur.

À la fin de l'été, alors que tout est encore en désordre et que l'usine ne ressemble plus à une usine mais pas encore à la Villa Liro que vous connaissez, nous revenons à Paris. J'entre à l'école en septembre avec le sentiment d'avoir fait un long voyage dans un pays lointain. L'appartement me semble minuscule et vide, en comparaison du fouillis de l'usine.

Nous vivons la plupart du temps sans ma mère, qui veut terminer l'installation à Cintodette, et ça ne me déplaît pas d'avoir à nouveau mon père pour moi toute seule. Je le vois de loin quand la cloche sonne la fin de la classe et que nous courons pour rejoindre la porte de l'école. Sa silhouette maigre, si longue que je dois plier mon cou loin en arrière pour voir sa tête, est appuyée sur le mur clair de l'établissement, un peu à l'écart des mères d'élèves en grappes. On dirait un acteur. Il a l'air de se trouver là par hasard, comme s'il s'était dit

— tiens, cette école m'intrigue, voyons qui en sort,

c'est ainsi qu'il déambule dans la ville, j'allais dire dans la vie, sans contrainte ni objectif, capable de bifurquer à tout moment pour faire s'envoler une brassée de pigeons, s'approcher d'un détail qui l'attire, une flaque de lumière sur une façade, un objet dans une vitrine, le reflet d'un nuage dans une fontaine, une musique dans un appartement, une fille qui l'interpelle,

– Hey, vous faites quoi, vous venez danser ?

Ce qu'il m'a transmis : aller au hasard.

Après l'école, nous marchons des heures tous les deux, il porte mon cartable et nous visitons notre ville comme le feraient des touristes sans guide. Parfois nous prenons le métro jusqu'au bout de la ligne et nous rentrons à pied. Avant de quitter la station,

– asseyons-nous et regardons passer les trains,

et nous voyons se succéder les wagons dans leur fracas métallique et les gens sortir et rentrer, leurs gestes automatiques, accaparés par le but de leur déplacement et non par leur déplacement comme nous le sommes, nous qui reprenons nos pérégrinations ; nous avons peut-être l'air de deux vagabonds, errantes personnes, un père, sa fille, chassés par qui cette fois, allant où encore ?

C'est ainsi que font les juifs, partir.

Voilà ce qu'il m'apprend sans rien m'en dire,

lui qui pourtant nous est toujours revenu.

Nos bavardages n'ont aucune profondeur, il me montre une porte, la fresque sur un mur lépreux, attrape un morceau d'une affiche déchirée, sifflote un air à la mode, fait encore fuir un pigeon, remonte le col de mon manteau et s'allume une cigarette avec une allumette. Quand la fatigue prend mes jambes, nous poussons la porte d'un café, il commande une bière et un jus de fruit pour moi, nous faisons mes devoirs et une partie ou deux de flipper avant de rentrer. J'ai bientôt dix ans, je n'ai pas d'autre héros que mon American dad.

Ma mère n'est pas de nos promenades. Elle poursuit le rangement de l'usine avec Christophe Jacquier qui la rejoint dès qu'il en a fini au cimetière. Toute la journée, elle monte, enduit, ponce, peint des cloisons qui délimitent les répliques des pièces principales de la maison de ses parents.

Le soir, elle poursuit le Livre de Rosa, reprend sa documentation, tente de reconstituer au plus juste ce que furent ses années d'école. Elle rencontre les institutrices, certaines sont à la retraite, elle leur demande de se souvenir de tout ce qu'un esprit normal oublie. À côté de qui était Rosa en classe ? Levait-elle la main pour se faire interroger ? Quel jour a-t-elle récité devant la classe entière « Le Dormeur du val » ? Était-elle debout alors ? À sa place ? Sur l'estrade ? À quel moment a-t-elle compris la règle de trois ? Ont-elles gardé le programme au jour le jour de ces années-là ? Peuvent-elles lui parler avec précision de tous les élèves qui constituaient l'école ?

Ma mère doit recomposer chaque journée de classe comme la plus tatillonne des inspectrices. Sans relâche elle fouille, regarde les photos, retrouve les cahiers, afin de raconter la routine scolaire de l'époque. Une heure de classe lui demande des journées à se documenter mais elle ne se décourage pas.

Son projet est à ce prix.

Il a pris possession de sa vie et de tout son temps. C'est un monstre mou si énorme qu'on n'en distingue aucun contour. Il occupe tout l'espace, l'entièreté de son existence et de son territoire, elle ne sait même pas si elle est à l'intérieur du monstre, avalée par lui, ou sur lui à l'arpenter, petit géomètre qui mesurerait une planète avec un double décimètre.

Elle passe ses semaines à Cintodette, usant ses muscles le jour, fatiguant ses yeux sur l'écran pâle de l'ordinateur le soir. Quand elle réussit à trouver le sommeil, elle ne dort que quelques heures par nuit, bien trop peu. Les bons jours, elle se satisfait d'avancer petit à petit ; elle nous appelle et nous entendons sa joie du travail abattu. Les mauvais, elle panique et nous inquiète. Elle ne sait dire si elle en a pour dix, quinze ou cent ans mais elle continue, vaillant petit soldat d'une tâche absurde, provoquant ses forces dans un duel sans cesse recommencé.

Elle s'épuise.

Le week-end, lorsqu'elle rentre à Paris, c'est du repos autant que notre tendresse qu'elle vient chercher. J'aime nos retrouvailles. Nous allons la chercher à la gare et dînons au restaurant. Elle nous raconte ses avancées, elle nous donne les derniers potins de Cintodette, nous interroge sur notre semaine ; nous avons beau nous accrocher à son

enthousiasme, nous ne pouvons éviter de remarquer sa fatigue, les yeux devenus immenses dans
son visage creusé et ses essoufflements dès que
nous montons un petit escalier. Elle a l'air malade.
Si Seymour lui suggère de prendre quelques jours
de repos, elle écarte l'idée d'un geste flou de la
main, se met à rire trop fort en disant

– mais pourquoi veux-tu que je m'arrête, je
viens à peine de commencer !

Chaque vendredi, pourtant, nous constatons
que son état se dégrade. Elle maigrit exagérément. La peau sous ses yeux prend une couleur
jaunâtre. Elle ne nous le dit pas mais elle est régulièrement prise de vertiges si forts qu'elle doit se
tenir aux murs, elle se met parfois à trembler sans
raison, ses mains deviennent glaciales et elle a
des maux de tête qu'elle dédaigne, comme elle
méprise les voiles noirs qui couvrent son regard
jusqu'à le noyer.

Rosa, Rosa,
C'est à toi que je le dois,
Rosa, Rosa, je ne t'oublie pas.

Ça devait arriver.

Un dimanche matin, je joue dans ma chambre
avec les boîtes où elles enfermaient les gendarmes
quand elles étaient petites. Je ne séquestre aucun
insecte, chacun sa passion : j'ai transformé les
boîtes en une usine à produire des enfants. Je dessine des nourrissons sur des morceaux de papier

et, après un long cheminement dans la chaîne de production, ils aboutissent au poste de naissance ; je prépare la naissance d'un petit brun lorsque j'entends sa chute dans la pièce d'à côté, le poids de son corps s'affalant sur le sol, ce bruit d'affaissement qui pourrait résumer toute mon enfance. Mon père n'est pas là. Je suis seule avec elle.

Seule, la tâche m'incombe.

Fille unique sous les bombes,

unique enfant devant de sa mère la tombe.

Il faudrait pouvoir disséquer les deux secondes qui précèdent le moment où je me lève pour aller jusqu'à son corps inerte. En étudier l'incroyable épaisseur et l'extrême durée. Dans ces deux secondes se tiennent en strates toutes les peurs, toutes les malédictions de ma famille, toutes les morts précoces et cette certitude devenue mienne que nous sommes les objets d'une fatalité que nous ne nommons jamais pour ne pas la provoquer mais qui, tel un invincible rapace, plane sans cesse au-dessus de nous, même quand nous faisons mine de l'oublier, même quand nous mangeons la crème avec les doigts et chantons à tue-tête dans la décapotable.

La voilà de retour, arrachant cette fois la vie de ma mère, m'épargnant pour un moment encore et me laissant au moins mon père. Ils ont beau dire

— mourir si jeune à notre époque est rarissime,

et le répéter comme une incantation magique,
ils ont beau le dire,
le malheur nous est revenu.

Ma mère est morte.
Ce n'est donc pas du courage.
Juste faire ce que l'on doit faire.
Affronter le destin hérité des générations précédentes, comprendre que la modernité ne nous
en protège pas, que leur effroi n'était pas plus
acceptable que le nôtre, se résigner à l'insupportable répétition, regarder sa défaite dans les yeux,
agir sans penser, n'être qu'une action, un corps en
mouvement vers un corps immobile.
Passer la porte, malgré l'évidence demander
– maman ?
appeler de plus en plus fort
– maman !
s'agenouiller vers son visage gris, voir le sang
couler de son arcade gauche, en tombant elle s'est
coupée, attraper ses épaules et la secouer sans pleurer, la secouer aussi fort que l'on peut, la secouer
à s'en casser les ongles.
Penser que l'on va devoir le dire à son père.
Penser à Marguerite et Marcel, se mettre à crier.
Et puis un miracle : elle soulève ses paupières.
– Tu devrais appeler les pompiers, je crois.

Ils la trouvent assise sur une chaise dix minutes
plus tard ; ses mains pâles qu'elle a beau tenir

serrées n'en finissent pas de trembler, papillons de grège, affolement de libellules dans une lumière électrique. Mais elle rit, ma mère, elle rit d'un petit rire aigrelet, forcé et agaçant, quand elle dit aux pompiers

– je ne sais pas ce qui m'est arrivé, j'ai dû glisser.

Ultime tentative pour repousser l'épuisement, ne pas lui donner prise, ne pas s'avouer vaincue, elle a tant de travail à abattre, dès le lendemain a prévu de retourner à Cintodette où sa sœur, son œuvre, son gouffre, l'attendent. Le médecin urgentiste ne sait rien de tout cela ; lui n'a que la vérité de ses appareils, tensiomètre, stéthoscope. Il secoue la tête :

– Vu votre tension, je ne pense pas que vous ayez glissé, madame. Il est plus probable que vous vous êtes évanouie. Ça arrive quand la tension est basse comme la vôtre. Votre cœur bat lentement. Je vous trouve faible.

Elle va négocier, elle met tout ce qu'il lui reste de ses maigres forces dans cette bataille, ma petite mère presque transparente qui se redresse autant qu'elle le peut. Je remarque une veine gonflée dans son cou et sa voix est un souffle qu'elle amplifie à grand-peine. Elle frotte ses joues pour y faire revenir le sang, les rougir artificiellement. Non ça va, elle se sent mieux, merci, ça va aller et son mari va bientôt rentrer. Il est allé chercher le pain et sans doute s'est-il attardé, malgré cette pluie qui lave le quartier à grandes eaux depuis ce matin, c'est dans ses habitudes, l'errance, et il suffit qu'il ait croisé un voisin, il s'est peut-être installé au café du coin de la rue mais il va rentrer, il rentre toujours.

Un pompier se tourne vers moi :

– Tu es assez grande pour comprendre, n'est-ce pas ? Il faut que ta mère soit raisonnable.

J'acquiesce pour le rassurer ; il ne sait pas, le brave homme, que nous avons une définition toute particulière du raisonnable dans cette famille.

– En cas de nouvel évanouissement, amenez-la aux urgences immédiatement.

Je hoche la tête. Ma mère sourit exagérément pour montrer qu'elle a récupéré. Dès qu'ils sont partis, elle tente de se lever mais sa tête tourne et elle se sent tomber à nouveau. Je l'allonge dans son lit. Les cernes sous ses yeux, la lenteur de ses mouvements, cette couleur grise. Qu'elle ferme les yeux et je m'affole. Sont-ils certains qu'elle n'est pas morte ?

Quand mon père arrive, trempé par la pluie et porteur d'un bouquet jaune, il se penche sur son lit et elle lui murmure – l'odeur rance de son haleine vient jusqu'à moi –, comme une enfant

– je crois que je suis un peu malade.

Le lendemain, ils consultent un médecin qui diagnostique un état de fatigue extrême. Il impose à ma mère le plus strict repos,

– pendant au moins un mois, dit-il en remplissant une ordonnance.

– C'est impossible, répète-t-elle. Je ne peux pas m'arrêter aussi longtemps. J'avais à peine commencé l'installation du salon.

Le salon de Marguerite et Marcel : un ensemble de meubles bruns, cuir et bois sombre, quelques scènes de forêt sur des toiles de mauvaise facture, un cadre avec des photos de famille, des bouquets séchés dans des vases en grès, le portrait de Rosa, la bibliothèque, une grande télévision, une chaîne et des vieux disques, une table basse aux pieds sculptés par mon grand-père.

Le salon de Marguerite et Marcel : le bar de Marcel, ses bouteilles aux étiquettes grignotées par le temps rangées dans un petit buffet sur lequel est posé un ensemble de verres en cristal et un plateau en métal blanc ; sous les bouteilles se trouvait un jeu de fléchettes que nous sortions parfois, mon grand-père l'accrochait au mur du couloir et nous jouions tous les deux.

Le salon de Marguerite et Marcel : la fascinante collection de grenouilles de Marguerite, des centaines de batraciens accumulés pendant des années, trouvés lors de voyages, offerts par des amis en mal d'imagination, grenouilles de toutes sortes, toutes tailles, toutes matières, terre, pierre, plastique, alignées comme à la parade sur le manteau de la cheminée ou disséminées dans la maison, pour certaines remisées à la cuisine, aux toilettes ou sur le paillasson. Évidemment ma mère voudrait les disposer à l'identique dans la reconstitution de la maison qu'elle vient d'entamer dans l'ancienne usine. Elle ne supporte pas de devoir mettre ce projet entre parenthèses.

Comme tous les enfants, j'ai longtemps adoré l'odeur de ma mère. Chaque vendredi, lorsqu'elle descendait du train et nous rejoignait au bout du quai, les joues fraîches de l'air du soir, c'est vers ces effluves que je courais en souriant. Je me réfugiais dans son cou, la reniflant tel un petit animal haletant pour m'emparer de ce parfum, mélange d'herbe coupée et de pomme, un champ fleuri au milieu duquel irradierait un bouquet de jasmin doublé d'une gousse de vanille.

Je m'en suis enivrée jusqu'à l'écœurement.

Après sa chute, tout a changé. Son haleine, d'abord, m'a incommodée. Puis l'odeur de la chambre où elle restait alitée m'a dégoûtée, son pyjama empreint de sueur refroidie, sensation d'être dans l'arrière-boutique d'un fleuriste négligent.

Une fois que les parfums nauséabonds vous prennent le nez, ils ne vous lâchent plus, vous poursuivent bien longtemps après que vous avez quitté la personne, bien après sa mort même, vous harcèlent comme un mauvais rêve. Je n'ai plus senti la pomme fraîche, ni l'herbe nouvelle, ni la vanille ou le jasmin, sur la joue de ma mère, juste un entêtant mélange de pourriture végétale.

Aujourd'hui bien sûr, tout paraît évident. Sur le moment, je ne ressens rien de tout ça – ni de cette colère qui me prendra lorsqu'elle aura d'autres malaises, singeant la mort à la perfection, ravivant la menace de la malédiction inéluctable, m'imposant la vision de ma propre disparition et de ma solitude, mal accompagnée d'une mère vacillante et de cousins de chiffon –, je vois juste ma mère se lever péniblement après une troisième journée de lit, confinée dans sa chambre par l'alliance du médecin sourcilleux et de mon père inquiet.

Je me surprends à avoir la nausée lorsqu'elle s'approche de moi. Elle se déplace difficilement, tangue comme aux premiers temps de la marche puis finit par se stabiliser et par enchaîner les pas, lents, lourds, fragiles. Son teint est cireux, ombres vertes sous les yeux, maigreur de cadavre, ongles gris.

J'ai peur qu'elle se brise à nouveau sous mes yeux, branche vermoulue que rien ne peut empêcher de s'effriter jusqu'à ne devenir qu'un monticule de poudre brune, un petit tas de cendres nostalgiques. Elle a à peine quarante ans mais il me semble que plus jamais elle ne retrouvera ses forces. Pourtant, elle dédaigne encore :

– J'y retourne, c'était juste un coup de fatigue.

On dirait ces vieilles dames insensées qui veulent aller danser au bal contre tout réalisme puisque le bal n'existe plus depuis un demi-siècle, il a fermé quand elles ont commencé leur carrière d'enfanteuses, alignant les grossesses comme autrefois les paso doble, désertant les pistes du samedi soir et obligeant le tenancier du dancing à mettre la clé sous la porte ; et quand bien même le bal ne serait pas mort, leurs jambes ne les porteraient plus vers aucune valse, toutes boursouflées de varices et gonflées d'œdèmes,

vieilles, vieilles, vieilles,

jambes fichues

et têtes percées qui ne le savent pas.

Elle a ce même air un peu fou mais déterminé, lorsqu'elle s'habille ce matin-là. Pantalon, pullover, chaussettes. Ses gestes sont tout fragiles mais elle ira au bout, coûte que coûte. Il y aurait de quoi inquiéter une petite fille, pourtant j'admire autant que je la crains cette volonté guerrière de ne rien se laisser imposer. Je préfère ça à la puanteur de son inertie.

Si mon père est le sauveteur américain, ma mère est la première des résistantes. Elle est belle dans cet entêtement, ce refus de baisser les bras. Qui pourrait croire alors qu'un jour elle abandonnera toute idée de se battre ?

Sent-il le danger cette fois-ci ? Voit-il dans le regard las de sa femme – et elle a beau en maquiller maladroitement les contours, la lassitude ne s'estompe pas – les prémices d'une autre catastrophe? Mon père s'approche doucement, démarche étouffée d'infirmier. Ses longs bras sont des cordes qu'il entoure autour d'elle, plusieurs tours bien serrés, elle n'a pas le temps de réagir, elle est totalement attachée. Il y a des étreintes qu'il faut savoir refuser, celles dont on ne sait si elles sont une tendresse ou une entrave.

Je les vois l'un accroché à l'autre, ma mère toute blanche et mon père tout haut, et je ne sais pas ce qu'il lui dit dans le creux de l'oreille,

– au revoir my little goy, à vendredi,

comme chaque début de semaine depuis qu'ils ont monté le cabanon dans le cimetière ou

– haut les mains, personne ne bouge,

ils exécutent une danse sans musique, leur rythme est chaotique, on dirait qu'ils vont tomber, ou alors c'est une sorte de combat muet, un bras de fer qui ne se terminera que lorsque l'un des deux aura pris le dessus.

C'est un match dont je refuse d'être l'arbitre.

Dans cette lutte, chacun a ses armes.

Lilas est puissante de sa détermination et de son audace, presque un art, celui d'oser formuler ce que d'autres garderaient enfoui. Elle veut reprendre son travail, réussir à raconter toute l'histoire, minute par minute, dans ce livre qu'on mettra autant de temps à lire que Rosa a vécu, elle s'est convaincue que tout ceci est absolument normal et il y a de grandes chances qu'elle arrive à en convaincre de nouveau mon père.

Seymour a pour lui résister une certaine idée de l'équilibre, le détachement de celui qui, quel que soit le temps qu'il a passé ici, reste un étranger et, il faut bien le reconnaître, la force physique, cette ultime arme de la domination masculine qui s'impose quand tous les arguments sont épuisés.

Sa force pure contre les mots qui sortent sans s'arrêter de sa bouche comme des bouillons de sang d'une plaie béante

— laisse-moi partir, je vais mieux, les médecins n'en savent rien de comment je me sens, ils sont toujours alarmistes et incapables de sauver les mourants, je dois terminer, Rosa ne supporterait pas qu'on l'abandonne encore, lâche-moi si tu m'aimes.

Étrange spectacle qu'ils m'infligent et que je fais mine de ne pas voir, continuant de jouer avec mon compas, traçant des cercles de plus en plus petits sur une feuille jaune, m'inventant dans les pétales que dessinent leurs intersections des continents où me réfugier.

Il me suffit en vérité d'attendre.

Comme autrefois Rosa et Lilas attendaient la fin de la crise entre leurs parents, je sais que ce qui se joue obéit à un rythme caché et qu'ils doivent aller au bout. Bientôt ils relâcheront. Elle tombera dans le silence, purgée de ces phrases, il desserrera l'étreinte, courbaturé par son effort.

Il donnera la direction.

Mon père n'est pourtant pas un entrepreneur. Son propre père s'en plaignait, combien de fois lui en a-t-il exprimé le reproche dans un soupir ou un haussement d'épaules ?

– De ce fils-là nous ne ferons jamais rien, disait-il à Ruchla qui avait beau faire les gros yeux : elle savait que son mari avait raison.

Eux avaient importé leur art du commerce et de l'épargne d'Europe, avec les quelques pierres sauvées in extremis. Jacob, leur fils aîné, en était le digne représentant mais le second, Seymour, n'était pas de cette trempe, ne vibrant pas à l'idée d'accumuler de l'argent ou de développer l'activité de la marque Silver and Silver.

Mon père est resté cet homme qui ne se projette pas, n'imagine rien pour l'avenir, ne veut qu'explorer le présent avec une curiosité de découvreur. Un homme de hasards, nez levé, oreilles ouvertes, prêt à entrer chez l'inconnu qui l'invite mais incapable de vous dire ce que vous ferez demain. Ma mère le fait changer, à moins que ce ne soit Rosa finalement.

Il l'a connue dès qu'il est arrivé en France, chacun de ses souvenirs est lié à elle, vivante d'abord et morte ensuite. Rosa est la France pour lui, son pays d'amarrage, autant que ma mère et les zincs tachés des cafés. Elle lui donne une histoire ici, lui qui fuit celle de là-bas.

C'est une tragédie qu'il se sent capable de

porter, et il se met en débardeur dès qu'un travail se profile, ses épaules nues comme preuves de son enracinement. Mon père, un arbre à sa façon, tordu et haut, aux branches fragiles et aux racines jeunes, mais un arbre qui se laisse entourer de jolies fleurs.

Avant toute cette histoire, il n'a jamais vraiment travaillé. Son père a vite compris qu'il prenait à la légère son rôle de développeur de la société Silver and Silver en Europe. De toute façon, mes grands-parents américains se méfiaient tant du vieux continent qui n'avait pas su protéger les leurs qu'ils se passaient très bien de ce marché. Ils voulaient avoir le moins de rapports possibles avec l'Europe où restaient leurs malheurs, leurs souvenirs et, contre leur entendement, leur second fils.

Les affaires de la joaillerie étaient suffisamment florissantes outre-Atlantique,

– de quoi échapper à cinq pogroms, disait mon père pour plaisanter,

pour qu'ils ne s'alarment pas de l'apathie de leur cadet qui vivait donc, et nous avec, sur les dividendes généreux de l'entreprise familiale sans participer à sa prospérité.

L'essentiel de l'activité de mon père à l'époque consiste à surveiller les différents produits financiers sur lesquels il a placé l'argent des Silver. Deux matinées par semaine, il s'installe au café après m'avoir déposée à l'école et sur son ordinateur, il étudie les cours de ses placements. C'est son travail. Parfois, pour mieux distinguer les petits chiffres dans ces tableaux de valeur, il chausse la loupe de bijoutier que lui a offerte son père, une manière comme une autre de se placer dans la lignée Silver. Mais là où ses ancêtres examinaient les pierres précieuses, lui scrute les ratios, traque la bonne affaire dans l'océan des échanges boursiers mondiaux.

En la matière, qui est un jeu dont on ne connaîtrait aucun des autres joueurs, il devient un orfèvre. Parce qu'il ne craint pas de perdre, ses audaces sont payantes. Son portefeuille prospère régulièrement et le banquier est toujours heureux de nous voir entrer dans sa succursale. Ils m'assoient sur un petit fauteuil bleu ciel et me donnent des prospectus avec des jeux des sept erreurs pendant qu'ils discutent. Le monsieur de la banque imprime les relevés de comptes. Je vois que les lignes sont longues de chiffres immenses, des zéros à l'infini.

Mon père, ce richissime qui se détourne pourtant de l'argent. Il est resté pour cela un Silberstein de Lublin, boîtes enterrées dans le jardin, économies dans les chaussettes, pierres dans la couche du bébé. À part ses voitures décapotables, il n'achète quasiment jamais rien. Notre appartement est petit. Ses vêtements et ses chaussures sont utilisés jusqu'à usure complète, millionnaire en pull râpé.

C'est étrange d'être si riche et de vivre sans

laisser aucune place à l'argent. Le sien est invisible, il n'habite pas chez nous. Je l'imagine comme une personne de notre famille qui serait perpétuellement en voyage, passant d'un compte à l'autre, sautant les frontières plusieurs fois par jour, écumant la planète financière et nous revenant chaque fois un peu plus gros, jusqu'à l'obésité de ces lignes de chiffres infinis, le seul d'entre nous à s'autoriser du gras.

Je ne sais pas si c'est la lutte de ma mère contre son moulin à vent de souvenirs ou cette profusion insensée d'argent inutile. Mon père, ce jour de combat las, se dit que le temps est venu de

faire vivre des gens,

nourrir un projet,

sauver sa femme,

donner à son existence une colonne vertébrale.

C'est ainsi que naît le prix Rosa : au bord du lit où ma mère a fini par se laisser allonger, un masque inquiétant sur son visage, teint de craie, mon père s'est assis et c'est lui seul que j'entends parler.

– Nous pourrions lancer un appel, organiser une sorte de concours pour faire avancer ton projet de livre. J'ai de l'argent sur tous ces comptes qui ne sert à rien. Utilisons-le pour récompenser chaque année l'idée qui t'aidera le plus à progresser. Ce serait une sorte de prix.

J'ai retrouvé un document.

Statuts de l'association « Pour Le Prix Rosa »

Article un :

Le 13 août de chaque année, à Cintodette, est remis le prix Rosa.

Article deux :

D'une valeur de 50 000 euros, le prix Rosa récompense un projet ou une œuvre permettant de mieux connaître ou faire connaître la vie de Rosa Faure.

Article trois :

Peut postuler toute personne ayant à cœur de faire avancer la connaissance sur la vie de Rosa Faure.

Article quatre :

Une même personne ne pourra être récipiendaire

que d'un prix Rosa, sauf dérogation accordée selon l'intérêt du projet.

Article cinq :

Le jury est composé de Lilas Faure-Silver, Seymour Silver, Jean Maurienne et Barthélemy Hyriée.

Article six :

Les projets doivent être déposés au plus tard le 30 juin de chaque année. Est considéré comme vainqueur le projet qui recueille au moins trois voix sur quatre.

Article sept :

En cas d'égalité entre plusieurs projets, le jury revote et un de ses membres est doté de deux voix. Cette voix double est tournante : chaque membre, par ordre alphabétique, en bénéficie tous les quatre ans.

La première année, c'est un chercheur en histoire de l'éducation qui remporte le prix. Il propose de reconstituer toute sa scolarité, non pas minute par minute comme Lilas en rêverait, mais au moins jour par jour et parfois heure par heure. Pour y parvenir, il s'aidera non seulement de tout ce que ma grand-mère a conservé (cahiers intacts, cartables entiers, jusqu'aux gommes émiettées dans les trousses) mais aussi des archives des professeurs de Rosa, d'entretiens passés avec eux et de l'étude poussée du matériel pédagogique de l'époque.

Ce travail constituera sa thèse de doctorat,

intitulée « De la maternelle à l'université, une scolarité française, le cas de Rosa Faure ». Ma mère voit arriver ce chercheur, un certain Nicolas Aime, comme un homme providentiel.

Je me souviens bien de Nicolas Aime.

Souvent, il vient le samedi après-midi, arrivant à l'heure du café avec des pâtisseries qu'il tient bien droites dans leur boîte en carton. Nous mangeons des choux à la crème (et ma mère me donne le sien) pendant qu'il étale sur le sol « l'arborescence », comme ils l'appellent.

J'adore ça, l'arborescence.

Je suis fascinée par les centaines de ramifications qui lient sur le papier les gens entre eux. Nicolas reconstruit peu à peu ce qu'il nomme les interactions scolaires de Rosa : quelles personnes une enfant scolarisée à Cintodette a-t-elle croisées, connues, revues, perdues de vue pendant toute sa scolarité ? Que sont-elles devenues au fil des années ? Des petits nuages de points sont dessinés sur les immenses feuilles qu'il déplie. Les élèves sont représentés en rouge, les professeurs en vert, les autres en bleu.

École, collège, lycée et puis l'éparpillement : travail, chômage, études. On dirait la cartographie d'une vie avec des continents à peine explorés, les endroits que l'on délaisse et ceux, bondés, où l'on revient toujours, où tout le monde se masse, des centaines de points rouges, petite foule émouvante de jeunesses enfuies. Rosa est au centre de ce monde ; d'elle partent mille traits qui la font rayonner bien après son extinction.

Une étoile morte.

Nicolas Aime est de ces timides qui, lorsqu'ils se mettent à parler, ne peuvent plus s'arrêter. Ses mots sont les wagons démantibulés d'un grand-huit et ses phrases le parc d'attractions, crissement des rails, musique nasillarde, odeur de barbe à papa et émerveillement des enfants. Passionné par son sujet autant que ma mère, il constitue en quelques mois une base de données impression-nante, dont il nous montre avec enthousiasme les tableaux sur l'écran tremblant de son ordinateur : tous les élèves et adultes que Rosa a côtoyés sont là, dont on peut suivre le parcours aussi précisé-ment que possible.

Il les représente en bâtonnets cette fois, j'aimais mieux les nuages de points, et si l'on écoute ses explications on apprend que, des vingt-trois élèves qui étaient avec elle en dernière classe de primaire, quinze ont obtenu le baccalauréat sans redoubler, vingt-deux ont eu leur permis de conduire, treize ont poursuivi des études supérieures, sept ont quitté la région, deux ont totalement disparu de la circulation (« aucune trace NULLE PART », insiste le chercheur et l'idée de cette annihilation ouvre un gouffre d'angoisse devant nous, nous nous pencherions presque pour tenter d'aperce-voir malgré tout une infime trace oubliée dans un coin, une microscopique preuve de vie) et trois sont décédés avant de fêter leur trentième anniversaire : outre Rosa, Florent Barsac et Rémi Midian, tués dans un terrible accident de voiture à l'entrée du village. Ils rentraient d'un match de foot, un dimanche d'hiver, lorsqu'ils ont croisé un vieil homme qui sortait d'un repas de famille. Leurs voitures se sont heurtées de plein fouet, on a entendu le choc jusqu'en haut du village.

Au-delà des statistiques, ce qui plaît à Nicolas Aime dans ce travail, et ce qui me réjouit, ce sont les anecdotes dont il agrémente le récit. Il fait vivre au fil des semaines des dizaines de personnages qui m'enchantent. Vanessa Heurtaing la majorette, Paul Guibon le footballeur dont la carrière sera foudroyée par un accident de ski au début du lycée, Ludovic Boulanger le petit kleptomane (qui pique avec une régularité hilarante le portemonnaie de la maîtresse), Isabelle Madjo, devenue journaliste, et plus tard ces fantastiques lycéens buveurs de café et fumeurs de cigarettes qui sont les amis de ma tante. Leurs noms m'enchantent, Axel Bonpoint, Olivier Cacouni, Fabrice Flair, Bénédicte Belgium, Nick Augey ou Caroline Calipinpin, je les répète comme une comptine, rêvant un jour de rencontrer des gens aussi mythiques que ce petit groupe, agrégé par l'amour du théâtre, des cartes et du café.

Nicolas Aime a retrouvé les photos de l'époque, nous montre le box qu'ils occupent chaque fin de journée au Pub de la lune, nous fait écouter leur musique favorite et s'amuse à me les faire deviner sur les photos de classe.

Ma mère l'écoute avec une extrême attention, elle bat des mains à chaque nouvelle anecdote. On dirait qu'elle remplit un conteneur, persuadée que la somme des souvenirs accumulés finira par dire qui était sa sœur. Une vérité sortira, indiscutable et totale, une vérité religieuse qui demandera juste qu'on y croie.

Je connais cet enthousiasme, je l'ai vu maintes fois pendant ces années sur son visage exalté, et la ride entre les yeux se creuse de joie ; je sais aussi qu'il précède, dans un imperceptible avachisse-ment de ses épaules, la déception qui toujours la rattrape. La honte aussi peut-être, de s'être four-voyée, mais jamais elle ne l'exprimera, juste un regard appuyé parfois si nos yeux se croisent,

sa manière de me demander pardon sans le dire.

Dès que Nicolas quitte l'appartement – la nuit tombe déjà et nous aurons encore passé notre samedi à nous intéresser à la vie de Rosa –, je m'enferme dans ma chambre et en m'accompa-gnant de petits moulinets saccadés de mains, je raconte ses histoires à mes cousins Mimosa et Tournesol en essayant de retrouver le débit et les intonations du chercheur :

– Dans la classe de votre mère à l'école pri-maire, il y avait un garçon nommé Antoine Belley.

Il était atteint d'une maladie fascinante, un syndrome qui lui faisait réciter les choses à l'envers : il connaissait ses poésies parfaitement mais en commençant par le dernier vers et en terminant par le premier. L'institutrice au début pensait qu'il se moquait d'elle, qu'il voulait faire rire la classe. Pour le punir et lui faire passer le goût de l'ironie, elle lui donna d'autres poésies à apprendre, de plus en plus difficiles, mais à chaque fois le phénomène se répétait. Même chose pour l'alphabet et les tables de multiplication : il les apprenait mais en sens inverse. Antoine Belley était très malheureux de cette particularité qui agaçait les professeurs et amusait les copains. Un jour qu'il était interrogé et qu'encore une fois, le poème lui vint à l'envers, il se mit à pleurer, mélangeant ses larmes de garçon humilié aux vers du poète. Rosa leva alors la main et proposa la solution : qu'ils écrivent la prochaine récitation du dernier vers au premier afin qu'Antoine en l'apprenant retrouve l'ordre initial.

Oui, je leur parle de leur mère.

Je sais, ça n'a pas de sens.

À cette époque, mes cousins vivent la plupart du temps dans ma chambre, je ne les emmène guère à l'extérieur. L'adolescence qui approche, j'ai douze ans, ne m'a pas encore éloignée d'eux. Ils sont mes meilleurs amis et je suis leur unique source de vie. Sans moi, ils mourraient, cela

m'oblige, me comble de pouvoir et de responsabilités. Ma chambre n'est pas grande, à peine de
quoi faire entrer un petit bureau au pied de mon
lit. Nous la partageons. Quelque part entre mon
lit et le mur, se trouve une fente qui s'emplit de
noir lorsque j'éteins la lumière. C'est comme une
flaque dans laquelle il suffit de se glisser en ondu-
lant un peu les jambes.

Au fond de l'interstice, leur cache.

Nous sommes assis par terre autour de l'idée
d'un feu, les parois de leur grotte dessinent des
monstres grimaçant au-dessus de nos têtes et on
entend au loin des gouttes s'écraser lentement sur
le sol en terre. Stalactites tombent. Ils ont cinq
et six ans. Tournesol, on dirait un Indien, et je
tresse ses cheveux longs. Mimosa pleure un peu,
je dois la consoler, elle est si petite encore. Je leur
apporte chaque soir des victuailles et pendant
qu'ils mangent, je leur chuchote les nouvelles de
la journée.

Il nous faut être discrets : un bruit et ils nous
découvriront. Je serai battue et ils les emmène-
ront dans un orphelinat loin de moi, leur seule
famille. Nous parlons ainsi jusque tard dans la
nuit. Je mélange le récit de ma journée de collège et les histoires de leur mère ; tout se mêle, les
vrais camarades et ceux que j'ai rencontrés par la
légende de Rosa.

Ma vie est ainsi, si peu arrimée à ce que vous
appelez réalité que les gens comptent bien au-delà

de leur présence physique ; nous vivons mes parents et moi dans un univers peuplé de toutes sortes de gens, et les morts n'en sont pas les plus absents.

Cela me semble si naturel que, si je ne mesurais pas votre étonnement, je ne verrais pas de quoi m'inquiéter de cette enfant (moi) racontant à d'autres enfants jamais nés (mes cousins) tout ce qu'ils doivent savoir d'une morte (leur mère) puisqu'ils n'ont pas eu la chance de la connaître.

Nous sommes assis dans le noir, sous les gueules noires de monstres rupestres je leur parle de Rosa comme ma mère me parle d'elle, comme Nicolas Aime me parle d'elle, comme tout le monde autour de moi parle d'elle.

À Cintodette, nous occupons désormais deux pièces à l'Hélicoïde. Vainqueur du deuxième prix Rosa, le bâtiment, bâti autour d'une rampe en spirale, vient d'être construit en prolongement de l'usine et l'ensemble n'a pas encore été baptisé Villa Liro. Nous avons deux chambres au rez-de-chaussée, derrière le hall d'entrée qui bientôt accueillera le public. L'ensemble est si immense que nos pas résonnent dans la rampe hélicoïdale. Tout autour de la vis, s'enroulent les pièces de ce que furent les différents lieux où vécut Rosa. Reproduites à l'identique, elles permettent une déambulation métaphorique de sa naissance à sa mort, du bas au haut de l'hélice, de la chambre de la maternité où elle poussa son premier cri à la chambre funéraire où on la coucha pour la dernière fois.

Je me rappelle notre première visite à tous les trois, l'inquiétude qui marque le visage de ma mère au fur et à mesure de notre ascension, lente et respectueuse, lourde. Une procession.

Qu'espère-t-elle?

Que la dernière demeure de sa sœur ne sera pas l'antichambre du cimetière? Qu'un miracle la fera apparaître? Ma mère marche un peu devant nous, le dos voûté, une petite sueur dans son cou, et nous formons derrière elle un cortège biscornu, mon père s'égarant dans chaque recoin pour étudier la perspective, examiner un détail ou admirer une proportion. Nous passons par sa chambre de lycéenne, traversons la reproduction du Pub de la lune et nous voilà boulevard du Temple, dans l'appartement où Rosa vécut ses dernières années avec Jean, il y a, accroché à une patère, un foulard qu'elle mettait dans ses cheveux – et elle disait « mon fichu » voire « mon fichiou » –, au mur des toiles couvertes de couleurs, bleu, rouge, jaune, et sur la table un jeu de tarots et des petits galets qu'elle peignait en vert.

Au sommet du bâtiment, à l'endroit où la spirale semble devenir infiniment étroite, l'architecte s'est écarté du réalisme : plutôt que de copier la chambre funéraire où fut veillé son corps, il a imaginé un cube blanc ouvert en bas et en haut. Le sol est vitré, ouvrant une vue sur tous les étages précédents, vertigineux résumé de la vie, et le toit est ouvert sur le ciel. Oui, ouvert.

Quand il pleut, il pleut sur le lit ;

la nuit, les étoiles sont à portée de main.

Nous entrons dans cette pièce par une porte basse qui nous oblige à nous baisser ; la tête tourne un peu si l'on regarde vers le bas, le sol se dérobe et les jambes tanguent ; aucun endroit pourtant où se reposer hormis la couche centrale où personne ne songerait à s'allonger avant l'heure.

Lorsque, après quelques minutes de recueillement, nous redescendons, je cours aussi vite que je le peux. Et mon père court aussi en faisant claquer ses grands pieds derrière moi.

Je n'y remonterai pas.

Il n'y a que ma mère pour s'y rendre chaque fois que nous allons à l'Hélicoïde. Peut-être trouve-t-elle là-haut une réponse à ce qui la torture en bas.

Un jour d'automne, nous préparons l'inauguration de l'installation qui a remporté le troisième ou le quatrième prix Rosa. Très rapidement celui-ci a acquis une forte notoriété et son verdict est attendu chaque année avec intérêt. De plus en plus nombreux, des artistes, des architectes, des chercheurs en toutes disciplines présentent des dossiers et espèrent séduire le jury confronté parfois à des choix impossibles : entre une recherche sur la mort subite par crise cardiaque et un artiste proposant de constituer une bibliothèque de rires, comment trancher ? Les débats sont vifs. Autant d'occasions qu'ont trouvées mes parents, Lemy et Jean de se revoir maintenant qu'ils ont définitivement relégué leurs parties de tarots. Le prix Rosa donne enfin un sens à l'argent dormant de mon père et il rythme nos vies : ses différentes étapes (appel à candidatures, examen des candidatures, délibérations, attribution du prix, inauguration) sont nos nouvelles saisons.

Cet automne-là, donc, il ne s'agit pas de remettre un nouveau prix Rosa mais de présenter au public la réalisation du projet lauréat de l'année précédente. Depuis une semaine, l'artiste et ses assistants y mettent la dernière main, des gens partout travaillent. J'aime cette ambiance de montage de chapiteau. Mon père est sur le pont dès l'aube. À grands mouvements de bras, il aide les camions à se garer dans la cour. Il déballe avec les gars, cette sueur de chantier l'enchante.

Nous attendons du monde : les invités de l'artiste, les membres du jury, les journalistes et mes grands-parents qui pour l'occasion ont garé leur camping-car sur le parking de la villa. À peine descendu, Marcel se précipite pour faire sortir un tout jeune labrador.

Le chien saute partout.

– Regarde, il aboie de joie, il est heureux de te rencontrer, m'explique-t-il.

Je me frotte les yeux pour y croire.

Il y a quelque chose en eux de rajeuni, une pellicule invisible retend leurs visages et apaise leurs regards. Le chagrin peut donc passer. Ils sont partis depuis trois ans et nous reviennent allégés. Même Marguerite a l'air heureuse. Elle porte une blouse rouge qui lui fait une mine de jeune fille. Leurs voix résonnent et le sabre du rire de ma grand-mère découpe l'air. Il tranche l'atmosphère en fines lamelles insouciantes.

L'avais-je déjà entendue rire ?

Elle déballe sa valise au plein milieu de la cour et en sort, enfoui sous mille étoffes colorées, un cadeau à mon intention. J'aime leurs retours pour ce moment rituel où ils m'offrent le souvenir acheté aux confins de l'Europe, choisi avec l'œil du professionnel et la tendresse du grand-parent à unique petit-enfant. Le jeune chien tourne en jappant autour de moi – et je tourne sur moi –, notre excitation est la même. Je déchire le paquet à toute vitesse.

Il contient une robe blanche brodée de grosses fleurs jaunes sur la poitrine. La robe est évasée et pour tout dire incroyablement démodée. Impossible. J'imagine déjà au lycée le regard en biais des filles-qui-savent (ce qu'il faut porter, aimer, dire), le mépris dans le mouvement de leur main suggérant de ne me gratifier que de pitié.

Je rougis violemment.

Mes joues brûlent, le cramoisi les durcit. Est-ce de gêne ou de plaisir devant ce vêtement étrange, venu de loin et pourtant sans histoire, qui n'a appartenu ni à Rosa ni à ma mère, qui ne dit rien d'elles et n'a d'autre fonction que de faire de moi une jeune femme intemporelle? Ma grand-mère remarque mon trouble.

Elle jette ses bras en l'air et crie :

– Allez, essayage! Qu'on admire notre petite-fille!

Je me cache derrière le guichet de l'Hélicoïde et me tortille pour ôter mon pantalon et ma chemise à l'abri des regards des ouvriers qui travaillent aux dernières finitions de l'exposition. Je ris toute seule. J'ajuste un peu la robe sur ma poitrine, mes seins sont ronds sous les broderies. Dans une vitre je devine le reflet de ma silhouette : de patineuse d'Europe de l'Est. Dehors ils m'appellent, Marcel, Marguerite et le chien. Mon père aussi est là qui scande :

– Daffo défilé, Daffo défilé!

Me voilà dans la cour de la Villa Liro, marchant comme un mannequin dans cette robe anachronique; je trace des diagonales, le bassin en avant, une main cassée sur la taille, je pirouette en arrivant en bout de ligne et reviens vers eux sous leurs vivats excités.

Depuis combien de temps ne nous sommes-nous pas amusés ainsi? Je me fiche des filles-qui-savent, de la mauvaise coupe de cette robe, de ces fleurs trop grosses qui sautillent avec le balancement de ma poitrine, j'accentue encore l'amplitude de mes pas. Mon père siffle entre ses doigts, un Américain je vous dis, mes grands-parents rythment mon défilé de leurs applaudissements. Il y a entre nous une joie simple, sans calcul ni regrets, une course en maillot de bain sur la plage un soir d'été.

Soudain elle apparaît.

Personne n'avait remarqué son absence jusqu'alors. Ma mère. On dirait qu'elle a pleuré. Sa voix perdue.

— Je, je ne savais pas que vous étiez arrivés, j'étais là-haut, pardon. Mais qu'est-ce que c'est que cette robe horrible?

Était-ce mal, de rire?

La sensation qui vient est celle de la honte. Le maillot de bain, à l'élastique trop lâche, laisse voir mes fesses quand je cours, ce n'est pas aux filles-qui-savent que ça arriverait de rire sans se contrôler, rire pour le plaisir de rire, ni à ma mère-qui-souffre. Robe absurde, fleurs idiotes, forme désuète et scandaleusement inadaptée à l'instant redevenu grave.

J'en aplatis l'arrondi de mes mains sur mes cuisses, la fantaisie je la fais taire.

Marguerite se précipite vers sa fille.

Mon tour est passé.

— Lilas! Que t'arrive-t-il?

— Rien, rien. Un peu mal à la tête.

Cette manière d'imposer son humeur sans

l'expliquer, d'ajouter la culpabilité à l'inquiétude. Pour la première fois je ressens une petite haine pour ma mère et tout ce qui vient avec elle, collés comme une ombre à son corps, ses larmes sa sœur son projet. J'ai quinze ans et la main sur la porte, prête à l'ouvrir pour courir dehors, le plus longtemps possible, et la maison ne sera vite plus qu'un point blanc à l'horizon.

Ce qui préoccupe ma mère, ce qui l'empêche de profiter de la joie de cette robe blanche : l'inauguration. À cette époque, je prends l'habitude de noter des bribes de mauvais poèmes dans un carnet que m'a offert Jean.

J'écris : *mère agitée, vagues à larmes.*

Elle est assise dans un fauteuil en plastique installé devant l'usine, les yeux plantés dans le paysage : une route, un alignement de bâtiments commerciaux, des néons criards, rien de bucolique dans ce qui fut une campagne et n'est pas encore une ville. Plus tard, ils installeront le parc tout autour du bâtiment, pour l'heure le décor est encore celui de l'usine des Souvenirs Faure. Lilas semble mâcher quelque chose, une pâte amère ou une gomme acide ; ce ne sont que ses peurs dans lesquelles elle mord à n'en plus finir pour en extraire le jus.

Rosa, mon roseau,
Je ne te trouve pas,
Aide-moi, Rosa.

Les garçons ont choisi, contre son avis à elle (c'est la première fois qu'ils ne sont pas unanimes) qui préférait un projet architectural, de récompenser une idée de Pierre Manski. Ils arrivent d'ailleurs ensemble. Ils sortent de la voiture de Lemy. Jean mime une envie de vomir, sous-entendant que Lemy a conduit imprudemment, et je découvre, alors qu'ils échangent les salutations, Pierre Manski. Petit, gros, et la main épaisse, vêtu d'un ensemble en solide coton blanc, on dirait un boucher.

À ce jour, son installation est le prix Rosa qui m'a le plus touchée. Il s'agit de quatorze tableaux (comme les quatorze stations du chemin de croix), représentant Rosa dans quatorze décors où elle a évolué. Les lieux sont reconstitués grandeur nature à partir de photos qu'il a choisies dans les albums que lui a présentés ma mère. Lorsque des personnes figurent sur les photos, il pose au sol des vêtements similaires à ceux qu'elles portaient. Il faut voir ces scènes où tout est là, le moindre grain de poussière, sauf la vie.

Les objets sont éternels quand les humains s'absentent de leurs enveloppes. Je comprends en arpentant l'installation de Manski, et j'en apprendrai chaque détail par cœur à force de la regarder, l'acharnement de ma mère et celui de sa propre mère à conserver chaque objet ayant appartenu à Rosa. Je me sens héritière de ces femmes qui, pour lutter contre l'inexorable pourrissement des chairs humaines, s'entourent d'impérissables. Et oui, dans cette chaise posée contre le mur d'un café réincarné, ou sur cette scène de théâtre où l'on a joué Tchekhov, costumes abandonnés au sol comme dans une fuite devant une catastrophe, je sens enfin ma tante, ses espoirs, ses craintes, une énergie qui m'habite longtemps après elle.

Une brise fleurie de printemps.

L'inauguration de l'exposition Manski, sobrement intitulée « 14 stations de Rosa Faure », est un succès. Après la visite, Hyriée pour le jury prononce un court discours et passe la parole à l'artiste qui vient en dodelinant lentement jusqu'à l'estrade sous les applaudissements du public impatient d'entendre le maître, réputé sauvage et fuyant toute mondanité. Ses chaussures sont en plastique blanc, sortes de sabots trop larges qui couinent lorsqu'il s'approche.

Il est si petit que le micro cache sa bouche et son nez. Je suis fascinée par ses mains, courtes et larges, composées essentiellement de paumes et à peine équipées de tout petits doigts qu'il tapote sur le micro. Il déplie une feuille de papier sur le pupitre.

Sa voix est étonnante, un filet un peu aigu et zézayant.

– Merci, commence-t-il et les applaudissements cessent car l'on comprend que malgré le micro, sa voix ne portera pas. Comme la plupart d'entre vous, j'imagine, je n'ai pas connu Rosa. Pourtant, mon Dieu comme c'est étrange, pourtant j'ai passé les deux dernières années avec elle, tout contre elle, et elle fut la plus féconde inspiratrice que j'ai connue de toute ma carrière. C'est une personne extraordinaire, Rosa, une muse comme on en n'a qu'une. Elle vous permet toutes les audaces, elle est si libre, elle vous encourage sans jamais vous juger. Elle vous autorise le calme aussi, une sérénité, s'asseoir dans un coin, silencieusement, regarder à peine ce qui se déroule autour, juste respirer un air qu'autrefois peut-être elle-même a respiré. C'est un voyage en profondeur que nous avons effectué tous les deux, une plongée intense dans la réalité de ce que sont les êtres, tous les êtres. Car, voyez-vous, Rosa c'est vous, c'est moi, c'est l'autre. Rosa c'est nous tous, tout le monde. Dans le moindre de ses détails se loge l'humanité tout entière. Je prétends aujourd'hui la connaître, moi qui ne l'ai jamais connue. N'est-elle pas fabuleuse, la personne qui permet cela ? Je prétends surtout que Rosa me connaît, mieux que bien des gens qui me connaissent croient me connaître. Je ne veux pas être long, les discours sont toujours inutiles. Je veux juste remercier les membres du jury de m'avoir permis cette rencontre. J'ai fait mon Rosa et ma vie en sera à jamais différente.

Faire un Rosa : c'est ainsi qu'on invente un genre artistique. L'expression de Manski sera de tous les

comptes rendus de l'inauguration. Le rosisme est
né ce jour-là, au milieu des larmes que Marguerite écrase du coin d'un mouchoir pendant que
Marcel tente de garder calme son chiot. Jean et
Hyriée, je les vois : au premier rang, légèrement
de côté. Mon père, debout au fond de la salle, on
pourrait croire qu'il vient d'arriver en retard ou
qu'il passait par là. Je ne sais pas où est ma mère.

Puis, un verre est servi. On a disposé un bar
dans la salle du bas de l'Hélicoïde et deux garçons servent du champagne. Toutes sortes de
personnes jouent des coudes pour atteindre les
coupes et attraper les petits fours. Ils parlent la
bouche pleine.

Ma grand-mère est en pleine conversation avec
Pierre Manski, elle sourit et ses yeux brillent un
peu. Une forme d'étincellement. Marcel ne peut
pas ne pas le voir et je tremble, vieux réflexe
d'avant, souvenir ancré de ses crises de jalousie,
jaloux de n'importe qui, jaloux d'une ombre,
jaloux des cailloux et de tous les arbres. Et pourtant, rien. Il a l'air parfaitement détendu, allant
jusqu'à leur proposer de remplir leurs verres,
jouant au petit serveur à qui Marguerite adresse à
peine un remerciement.

Elle n'est plus cette personne mécontente,
d'abord mécontente. Il n'est plus cet homme
maladivement jaloux, jaloux avant toute chose.
Les vertus du camping-car sans doute.

Des journalistes s'interpellent, d'un mouvement

du sourcil s'interrogent sur ce qu'il faut penser de
ce qu'ils viennent de voir, fabriquant en dévorant
le buffet l'opinion majoritaire sur ce projet. Chacun ira ensuite écrire son petit article, persuadé
d'avoir une idée originale à faire partager à ses lecteurs. Un de ces journalistes agrippe Hyriée par le
bras et l'interroge sur son prochain livre.

– Le chujet est checret, dit Lemy en mimant
un bâillon sur sa bouche avant de s'écarter pour
me rejoindre dans le coin d'où j'observe tout ce
monde.

Toujours cette imposante stature. Son crâne
luit sous la lumière un peu blanche qui baigne
la pièce quand celui de mon père s'est clairsemé
et couvert de cheveux gris. La vieillesse marque
moins ses traits découpés au couteau, il est aussi
maigre que mon père mais me paraît plus musclé.
Il porte un pantalon en cuir et un pull-over rouge,
il est toujours beau.

– Que penses-tu de tous ces gens, Daffodil?

Nous sommes en bout de table, légèrement
cachés par un poteau. Pour nous parler il faudrait
hausser la voix, cette nécessaire impolitesse nous
protège. Je savoure le moment. J'aime Lemy car
il y a longtemps qu'il ne me prend plus pour une
enfant. Se souvient-il que nous pissions ensemble
dans la garrigue? Il s'est toujours adressé à moi
comme à une égale, ne modulant pas la voix,
ne choisissant pas les mots, ne forçant ni les
explications ni les compliments, et j'apprécie

cette confiance qu'il me fait. Nous discutons un moment comme de vieux amis, il me montre le monsieur campé devant le buffet, engloutissant le plus grand nombre de petits fours possible, et cette femme toute en jambes et en nez dont la fumée de la cigarette ressort par ses naseaux de dragon, l'a-t-il vue? Son regard de tour de contrôle s'arrête à l'opposé de celle que je lui désigne.

— Non, de ce côté!

Quelque chose de raidi dans les mâchoires de Lemy, imperceptible agacement. Mes parents sont au bout de son regard. Nous ne jouons plus. Ma mère une main sur la tête, mon père à ses côtés. Je sais sans l'entendre ce qu'elle dit.

— Non, non, je ne me sens pas très bien, j'ai besoin de prendre l'air.

En quelques secondes ils sont autour d'elle, mes grands-parents, mon père, Jean et Hyriée. Tous dehors, dans la cour, laissant leurs invités se goinfrer au buffet.

— Je ne sais pas, sanglote ma mère en dessinant dans les graviers un cercle du bout de son pied. C'est comme si Rosa ne nous appartenait plus, comme si tous ces gens prétendaient la connaître mieux que nous. Je sais que c'est moi qui ai voulu ce prix mais les entendre parler d'elle, même Manski, c'est elle et pas elle en même temps. Ce n'est pas ce que je voulais.

Elle sent que son projet initial, en prenant de l'envergure, contient à la fois son succès et sa défaite. Elle touche du doigt une vérité et s'en écarte immédiatement. Il faudrait reconnaître que l'on a fait fausse route et tout arrêter. Mais on n'arrête pas un train rutilant qui serpente parmi les acclamations de la foule.

Je suis allongée sur mon lit. La fête est terminée, les Parisiens ont repris la route. J'aperçois au sol la clarté de la robe blanche que m'a offerte ma grand-mère. Par la fine cloison qui me sépare de leur chambre, j'entends mes parents.

– Mieux vaudrait tout arrêter, Seymour.

– Tu le regretterais.

– Ça ne mène à rien ; je ne fais que nous pourrir la vie, tu me détesteras un jour pour ça, et Daffodil aussi. Je la comprendrai alors, tu sais, je sais que ce n'est pas une vie que cette vie.

Je me tourne sur le côté.

Dans la pénombre, je distingue l'interstice entre le lit et le mur. Mimosa et Tournesol m'attendent dans leur grotte. Ils sont là, mes chers petits. Je n'entends plus mes parents, mes chuchotements couvrent leurs voix graves.

J'aimerais prendre l'appareil photo et les faire poser eux aussi. À Mimosa je mettrais un chapeau et Tournesol porterait le short jaune que je lui préfère. Voilà une bonne idée : des images où apparaissent ceux qu'on ne voit jamais. Ils seraient entourés d'objets en putréfaction.

Ce serait mon Rosa à moi. Manski à l'envers.

Les êtres ne meurent jamais, seules les choses se réduisent au néant. Installez-vous et ne bougez pas pendant que je déclenche. Puis, on organiserait une exposition. On verrait sur les grands tirages Mimosa et son chapeau, Tournesol, son short jaune, ses cheveux en brosse et même Rosa, à moitié cachée dans le fond, apparaissant derrière un rideau et les couvant tendrement du regard comme le font les mères.

Mais mes modèles ne m'écoutent pas. Ils refusent de prendre la pose, mes invisibles, mes désobéissants.

Je crie alors.

Je les insulte.

Je les bats.

Ta gueule.

Et je me souviens de ce qu'a dit Manski lors de son discours d'inauguration : le plus difficile dans la reconstitution des quatorze stations de Rosa Faure a été de retrouver les ampoules électriques d'époque maintenant que les normes ont évolué.

Tout a changé en vérité

depuis que Rosa est morte,

même la lumière n'est plus la même.

Quelques semaines avant l'inauguration de Manski, je suis partie en vacances sans mes parents. Felix et Mattea, deux jumeaux de ma classe, m'invitent à passer deux semaines avec eux dans un camping au bord de l'océan Atlantique. Je partage une tente avec Mattea, Felix a la sienne plantée à côté de la nôtre et leurs parents occupent un petit bungalow où nous préparons les repas.

Une famille sans morts accrochés dans le dos, où l'on ne programme pas plus loin que la journée (plage, crêpes, balade) et où l'on ne convoque pas à longueur de temps un passé antérieur à la demi-journée précédente (plage, glace, sieste). Ils me donnent l'impression d'être suspendus, aussi légers que l'écume des vagues qui nous claquent au visage. Comme si rien ne les avait jamais touchés ni ne les menaçait.

Pas de projet. No malédiction.

J'adore ça.

Je plonge dans cette vie avec l'euphorie des convertis. Tout m'enchante. J'apprends en deux semaines la vie normale, délestée des encombrants fantômes. Inconscients ? Chanceux ? Peu importe, je me roule dans cette légèreté, chat confiant qui s'étire au soleil.

Chaque matin le père des jumeaux s'installe avec un roman policier sur un transat en toile en disant

— qu'on est bien là

pendant que leur mère prend le café et papote avec des voisines du camping de sujets anodins. Je défie Felix dans des courses sur la plage, parfois je le bats d'un cheveu. Nous nous enterrons dans le sable et nous fumons en toussant des cigarettes mentholées volées à leur mère. Mattea me maquille les yeux et nous nous rasons les aisselles. Nous faisons une pétanque tous ensemble, adultes et enfants mélangés, et les parents finissent par servir un apéritif à l'ombre des pins. Je porte un débardeur bleu sur un simple short en jean ; mes pieds sont tout bruns, juste lézardés par les marques des brides de mes sandalettes.

Nous passons nos journées à la plage.

Pendant les repas nous collons nos chewing-gums au fond de nos verres pour les récupérer ensuite, fades caoutchoucs qui habiteront nos joues jusqu'au coucher. Le soir nous allons en famille regarder le coucher du soleil sur l'océan. Les parents se tiennent par la main, nous chantons à tue-tête Mattea et moi en nous partageant les écouteurs d'un lecteur MP3.

Après le dîner nous rejoignons un groupe de jeunes gens. Nous marchons ensemble jusqu'à la jetée. Un appareil à musique, des chansons floues, des filles trop parfumées, leurs chaussures à talons, et des garçons accrochés à leurs canettes de bière, malades avant même que nous arrivions au bout de la jetée. Ils vomissent dans l'océan clapotant et ça nous amuse.

Je goûte à la vodka qu'une fille me tend, du feu dans ma gorge, je crache dans l'eau à mon tour et l'écume me paraît noire.

Il y a dans le groupe un garçon aux cheveux bouclés et aux longs cils. Il passe son bras sur mes épaules et je me tiens à sa taille. Nous parlons pour ne rien dire, petits mots pour commencer à mélanger nos haleines. La sienne a une odeur de sucrerie. Sa langue, une délicieuse douceur.

Cintodette est loin.

J'oublie Rosa.

Lorsque nous sommes sur la route du retour, un épisode inattendu survient. En ce milieu de l'été, la chaleur est étouffante et le système de climatisation de la vieille voiture des parents de Felix et Mattea parvient à grand-peine à rafraîchir l'habitacle. Nous nous arrêtons sur une aire d'autoroute et les jumeaux et moi sommes chargés de ramener des bouteilles d'eau fraîche pour la suite du voyage.

Nous sommes en train de les remplir à une fontaine lorsqu'une bataille s'engage entre nous trois. Felix commence, il nous asperge et nous répondons par une cascade de petits cris stridents.

En quelques minutes nos cheveux sont mouillés, nos vêtements collent à nos corps et des flaques trempent le sol autour de nous. Je fais voler mes sandales au loin et pieds nus je me rue sur Felix avec un seau que j'ai trouvé le long du bâtiment autoroutier. Il hurle, saisi par le froid et la surprise. L'image de ce qu'est avoir un frère ou une sœur pour moi : une bataille d'eau.

Les automobilistes, pressés de reprendre leur trajet, nous jettent des regards énervés ; nous nous en fichons, nous qui avons ramené un peu d'insolence de la jetée, de la vodka et des baisers langues mélangées, haussements d'épaules et éclats de rire.

C'est alors qu'une voiture ralentit pour se garer non loin de nous. Par les vitres ouvertes, sortent une musique très forte et les cris des quatre ou cinq occupants, hommes et femmes chantant en chœur.

Je lève la tête.

Mes cheveux sont des algues dégoulinantes.

Jean est dans la voiture.

Je ne sais lequel voit l'autre en premier. Mais nous nous voyons. Un regard appuyé, surpris mais certain, et puis s'en détourne. Ils coupent leur moteur, la musique se tait et ils descendent de l'automobile. Une jeune femme blonde, cheveux très courts, jolie. Les autres, je ne m'en souviens plus. Jean est en bermuda, ses jambes un peu rougies par un coup de soleil. Il ajuste ses lunettes noires lorsqu'il passe sans s'arrêter devant moi. Nous n'en parlerons jamais. Flagrant délit de légèreté, ma mère ne nous le pardonnerait pas.

L'hiver qui suit est celui de l'enchaînement toxique. Facile à dire après coup. Sur le moment, mes parents ont l'impression de vivre une période riche et féconde, leur vie est aussi peu banale qu'ils ont pu le rêver, d'un prix Rosa à un autre, d'un projet irréaliste à une idée insensée. Entouré par tout ce passé et ces artistes, mon père se sent maintenant européen. Il regarde toujours ma mère avec ce regard amoureux et reconnaissant qui m'étonne. Mes pressentiments d'adolescente clairvoyante n'intéressent personne, à peine moi qui les note paresseusement, dans mon carnet.
You should not papa,
tu ne devrais pas daddy.
Le déclencheur s'appelle pilule contraceptive. Nous sommes à la maison, c'est un week-end. Ma mère vient de lire un article, elle interpelle Seymour.
— Je pense que Rosa n'est pas morte par hasard mais à cause de la pilule.

Le genre de phrase dont vous vous souvenez toute votre vie. Pour la première fois, une porte s'ouvre par laquelle nous pourrions sortir. Est formulée une explication extérieure, autre que celle du rapace tournant depuis toujours au-dessus de nous, les filles-fleurs, prêt à nous arracher le cœur en raison d'un ordre ancien hérité, sans que l'on sache pourquoi, des générations précédentes, une répétition du malheur dont nous ne pouvons être que les passifs objets.

L'on pourrait saisir l'occasion, de deux coups de fusil abattre enfin et notre impuissance et le rapace – et il tomberait, pof, dans un bruit minable d'avachissement – et clore ici l'histoire de Rosa, morte pour une raison enfin connue.

Les parents de Felix et Mattea feraient cela, je le sais : déclarer que l'histoire est terminée, qu'il est fini le temps de pleurer et venu celui de vivre puisque aucune menace ne plane plus, ouvrir une bonne bouteille, fumer même un peu de drogue, dire qu'est-ce qu'on est bien là et laisser demain advenir simplement. S'arrêterait alors de tourner le petit manège des maudits.

Mais ma mère n'est pas comme eux.

Se referme la porte.

Ce n'est pas qu'elle aime la malédiction qui frappe sa famille, même si elle a appris à cohabiter avec elle depuis toutes ces années. C'est plutôt qu'elle refuse d'abdiquer et de se résoudre.

Tu peux compter sur moi, Rosa.

Lilas n'est pas une immobile, elle croit qu'on y peut toujours quelque chose – ou rien de rien mais alors, tirer le rideau définitivement. L'affaire des pilules ouvre un nouveau front dans son combat contre la fatalité et l'oubli, et peu importe qu'il se déroule encore plus loin à la lisière du monde, Rosa vaut tous les sacrifices.

Vous vous rappelez cette affaire, elle avait fait scandale à l'époque ? Pour continuer à enrichir leurs actionnaires, des laboratoires avaient décidé de changer légèrement la formule de la pilule contraceptive, quitte à faire encourir des risques inutiles aux femmes. Une campagne de promotion avait convaincu les médecins de prescrire en masse ces nouvelles pilules – dites de troisième puis de quatrième génération – et bientôt des jeunes femmes, par milliers, tombèrent brutalement, mortes à la sortie du car de ramassage scolaire, mortes en rentrant du sport, leur main dans celle d'un inconnu affolé, mortes dans leur lit, terrifiées par la sensation d'étouffer qui comprime leur poitrine, mortes devant une discothèque et les passants qui se moquent de leurs titubements et de leur souffle court, mortes sans comprendre que la pilule, avalée chaque soir, et pourvu qu'elles ne l'oublient pas, se disaient-elles, les a tuées, petites victimes collatérales de l'industrie médicale, et Rosa parmi elles, Rosa enfin entourée de semblables, mortes comme elle ou à jamais handicapées, vies fauchées dans leurs plus beaux élans, membres devenus inertes, cerveaux amorphes, artères bien trop jeunes pour être bouchées par des caillots – et j'entends cailloux –, ma petite tante et toutes ses sœurs de pilule finissent par former une marche silencieuse dans les nuits de ma mère, pas de pancarte ni de slogan, juste leurs beaux visages incrédules et fâchés de jeunes filles mortes pour que d'autres, rapaces en blouse blanche, s'engraissent.

– Encore une histoire d'argent, dit mon père et il agite la tête de droite à gauche, j'aperçois des larmes de révolte aux coins de ses yeux.

En deux jours et autant de nuits, ma mère réunit une documentation impressionnante sur le sujet. Son bureau devient le quartier général de sa nouvelle bataille. Sur le mur, elle épingle les photos de ses nouveaux ennemis, des pontes de gynécologie qui ont mis tout leur crédit au service de l'industrie, arpentant les colloques pour propager la bonne parole et inciter les médecins à prescrire encore et encore le mortel traitement. Les cheveux relevés en chignon, elle lit des dizaines d'études produites par des équipes du monde entier, car la mort est planétaire comme l'argent qu'ils espéraient ramasser. Derrière chaque statistique, derrière chaque hypothèse, derrière toutes les défaites et derrière tous les espoirs, elle le voit – et il m'arrive de le voir aussi : le sourire solaire de Rosa, quand le temps était à l'innocence et la joie.

Mon roseau, les salauds.
Mon pauvre roseau,
si tu savais pourquoi.

La révolte assèche la tristesse, c'est une vertu.

Nous sommes tous les trois, la radio grésille et l'odeur du pain grillé se mélange à celle du parfum de ma mère, herbe coupée après la pluie.

— Il nous faudrait, dit-elle, financer une recherche pour que ça ne se reproduise plus.

Coup d'œil à mon père.

J'aimerais. Qu'il en profite pour mettre un terme à cette folie, arrêter de pousser avec elle la boule de neige qui bouche déjà notre horizon. Qu'il se lève et dise

— ça suffit, nous avons mieux à faire de nos vies,

qu'il parte même, je le comprendrais, sans revenir. Mais mon père, si prompt à partir de partout, ne partira jamais de Lilas, elle est sa terre et sa patrie, son *land of freedom*.

Ma mère, beurrant nos tartines, ne remarque rien de ma lassitude voûtée. Comment l'imaginerait-elle, elle qui, craignant de ne pas avoir assez de sa vie pour reconstituer celle de sa sœur, ne pense à rien d'autre ? Elle poursuit, petite taupe au milieu du tunnel qui ne comprend pas qu'elle s'enterre à mesure qu'elle creuse.

— Un prix Rosa et même dix n'y suffiraient pas. Il faut des sommes colossales pour financer des recherches médicales, des millions d'euros. Nous pourrions réinvestir ce que rapportent les expositions et trouver d'autres financements, qu'en penses-tu mon Seymour ?

Le regard de mon père.

On y lit ce que l'on veut et il ne démentira personne, le brave homme n'a jamais eu ce courage. Lui en vouloir serait une injustice. On fait avec ce que l'on a. Je rassemble mes affaires pour partir au lycée mais je sais qu'ils ne reculeront pas.

You should not papa,
tu ne devrais pas daddy.

C'est une sorte d'invariant de leur vie commune. À chaque malaise de ma mère, mon père répond de la même manière : telle une mère qui met trop de vêtements à son enfant sans réaliser qu'elle l'étouffe, il la couvre d'une attention qui, plutôt que l'aider, la conforte sur un chemin funeste.

Il en rajoute alors qu'il devrait la déshabiller et l'embrasser lentement jusqu'à lui faire sentir chacune de ses respirations, sur la peau de son dos, et de ses cuisses et de son ventre et de son corps tout entier, ce corps depuis trop longtemps oublié, délaissé, stoppé comme celui de Rosa,

et même pas brûlé,
corps en jachère,
vie sacrifiée.

Lorsque je rentre du lycée, Jean et Hyriée sont autour de la table avec mes parents, signe des moments importants. Une lumière un peu jaune éclaire la pièce, grandes ombres sur le mur. N'étaient les rides qui marquent leurs visages, et celle que ma mère plisse entre ses yeux est moins apparente maintenant qu'elle n'est plus la seule à strier son visage, ils pourraient être en train de jouer au tarot comme autrefois. Il y a longtemps pourtant que le jeu a disparu au fond d'un tiroir, cartes manquantes, j'en ai pris pour jouer avec Mimosa et Tournesol à la diseuse de bonne aventure – et ne s'annonçaient que des malheurs.

Ils ne sont pas là pour jouer.

Sur la table, ce sont des documents qu'ils ont étalés et ma mère les commente. Plus tard, mon père présente des tableaux de chiffres, il parle d'argent, relevés bancaires à l'appui.

– Les expositions à la Villa Liro connaissent un succès que nous n'avions pas prévu. Plusieurs millions de personnes sont venues depuis l'ouverture. Le prix Rosa, bien qu'il n'ait pas été conçu pour cela, génère beaucoup d'argent. Avec Lilas, nous nous disons qu'il serait intéressant que cet argent serve. Nous pourrions l'investir dans un projet plus important que le simple prix et financer la recherche médicale sur la contraception, pour comprendre ce qui est arrivé à Rosa, et pour trouver d'autres modes de contraception. D'après nos prévisions, nous en avons les moyens.

Têtes baissées, Hyriée et Jean prennent quelques notes. Jean dit, mais l'entendent-ils ?,

– tout ceci est une folie.

Hyriée, qui se tasse sur sa chaise, demande

– mais comment diriger cette structure ? Cela demande des compétences que nous n'avons pas.

Ma mère répond qu'ils embaucheront les meilleurs dans leur discipline.

– Après tout, nous ne sommes pas plus bêtes que d'autres, nous pouvons y arriver.

Cela semble leur suffire.

Plutôt que de suspendre le prix Rosa, ils décident de l'amplifier et de créer une structure qui gérera les différents prix et financera la recherche : la fondation Rosa, ce géant que vous connaissez, est créée autour de la table de notre petit appartement dans un silence un peu embarrassé. Et alors que je me concentre sur un exercice de mathématiques dans la pièce d'à côté, j'entends autant la force de conviction de ma mère que la passivité, à moins que ce ne soit la peur de la blesser, de ses alliés.

Un peu avant le dîner, lorsqu'ils m'appellent pour me faire la solennelle annonce de la création de la fondation, l'atmosphère a changé. Sur la table, Hyriée prépare un filet de bœuf et je vois le sang couler un peu au bout du couteau avec lequel il le pique d'ail. Jean est assis dans un coin, il regarde son téléphone portable, l'air absent. Mon père se gratte la gorge et demande le silence. Je suis le seul public, ma mère me tient par les épaules et il prend une voix de théâtre par-dessus le tremblement.

— Par la présente assemblée constituante est créée la fondation Rosa dont le but est de reconstituer aussi exhaustivement que possible la vie de Rosa Faure. Différents départements la composeront, chargés de développer et de suivre les recherches dans toutes les dimensions que recouvre la vie d'une personne.

C'est presque un gouvernement qu'il annonce, répartissant les champs à explorer : économie, éducation, culture, santé, politique, étranger, humour. Eux quatre seront chargés de rédiger ce qui reste le but ultime de la fondation : le Livre de Rosa.

Je suis d'une famille où l'on fait n'importe quoi.

Les promesses de cimetière
sont les plus cruelles des geôlières.

C'est l'histoire du misérable combat des humains contre l'oubli. Écrire des musiques, mélanger les couleurs, monter des tours, déclencher des batailles, donner des prénoms de fleurs, construire des cathédrales, s'espérer ainsi immortel.

Et puis mourir.

En deux générations, ne plus être qu'une ombre sur la photo, deux dates dans un arbre généalogique, une anecdote, au mieux un événement dont on sera à jamais le grand homme et juste ça mais combien de hasards pour le devenir, et combien de petits arrangements avec la réalité ? Vous le savez mieux que quiconque, Pierre-Antoine, on ne lutte pas longtemps contre l'oubli. Restent les comptes, les papiers, toutes ces paperasses dont vos registres sont les caveaux, mais croyez-vous vraiment que nous sommes dans les papiers, dans l'écume administrative qui nous enregistre et nous piste de la naissance à la mort ? Bien sûr que non. Pourtant c'est ainsi : le principal s'efface à toute vitesse, les mille et une épaisseurs de ce que l'on fut se désagrègent en quelques mois dans la brume de la mémoire des survivants,

poussière poussière,

universelle misère.

Les plus sages s'y résignent. Ma mère, non. Je lui en ai voulu, beaucoup, de gager ma vie sur ces vieilleries. Aujourd'hui que je suis là devant vous, je la comprends. Du fardeau elle voulait faire beauté.

À ce jour, vingt-huit prix Rosa ont été remis. C'est ainsi que naissent parfois les institutions, dans les cerveaux fous des malheureux. Le prix vivra longtemps après nous. La fondation le prend en charge depuis qu'elle est devenue l'entité que l'on sait, vivant désormais par elle-même, assise sur ses millions, solide comme une éternité, créature ayant échappé depuis longtemps à ses maîtres. Il n'y a aucune raison que cela change. Les gens n'en connaissent même plus la genèse et c'est bien ainsi.

Je me souviens de cette Japonaise au chapeau à poils blancs primée pour avoir proposé la vision comptable de Rosa (« Counting a woman »). Son projet consiste à conserver et compter tout ce qui fut le quotidien de ma tante. Inventaire pour compléter le vôtre : cheveux coupés, ongles, nombre de brosses à dents utilisées, nombre de repas pris... On installe dans l'Hélicoïde 3 kilos de cheveux et poils, toutes ses dents de lait par ma grand-mère conservées, des caisses de légumes vitrifiés et des melons, les seuls fruits qu'elle aimait, et aussi 3 vélos, 1 voiture, 9 400 douches, 920 bouteilles de shampoing, 1 bande-son avec le bruit de 47 450 chasses d'eau tirées, 126 bouteilles de vin rouge, 72 tablettes de pilules contraceptives, 187 livres, 1 325 tablettes de chocolat, 5 bagues, 2 bracelets et 1 chaîne en argent volée chez la marchande, 2 tétines, 51 209 mégots de cigarettes, 10 000 litres d'eau, 102 stylos et crayons, 2 tasses avec sa photo en pyjama dessus, 47 cassettes audio, 68 CD, 1 boule à facettes, 6 biberons et leur stérilisateur, 14 bonnets dont 2 avec pompons, 32 manteaux, des vêtements et des chaussures, trop de chaussures.

Tout cela était aussi Rosa.

Et pourtant.

Rien de cela n'était Rosa.

Je vais m'en aller, Pierre-Antoine, mais laissez-moi revenir encore demain, j'ai presque terminé mon histoire. Et vous ne m'avez pas tout dit de la vôtre.

J'ai toujours la même chambre au bas de l'Hélicoïde. Je m'y allonge comme il y a vingt-cinq ans.

Si je tends l'oreille, il me semble entendre encore le bercement de la voix américaine de mon père de l'autre côté de la cloison. Une fente ombre toujours le mur à l'endroit où mon lit le touche. Mimosa et Tournesol ont vieilli eux aussi, petits vieillards de ma crypte secrète. Ils doivent être desséchés et affamés.

Mais je n'ai plus le courage.

jeudi 8 octobre
quatrième rendez-vous

Je la revois il y a un peu plus de vingt ans, le jour de l'inauguration du laboratoire à la Liro Moderne. Dans le verre se reflète un peloton de photographes. Ils attendent qu'elle coupe le ruban qui barre la porte vitrée du laboratoire. Après que le professeur Hansel, une belle femme rousse, a expliqué

– la chance pour des chercheurs de ne dépendre d'aucune industrie,

elle-même vient de finir un discours sur le droit de toute femme à maîtriser sa fécondité dans la sécurité. Elle boit un peu d'eau et replie ses feuilles sur les mots trop techniques et froids qu'elle vient de prononcer. Il aurait été tellement plus simple de dire que Rosa est morte,

Rosa morte à cause des salauds.

Elle n'a pas parlé de sa sœur, ni de la

malédiction, pas un mot sur le rapace, elle a tenu son rôle de présidente, le ciel est limpide. On la munit maintenant de grands ciseaux. D'une main elle prend le ruban. De l'autre, elle le coince entre les lames des ciseaux et tente de le couper mais il résiste. Trois fois elle échoue.

Il y a quelque chose de comique dans ses tentatives vaines, et le signe de son impuissance révélée à toute l'assistance. Autour de l'équipe du laboratoire, de quelques membres de l'administration de la fondation, se pressent des gens de Cintodette, curieux de voir ce que cette fille-fleur a bien encore pu inventer.

Depuis la cabane du cimetière, pour eux les choses sont assez claires : cintrée. Cintrée comme toutes les autres de cette famille. Les plus anciens se souvenant des facéties d'Iris, la sœur de Marguerite, lorsqu'on la voyait rentrer en courant de l'école en hurlant J'ai pissé dans ma culotte, j'ai pissé dans ma culotte ! Elle riait tant, dit la légende, qu'il lui arrivait de ne pas pouvoir se retenir, ce qui redoublait ses rires. Les gens du village finirent par l'appeler la-fille-fleur-la-pisseuse.

Iris rirait de voir sa nièce Lilas incapable de couper un pauvre ruban de nylon. On la dirait aveuglée par le soleil, son sourire gêné est une plaie, la ride entre ses yeux un fossé dans lequel elle voudrait disparaître.

Sur le côté du bâtiment, se tiennent mon père, Hyriée et Jean. Christophe Jacquier est là aussi, bien sûr. Il vient d'être nommé directeur technique de la fondation, c'est peut-être pour cela qu'il se tient si droit. Ou pour montrer à ceux du village que leur pétition contre lui, qui se fait désormais appeler Karim, ne l'a pas touché. Ils ne voulaient pas d'un musulman auprès des tombes des leurs. Il a abandonné le cimetière (où Bertrand Partière le remplace) et les T-shirts délavés pour un costume, un seul, qu'il habite encore maladroitement : noir, manches un peu trop longues sur les mains, coupe de garde du corps. Il porte une courte barbe. Mon père, soucieux d'abréger le calvaire de sa femme, lui jette un regard interrogateur. Par réflexe, Christophe Jacquier met la main à sa ceinture, sur sa hanche droite là où, pendant vingt ans, se sont balancés ses outils de première utilité.

Mais le vide.

Un directeur ne porte pas d'outils sur lui. Peu importe, même à mains nues, Christophe-Karim Jacquier a le sens de ses responsabilités : il s'avance le pas lourd et solennel pour aider Lilas à couper le ruban. Il écrase ses mains sur celles de ma mère que je vois grimacer. Sans succès. Les ciseaux ne coupent pas. Le tissu, mâchonné à l'endroit où les lames se sont acharnées, commence à accuser un creux mais est toujours entier.

Dans l'assistance, j'entends quelques rires, un relâchement dans le piétinement silencieux qu'ils observent depuis plus d'une heure maintenant.

Il faut en finir. Jacquier rejoint mon père, Hyriée et Jean. Il a l'air préoccupé du directeur pris en flagrant délit d'échec public. Je lis sur ses lèvres qu'il doit aller à sa voiture chercher une lame.

— Une lame, dit-il.

Le mot réveille Hyriée. Jusqu'alors légèrement en retrait avec Jean, spectateurs un peu distants de la cérémonie, il s'avance d'un pas.

— J'ai mon couteau.

Joignant le geste à la parole, il le sort de son étui et le brandit en souriant. Affûté du matin, il n'a jamais servi qu'à découper de la viande, qu'Hyriée aime manger brûlante, palpitant de sang rouge, l'obligeant à arrondir sa bouche en une petite caverne pour la faire refroidir un peu avant de l'avaler. La lame étincelle comme dans les films. D'un coup sûr, il tranche le ruban et obtient les applaudissements goguenards du public. Quelques secondes il reste avec le morceau de ruban en main, puis il cherche celle de ma mère pour le lui remettre : cette histoire de laboratoire est son affaire.

Le soir de l'inauguration, nous dînons à l'Hélicoïde, mes parents, Hyriée, Jean et moi. Ils reparlent en riant de l'incident des ciseaux, mon père s'écarte de la table et mime ma mère désemparée puis Jacquier cherchant en vain ses outils sur son flanc et Hyriée, enfin, fier sauveteur, héroïque coupeur de ruban.

— Il faut toujours avoir un couteau sur soi.

— Ou un ruban.

— Un couteau et un ruban.

Les phrases légères, les phrases l'air de rien qui s'entrechoquent, verres de fête, et rendent l'amitié possible encore. Et puis,

— je suis heureuse que nous ayons lancé ce programme de recherche, vous savez; je me dis que Rosa n'est peut-être pas morte pour rien, à défaut de n'être pas morte de rien,

le regard de Jean qui se fixe sur la bouteille de vin, en examine l'étiquette, celui de Lemy qui cherche une fenêtre, une porte, un trou dans un mur, n'importe quel moyen de fuir, celui de mon père qui s'inquiète pour sa Laïlac et celui de ma mère, épinglé.

Une fois encore, elle a enfreint la règle tacite. Depuis des années, ils n'ont pas évoqué ma tante autrement qu'en passant, par accident presque, au détour de leurs délibérations pour le prix. Jamais ils n'ont parlé tous les quatre du projet d'enfant qu'Hyriée et Rosa avaient décidé de faire. Peur de blesser, de déclencher des questions, de ne recueillir que des silences, celle qu'ils ont aimée est devenue peu à peu un sujet tabou entre eux.

La discussion emprunte un moment un marécage dans lequel ma mère tente de faire marche arrière mais à chaque manœuvre elle s'enfonce un peu plus dans la terre spongieuse. Pas d'autre issue que d'aller au bout du chemin. C'est un volcan qui se dresse devant eux. L'ascension est pénible, leurs pieds sont des blocs de béton, et leur amitié la miette tremblante sur laquelle Jean souffle pendant que ma mère poursuit son monologue.

— Elle prenait la pilule pour ne pas avoir d'enfant et le jour où elle choisit de faire un bébé elle meurt.

Arrivés en haut, la marche est dangereuse, à chaque pas ils risquent de glisser dans la lave bouillante, périlleuse comme l'échange muet, qui se devine plus qu'il ne s'entend, entre Hyriée qui voulait de Rosa faire la mère de son enfant et Jean qui ne voulait pas être père ; l'ombre de Rosa s'étire au milieu de la file des marcheurs.

Rompre ce silence minéral où grésillent juste les moustiques attirés par la lampe halogène. Je vais jouer l'idiote utile de ma mère, alimenter la conversation par mes questions,

— serait-elle morte si elle n'avait pas pris la pilule, pourquoi la prenait-elle puisqu'elle voulait un enfant, même deux ?

oui, leur parler de mes cousins de la grotte, Mimosa et Tournesol soudain bazardés au milieu de la table, les yeux écarquillés par la lumière, tremblant de peur, laids de leur effroi ; à ces adultes consternés leur raconter tout ce que nous faisons tous les trois, depuis le temps qu'ils vivent à mes côtés, secrets, invisibles, omniprésents et pouilleux.

À bout de salive me taire.

Ils me regardent comme si j'étais folle. Jean, surtout, à qui Rosa a parlé tant de fois de Mimosa et Tournesol. Puis ils se lèvent. C'est fini.

Le lendemain, Jean annonce qu'il ne veut finalement pas faire partie de la fondation. Il quitte aussi le prix Rosa. C'est une lettre courte qu'il envoie.

Je me retire.

Je donne procuration à Barthélemy Hyriée pour les prix à venir. J'ai aimé Rosa comme je n'aimerai jamais plus. Et je la pleure chaque minute qui m'est donnée de vivre. Mais cette histoire que vous construisez n'est pas la mienne, je crains qu'elle ne soit pas non plus la sienne. Vous m'inquiétez mes amis, faites attention à vous.

Quelque temps plus tard, il nous apprendra de la même manière, par courrier, son déménagement. Il quitte le studio du boulevard du Temple pour aller vivre en Espagne. Il appellera, promet-il, de temps en temps. Il oubliera de le faire, souvent.

Que Jean quitte l'équipage ne bouleverse pas son plan de route. Les années qui suivent ont l'apparence de la normalité. Mes parents sont accaparés par les tâches de la fondation. Ils travaillent beaucoup, même mon père que cela semble réjouir. Il y a tant à faire. Il passe d'un poste à l'autre, aidant à la comptabilité, à la régie ou au marketing avec la même bonne humeur, une autre manière de papillonner. Le soir, ils se retrouvent comme tous les couples après leur journée de travail, je peux enfin leur trouver des airs de ressemblance avec les parents de mes amis.

Les chercheurs se sont mis au travail. Ils concentrent tous leurs efforts sur la recherche d'un moyen de bloquer mécaniquement – et non chimiquement – les ovaires, afin que l'ovulation n'ait pas lieu pendant le temps désiré par la femme. Toute la difficulté est de le faire sans provoquer d'effets secondaires. Le professeur Hansel a une intuition géniale : il faut, explique-t-elle à ses équipes et à ma mère qui nous fait des comptes rendus enthousiastes des réunions de travail, sidérer les ovaires.

Sidérer : terme médical, provoquer une crise soudaine des forces vitales se traduisant par un état de mort apparente (souvent à la suite d'un très grand choc émotif).

On ne pouvait mieux choisir le terme.

Le ROSA, Reversible Ovarian Sideration Action (l'Action de sidération ovarienne réversible), est testé sur une centaine de femmes l'année qui suit. Les essais sont convaincants. Sans effet secondaire, il consiste à envoyer une très légère décharge électrique sur un point précis de l'ovaire qui, dans un réflexe de survie, se plonge dans la sidération, une sorte de coma, rendant impossible toute ovulation. Une deuxième décharge au même endroit remet l'ovaire en marche quand la femme souhaite avoir un enfant. On appelle ça la dé-sidération. En moins de deux mois, la vie peut revenir.

La vie peut revenir, tu entends ça, maman ?

Plus jamais la malédiction, fini les filles qui meurent de ne pas vouloir d'enfants. Rosa mon roseau, dans les ventres des femmes du monde entier.

Rosa est son nom et le secret son terreau.

Je veux dire : sans la chambre des secrets, la recherche sur le ROSA n'aurait pu être financée. Il y a des raccourcis saisissants, non ? Imaginée par une artiste restée inconnue, la chambre des secrets est vite devenue l'endroit le plus visité de la Villa Liro. Elle a généré des millions d'euros depuis son ouverture.

On vient à Cintodette du monde entier pour déposer son secret selon des règles simples : un seul secret par personne, objet, lettre, photo, ce que l'on veut pourvu que cela ne dépasse pas le mètre cube et que l'on paye cinq euros. Chaque déposant est inscrit sur un registre que l'on peut consulter aussi, moyennant dix euros. Une petite manne, la plupart des gens venant pour déposer un secret mais surtout pour savoir si l'un des leurs, amour clandestin, femme, mari, voisin, patron, en a déposé un aussi. Si c'est le cas, ils sauront juste qu'un secret existe, sans savoir lequel.

L'engouement est immédiat, des dizaines de millions de visiteurs venus du monde entier s'y pressent. Ils sont rares, ces lieux où l'intime embrasse l'universel. Aujourd'hui encore j'y suis passée avant de venir ici. De l'extérieur la chambre des secrets ressemble à la boîte rouge de Rosa que ma mère garde à côté de son lit.

L'intérieur est une immense salle aux murs noirs lardés de fentes de différentes tailles dans lesquelles les visiteurs sont invités à glisser leurs secrets ; les enveloppes tombent dans un gigantesque coffre, un sarcophage de béton où elles sont archivées.

J'aime cette pièce, une grotte encore, et pour symboliser les secrets, toutes ces tiges sortant du plafond, du sol et des murs, et les ampoules électriques à la faible lumière tremblotante, petites bougies de vérités. Une boîte de couturière hérissée d'aiguilles. Les ampoules sont une cacophonie de confessions à voix basse, un concert de chuchotements.

On dit que 75 % des habitants de Cintodette y ont laissé un secret, comme si avant de venir régler leurs histoires derrière le capiton de vos murs, les gens se donnaient à eux-mêmes un rendez-vous plus intime. Déposer ses secrets comme on dépose les armes,

    les oublier

    les confier

    les abandonner

    enfin respirer.

Les secrets sont stockés dans un dépôt fermé à clé et scellé à la cire. J'y suis entrée une fois, avec Christophe Jacquier. Dès le début, ma mère l'a nommé responsable de la Chambre, un homme de confiance, capable de résister aux tentatives de corruption – combien auraient aimé lui faire ouvrir les enveloppes? –, elle n'en voyait pas d'autres. Ce jour-là, un problème d'infiltration d'eau le tracassait. Nous avons marché dans l'entrepôt immense. Des caisses, des cartons, des étagères emplies de tiroirs contenant des millions d'enveloppes, une petite odeur de poussière et le bruit des climatiseurs : l'usine de mon grand-père que je n'ai jamais connue qu'à l'abandon avant sa transformation m'est remontée à la mémoire.

    Souvenirs Faure, Secrets de Rosa,

    je suis d'une famille de cartons.

– Jicé, mon frère. Il a laissé quelque chose. J'ai consulté souvent les registres des dépôts. Son nom y est. Il est venu dans la chambre des secrets un jour de printemps, n'est pas passé me voir. Je me demande si son secret y est toujours et ce qu'il deviendra.

À la mort du déposant, sauf instruction particulière de sa part, le secret est détruit sans que la boîte ou l'enveloppe qui le recèle ne soit ouverte. Secrets de famille, secrets amoureux, secrets criminels, secrets d'État, qui sait. Un policier découvrit un jour qu'un homme recherché depuis des années pour le meurtre de l'amant de sa femme figurait dans le registre des déposants. Il a eu beau s'agiter, personne ne lui a ouvert l'enveloppe du supposé criminel.

À ce jour, Barthélemy Hyriée n'a pas déposé de secret.

Le seul que j'aie vu, c'est celui de mon grand-père Marcel. Il l'avait stipulé dans son testament, vous en souvenez-vous ?

Je lègue à ma petite-fille Daffodil Silver-Faure le secret que j'ai déposé à la Villa Liro Moderne, numéro 2255.

Une petite pièce attenante aux murs couverts de bois brun : le bureau des révélations. Une table, deux chaises, une carafe d'eau et la même boîte de mouchoirs que la vôtre. Sur la table, une enveloppe brune, très fine. Mes mains tremblent lorsque je fais sauter le sceau de cire, excitation ou peur de ce que je vais y lire ?

J'imagine déjà les récriminations jalouses du vieil homme (lassitude), ou alors un secret de fabrication de la résine avec laquelle il fabriquait ses souvenirs-cadeaux (déception), ou bien une révélation spectaculaire *Je ne suis pas le père de ta mère*, *Je suis une femme* ou, pourquoi pas, *Rosa n'a jamais existé* (stupéfaction).

Rien de cela.

Dans l'enveloppe, une simple feuille et sur la feuille une simple phrase de sa petite écriture de mots croisés :

On n'a qu'une vie, il faut la vivre.

On aurait pu l'écrire sur une assiette en faux bois.

Leur dernier Noël, nous l'avons passé ensemble, condensé de famille. Depuis longtemps, ils n'invitent plus les sœurs de Marguerite – celles qui ne sont pas mortes, on n'invite personne dans un camping-car. Nous les retrouvons en Sicile.

Ils ont loué une ancienne bergerie minuscule et dorée à côté de laquelle est garé leur engin. Nous arrivons deux jours avant Noël. Le chien nous fait la fête lorsque nous sortons de la voiture de location – que mon père a voulu prendre décapotable malgré la saison.

Depuis combien de temps ne les ai-je pas vus ? Des vieux. Marcel, décharné, le regard blanc, son bon sourire triste. Marguerite voûtée, petite femme, si petite, toujours une élégance, miss Cintodette a quatre-vingt-cinq ans.

L'hiver ici est juste une pause.

Des lignes de vignes et d'oliviers strient les collines dans un immuable ordonnancement. Au loin se dresse l'Etna, son manteau de neige et sa petite touffe de fumée rassurante. En quelques heures nous sommes comme les autochtones : impossible de sortir sans y jeter un œil, s'assurer de sa présence et lorsqu'un coup de vent l'écrase, nous nous inquiétons, nous voulons la voir toujours, et quand chaque soir mon père sort fumer une cigarette devant la maison, c'est elle encore qu'il cherche du regard dans le charbon de la nuit. Cette fumée est un drapeau qui nous indique que tout va bien.

Tout va bien.

Le jour du réveillon nous allons au marché, Marcel et moi. Marguerite a dressé la liste des victuailles à acheter, il n'y a qu'à la suivre. Mon grand-père a appris trois mots d'italien, il se débrouille et je l'attends en regardant ma silhouette dans les vitrines des petits magasins. Dans le reflet, on distingue un ensemble. Une jeune femme.

Je pourrais être n'importe qui.

On repère des détails. Des ballerines et un pantalon cigarette gris clair, une poitrine ronde. Pour autant, je ne saurais dire précisément ce que je suis : j'ai vingt-quatre ans, je travaille dans une agence de communication, j'ai connu plus d'une dizaine d'amants, les hommes mariés ne me font pas peur, j'aime lécher mon sang quand je me coupe – et souvent je me coupe.

J'ai rangé tous les meubles, petit tabouret bleu, canapé jaune, boîtes de gendarmes et je fais moins de cauchemars. Mais.

Si l'image était plus nette, on verrait les valises qui m'entourent. Bagages encombrants qui ne m'appartiennent pas mais avec lesquels on m'oblige à voyager depuis toujours. Il y en a partout autour de moi. Au moindre pas, je me prends les pieds dedans.

Quelque chose m'empêche.

Un poids invisible. Des gens dans ma tête qui chuchotent à mon passage. Ma tante Rosa, celle de ma mère, Magnolia, mes cousins Mimosa, Tournesol, tous ces gens à l'entêtante odeur végétale rejoints depuis peu par un enfant sans sexe ni prénom, un nourrisson qui me tend les bras et m'appelle sans cesse mais disparaît dès que je tourne la tête.

On n'a pas d'enfant quand on est sidérée.
Pas de petit qui tend les bras
quand on est d'une famille de fleurs maudites ;
le mien a la tête chauve un peu pâle
et les cernes bleutés de mon grand-père.

Le soir du réveillon, nous mettons sur la table une vieille nappe à motifs de clémentines. Dans une belle cocotte en fonte, Marguerite a préparé une volaille. Son gras coule sur mon menton quand j'en porte la peau dorée à ma bouche. Du champagne et du vin. Du pain aux olives. Du fromage. Des petits cadeaux. Du chocolat. Une avalanche de mandarines. Elles se confondent avec celles de l'imprimé de la nappe. Marcel fait semblant de se tromper et de confondre fruits dessinés et fruits réels, je fais mine de trouver ça amusant.

Un feu dans la cheminée immense. Je brûle la peau des mandarines, bruit du craquèlement, crépitement léger. Je penche ma tête pour regarder la fumée s'en aller.

Ma mère plaisante,

– tu guettes le père Noël comme autrefois ?

Autrefois.

Autrefois, j'attendais le père Noël devant la cheminée et ma mère s'arrangeait pour faire pleuvoir autour de moi des papillotes. Autrefois j'ouvrais mes cadeaux au petit matin et mon père pliait son grand corps pour s'asseoir par terre et m'aider à construire mes jouets. Autrefois, je recevais chaque année un disque et un livre. Mais je suis d'une famille où lorsque l'on parle d'autrefois, c'est à un autre autrefois que l'on pense.

L'autrefois de Rosa.

Les Noëls de Rosa. Celui où elle déchiqueta tous les paquets car elle n'avait pas trouvé dans les siens le cadeau qu'elle désirait, une poupée, croit se rappeler ma mère. Celui où elle chanta a capella *Dis quand reviendras-tu ?* et aussi, vous vous souvenez ? *La folle complainte.* Elle chantait bien, une voix claire et grave en même temps, elle avait quelque chose, une présence, quelle tristesse, comment est-ce possible qu'elle soit morte il y a vingt-trois ans déjà, Marguerite essuie ses yeux.

— Et le Noël, son dernier Noël, vous vous rappelez qu'elle nous a annoncé avoir trouvé du travail ? Quel idiot j'étais, je n'ai pas su la féliciter.

La voix de mon grand-père. Il parle si peu de sa fille perdue. J'arrête de gratter les braises incandescentes des bûches.

— Tu étais déjà des nôtres, Seymour ? Je me mélange avec les dates, pardonne-moi.

— Oui, bien sûr Marcel, j'étais là depuis longtemps déjà, six ans si je ne me trompe pas. C'était l'année de la tempête.

Un vent impressionnant, gonflé de sa puissance, secoue les arbres et s'immisce dans le moindre interstice du pavillon de Cintodette amenant de l'extérieur une couche de poussière blanche que Marguerite combat balai en main.

— Je me souviens, poursuit mon grand-père : Rosa m'avait aidé à inspecter le toit des Partière. Christine avait peur que sa charpente s'envole. Nous étions montés tous les deux dans son grenier pour regarder par en dessous. Il était intact, aucun problème. Je ne peux pas en dire autant de l'état de la maison, un bazar impossible, vous auriez dû voir ça mais enfin, ce n'est pas le sujet, je me fiche de Christine Partière. En redescendant du grenier, j'ai senti que Rosa voulait me dire quelque chose.

C'est imperceptible, un début de mouvement, un embryon de parole. Je lui ai demandé si elle avait un souci. Elle a dit, Non, laisse-moi, un peu vivement, c'est étrange, ça ne lui ressemblait pas et puis, elle a dévalé l'escalier des Partière. Ce n'est qu'une fois dehors, entre chez les Partière et chez nous qu'elle m'a dit avoir trouvé un travail. Un contrat à durée indéterminée dans une boutique de vêtements pour enfants, elle commencerait en janvier.

Le père et la fille rentrent vite à la maison, la bise glaciale fait trembler la haie. Marcel lance

– champagne, nous fêtons le boulot de Rosa !

et mon père trouve que les Français, décidément, savent vivre. Mais Rosa n'a pas le cœur à fêter.

– Non, papa, je n'ai pas envie.

Lilas met le magnétoscope sur pause, les vidéos des Noëls précédents qu'elle était en train de regarder avec Seymour attendront. Marguerite lâche son balai.

– Un travail ? Mais c'est formidable.

– Si vous le dites.

Tout à leur soulagement, ses parents ne comprennent pas le manque d'entrain de Rosa. Ils n'ont jamais cru à cette histoire de théâtre, un bon loisir, voilà ce qu'ils pensaient, ça lui donnera de l'assurance pour son boulot plus tard, son vrai boulot, voulaient-ils dire.

Ils ne comprennent pas que cet emploi est sa

défaite, un renoncement qui la brise. Assignée à la réalité, Rosa doit abandonner son rêve de vivre toutes les vies, d'être l'héroïne universelle. Elle ne sait pas qu'après sa mort, Lilas la hissera à la hauteur de son destin et la rendra mythique et mondialement connue.

— Elle était un peu triste, elle faisait son petit boudin, dit Marguerite en lissant ses mains d'albâtre par-dessus les clémentines de la nappe. Je pense qu'elle espérait mieux, après quatre ans de droit tout de même. Je l'aurais vue avocate, moi : elle aimait parler en public.

— Quel idiot j'ai été, continue mon grand-père. J'aurais dû la féliciter plus fortement. Lui dire, même, que j'étais fier d'elle. Après tout, il n'y a pas de sot métier et la vente est un bon créneau : mes représentants s'en sont bien mieux sortis que moi! Eux se sont gavés en vendant les cochonneries chinoises quand j'ai dû fermer l'usine. Plus tard, elle aurait pu devenir responsable de la boutique si elle s'était bien débrouillée.

D'où je suis, assise devant la cheminée, je vois ce qui se passe sous la table. Les vieux chaussons de Marcel, à la trame tout usée sur les orteils, tranchent avec le tombé impeccable de son pantalon. Les jambes si maigres de ma grand-mère, emmaillotées dans ses collants noirs de dame, bougent sans s'arrêter, elle les agite de gauche à droite. Mes parents, assis l'un à côté de l'autre. Seymour a allongé ses grandes jambes sous ma

chaise, profitant de mon absence. Ma mère les cherche avec son pied droit pour lui faire signe : vas-y Seymour, aide-moi, aide-moi à leur dire.
Ne t'inquiète pas Rosa, ils comprendront,
je leur parlerai et ils ne t'en voudront pas.

Leur dire pourquoi Rosa était sombre ; leur dire ce qu'elle n'a alors pas osé leur avouer. Finir la conversation du dernier Noël. Mon père, qui a toujours préféré être le témoin fortuit plutôt que l'acteur, se lance sous le regard reconnaissant de ma mère. Je remets une bûche dans la cheminée.

– Vous ne devez pas vous en vouloir, Marcel. Rosa n'était pas triste à cause de votre réaction. C'est un peu délicat mais voilà : elle ne vous a pas tout dit ce jour-là. Vous vous souvenez que nous étions venus ensemble en train, les filles et moi ? Pendant le trajet, euh, comment dire,

– Le voyage avait été long à cause de la tempête. Plusieurs voies ferrées étaient endommagées et le trafic avait beaucoup de retard. Nous avions eu le temps de parler. Maman, papa : depuis quatre ans, Rosa et moi nous vous mentions.

– Quoi ?

– Rosa ne savait pas comment s'en sortir. Pendant le voyage, nous avions décidé qu'elle… enfin je lui avais dit : « Dis-leur la vérité. Je serai là, ne t'inquiète pas, je leur expliquerai, ils comprendront. »

– Mais qu'est-ce que tu racontes Lilas ?

– C'était pour vous protéger, enfin je veux dire pour que vous ne vous inquiétiez pas, j'avais dit à Rosa que ça ne pouvait plus durer, que ça me mettait dans une position difficile, qu'il fallait vous dire les choses. Chaque fois que vous téléphoniez, je vous racontais n'importe quoi : non, elle n'est pas encore rentrée, elle est à la bibliothèque, elle révise ses partiels. En réalité, oh, je ne sais pas comment vous expliquer ça…

En réalité l'entrée fracassante de Barthélemy Hyriée en littérature et le succès de son premier roman grisent toute la bande d'amis. Chacun croit que, puisque l'un réussit, les autres n'ont qu'à le vouloir fort pour réussir à leur tour. Ma mère rédige des critiques littéraires à tour de bras, Jean met au point des mises en scène modernes des pièces classiques, mon père regarde ses photos avec l'idée de les exposer. Rosa est comme toujours la plus vibrante d'entre eux. Elle ne vit que pour son rêve de devenir comédienne. La réussite de Lemy lui montre un chemin sur lequel elle s'engouffre, vent brûlant à quoi rien ne saurait résister.

Elle abandonne le droit pour la scène.

C'est un secret que le groupe garde précieusement. Ils savent d'instinct qu'ils doivent protéger Rosa qui, tout en étant inscrite à la faculté, n'y met plus les pieds que pour passer des examens qu'elle rate. Lorsqu'à la fin de la première année, elle apprend son redoublement, le secret devient un mensonge. Avec la complicité de sa sœur, Rosa entre dans son plus long rôle : étudiante. Elles ne disent rien. Ou plutôt si : Rosa appelle ses parents pour leur annoncer son passage, *ras les fesses mais bon c'est mieux que rien*, en deuxième année.

Petite sœur ment,

Grande sœur protège,

Fille aînée ménage,

Parents ignorent.

Même quand Nicolas Aime reconstituera l'intégralité de son parcours scolaire et découvrira son abandon en première année, Lilas couvrira sa petite sœur.

Plutôt que d'apprendre des articles du code civil, leur cadette prépare des auditions. La plupart du temps, elle n'est pas choisie. On la trouve trop petite, trop brune, pas assez fine, trop tragique ou au contraire trop comique. Elle laisse pousser ses cheveux, entame mille régimes et conjure Lilas de ne rien dire aux parents tant qu'elle n'aura pas décroché de rôle. Alors, pense-t-elle, elle pourra tout leur avouer. Mais elle ne décroche pas de rôle, hormis ceux que lui réserve Jean. Au bout d'un moment, censée être arrivée au bout de ses études de droit, elle se résout à chercher du travail. Le mensonge aura duré presque quatre années. Comme votre frère Jicé, exactement comme lui. C'est drôle que les deux aient menti à propos d'études de droit.

— Je n'ai jamais pensé que mon frère ait pu abandonner la fac pour une passion, c'est étrange mais
cette catégorie, la passion, n'est pas de notre vocabulaire. Nous faisons ce qu'il y a à faire et s'il reste
du temps, comme disait mon père, nous faisons
ce qu'il reste à faire, tondre la pelouse, tailler les
haies, aller à la déchetterie. L'épanouissement personnel n'est pas notre affaire. J'ai cru à un moment
que Jicé était homosexuel, c'est cette expression
qu'avait mon père, « petit pédé », et on sentait qu'il
valait mieux ne pas en être, qui m'y a fait penser. Et
puis j'ai oublié. Je me demande, à vous entendre, si
mes parents auraient mieux accepté la confession
du mensonge que la disparition pure et simple. Je
n'en suis pas certain.

L'aveu posthume est aussi violent que l'aveu du
vivant, peut-être plus même, qui ne laisse aucune
place pour l'interrogatoire. Rosa leur a menti et
puis elle est morte, aucun lien entre ces deux faits,
juste un silence qui fait mal. Mes grands-parents
sont abasourdis, la révélation du mensonge de leur
fille déchire leurs dos décharnés. Leurs jambes sous
la table sont des pieds de vigne gelés, leurs mains
exsangues des sarments brisés.

Ma tante était menteuse.

Menteuse, drôle et gourmande, trois traits de
caractère, je l'ai toujours su. Jusqu'à ce réveillon sicilien, ses mensonges étaient pour moi des

anecdotes transgressives, respirations nécessaires parsemant la légende d'une poudre de fantaisie, petits coups de canif indolores au mythe de la sœur idéale. Pas un coup de poignard.

Menteuse, amusant quand on est vivant. Menteuse, un enfer pour ceux qui, après votre mort, cherchent à reconstituer au plus près qui vous étiez. Comment être sûre de détenir une vérité sur qui ne la disait pas toujours ? Et que faire de ses mensonges ? En révéler l'existence pour être fidèle à la réalité de ce que fut Rosa, mais alors la trahir ? Ou la couvrir encore et pour l'éternité ?

– Elle n'en pouvait plus. Elle devait vous expliquer tout puisqu'elle avait trouvé un travail, elle se sentait moins coupable vis-à-vis de vous. Mais il faut la comprendre, c'était difficile pour elle. Au dernier moment, elle a reculé.

Ma mère se souvient de chaque minute de cet instant, la torture de sa sœur a duré longtemps. Elles sont assises dans le canapé, dans le salon du pavillon, la cheminée marche à pleins feux. Quelque chose de doux flotte, une odeur de biscuit que Rosa n'osera troubler. Au milieu du jardin, l'arbre de Lilas est balancé par les bourrasques, quelques branches tombent sur le sol.

– Une tempête à l'américaine, dit Seymour en regardant par la fenêtre les feuilles voler en petits tourbillons, mais ils sont à l'abri autour de la table basse.

La nouvelle de son embauche est décortiquée. D'une voix un peu morne, Rosa donne des détails, l'emplacement de la boutique, quartier chic de la capitale, clientèle bourgeoise, vêtements hors de prix, mais aussi le nombre de demandes déposées, le peu de réponses, un seul entretien, heureusement ce fut le bon.

Ça révolte Marguerite :

— C'est tout de même incroyable que tu n'aies pas trouvé un métier en rapport avec tes études de droit! Où va ce pays s'il ne fait pas de place à ses jeunes?

— Je sais, c'est un boulot nul.

Sombra Rosa se tasse un peu plus dans le canapé. Ils ne voient pas que, avec force grimaces, Lilas adresse à sa sœur une question muette :

— Tu lui as dit?

Rosa fait non de la tête.

— C'est le moment, vas-y.

Elle cache ses débuts de larmes dans sa tasse de thé brûlante, vite tenter d'éteindre *la chiale* avant qu'elle inonde tout. Quelques secondes où, enfoncée dans son bout de canapé, Rosa est la seule à ne pas sourire, tout à son compte à rebours. Marcel a vu. Elle sait qu'il l'a vue. Il lui laisse une chance d'échapper encore à l'explication ultime, il suffit qu'elle se lève pour chercher du chocolat ou qu'elle prétende une envie soudaine de faire la sieste et l'on ne l'interrogera pas. Mais elle ne se redresse pas. Alors, il finit par se tourner vers elle, maintenant préoccupé :

– Qu'est-ce qu'il y a, Rosa, ça ne va pas ?

– Si si, ça va, dit-elle en bâillant, chétive astuce pour étouffer son embarras.

– Tu as un souci ? Tu peux tout nous dire, tu sais.

Qu'imagine-t-il à cet instant ? Qu'elle est enceinte ? À découvert ? Rosa prend un coussin qu'elle plaque sur son ventre. Elle ne bâille plus. Sur l'écran de la télé on voit l'image figée et un peu dégoulinante de tante Iris, son faux téléphone à l'oreille. D'un coup de coude, Lilas encourage sa sœur : le moment est le bon.

– Tu peux tout nous dire, tu sais, répète-t-il.

Sa phrase tombe dans un silence de neige. Marguerite reste de longues secondes sans réaction puis elle recommence à balayer. Ma grand-mère a toujours fait ça lorsque quelque chose l'angoisse : le balai, l'éponge, la poubelle. Elle balaye le carrelage du salon, strié d'épines de sapin, et elle marmonne que les Faure sont comme ça, jamais contents.

Si elle savait que ses filles lui mentent depuis quatre ans, c'est une avalanche qu'elle déclencherait, à déglinguer la côte de Cintodette. Une fureur que les filles sauraient devoir laisser passer. Marguerite ne balayerait plus. On ne balaye pas sous la tempête. Menteuses, traîtres, ingrates, irresponsables, profiteuses : les mots de leur mère seraient des grêlons.

D'instinct, Lilas se rapproche encore de sa sœur. Rosa tripote le coussin qu'elle tient contre son ventre, elle arrache de minuscules fils de laine, en fait une boule qu'elle roule entre ses doigts, la boule grossit, elle est douce dans sa paume, elle la glisse dans celle de Lilas.

— Il n'y a rien, je vous assure. Je suis juste un peu fatiguée.

Les trois mois qui suivent sont difficiles. On ne renonce pas à son rêve en le décrétant, celui de Rosa est planté en elle, à en vomir son petit déjeuner avant de s'enfermer dans son magasin climatisé pour bébés poudrés des beaux quartiers.

Lilas voit sa sœur changer, une ombre s'est fichée dans son regard, une *sombra* qui dure. Ses colères reviennent puisque son impatience n'est pas exaucée, elle s'emporte contre les atermoiements de Jean et la chance de Lilas qui, après avoir multiplié les stages non rémunérés, a désormais ses entrées dans quelques journaux à qui elle peut proposer des articles de critique littéraire.

Elle ne veut plus voir personne, juste rester chez elle, à cacher d'un voile tous les miroirs, à pleurer sans pouvoir s'arrêter, à ne manger que ce qui se vomira. La déprime dure une saison. Un jour, elle enlève les voiles des miroirs. Dehors le printemps accroche de la vie aux arbres. Jean aimerait qu'ils présentent une pièce à un important festival de théâtre.

Elle décide de prendre son existence en main.
On n'a qu'une vie, il faut la vivre.

Elle quitte la boutique et accepte la proposition d'Hyriée. Devenir mère sans le dire à sa sœur, devenir comédienne malgré tout. Un mensonge à ses parents, un secret à Lilas, quelles omissions pour les autres ?

– Tu ne vas pas leur dire non plus que tu quittes la boutique ? lui demande Lilas en caressant son ventre où je ne suis encore qu'un fœtus d'un mois.

Rosa hausse les épaules.

Dans huit mois, elle sera morte.

Elle n'a pas de temps à perdre.

Lorsque le téléphone a sonné et que ma mère m'a annoncé la mort de ses parents, j'ai cherché de qui elle pouvait bien me parler.

Deux jours après Noël, nous repartons.

Je porte les vêtements que j'ai reçus en cadeaux et au poignet le bracelet que ma grand-mère m'a donné, à larges mailles dorées. Notre voiture brinquebale sur le chemin qui descend vers la route. Une fine pellicule de givre couvre les vignes. Le volcan fumotte au loin. La lumière d'hiver rase les herbes grises. Je me retourne pour leur faire signe. Elle agite la main pour nous dire au revoir, il sourit en tenant le chien contre lui.

C'est la dernière fois que nous les voyons.

Je crois Marguerite et Marcel immortels. Je suis d'une famille où ce sont les parents qui enterrent leurs enfants. Autour de moi pourtant des vieux meurent. Dans les familles de mes amis, le grand-père de Felix et Mattea retrouvé dans son jardin un matin de novembre, un petit râteau dans sa main crispée, des écrivains perclus de vieillesse, une voisine partie à l'hôpital et jamais revenue, les cris de ses canaris, recueillis pour la rassurer, dans ma chambre de bonne. Mais pas les miens.

J'imagine que toujours ils seront là, quelque part sur une route d'Europe à chercher une robe aux broderies insensées pour me l'offrir, à étudier avec l'œil des professionnels les souvenirs cadeaux de la région, à se disputer sur le restaurant choisi par Marcel, trop cher ou trop quelconque pour Marguerite, à bouder parce qu'il a bien vu le petit jeu de Marguerite avec le pompiste, qu'elle ne le prenne pas pour un imbécile, à revenir trois fois par an pour m'embrasser bruyamment et essorer leurs yeux au fond du cimetière de Cintodette, près de la haie, l'endroit des brûlés, la place de Rosa.

C'est là où ils sont aujourd'hui.

Brûlés et cendres mélangées, enfin inséparables. De quoi rassurer Marcel le jaloux,

– tu es à moi, enfin et pour toujours,

et faire enrager Marguerite la râleuse,

– Arrête de me coller, tu es tout le temps dans mes pattes !

On ne sait pas ce qu'il s'est passé.

Ils devaient reprendre la route en direction de la

Turquie. Chercher du soleil, admirer les lumières
d'Istanbul, voir encore un peu scintiller la mer.

Ils venaient juste de rendre les clés de la location. Midi, l'air était frais et la vue dégagée. Sur
l'autoroute quasiment vide, le camping-car s'est
déporté sur la droite. Il a heurté la rambarde
métallique, l'a défoncée et a terminé sa route en
contrebas. En arrivant, les pompiers ont arrêté
un début d'incendie. Il a fallu désincarcérer leurs
corps et celui du chien.

D'une famille où les parents meurent ensemble.

Le chagrin ne se partage pas.

Ça pourrait résumer ce que cette histoire m'a appris. Nos bras se touchent pourtant, boudinés dans les épais manteaux qui nous protègent mal du froid sibérien. Peut-être même nous tenons-nous la main. Une cérémonie toute simple, la peine de la mère Partière, écroulée dans un fauteuil roulant que pousse son petit-fils, quelques fleurs d'hiver et cette stèle, même granit, au bout de la même allée, même gravier, que celle de leur fille.

Je me souviens que j'aimais nos petites visites hebdomadaires lorsque j'étais enfant, le chagrin de ma mère et mon recueillement appliqué nous donnaient des airs de gens importants. Cette fois j'aimerais être seule. Pleurer à en sentir la morve couler sur mes lèvres, chialer mes grands-parents et leur chien, cendres mêlées derrière cette plaque que nous venons de faire installer. Allumer ma petite bougie et les couvrir de baisers sonores comme ils les aiment. Mais elle est là, serrée contre moi, de loin nous ne faisons qu'une personne, soudées par ce chagrin qui nous isole pourtant.

Tout à l'heure, quand tout sera terminé, elle posera ma tête sur ses genoux et en lissant mes cheveux, elle répétera

— ma pauvre enfant, ma pauvre enfant,

sans autre souvenir qu'elle m'ait un jour ainsi consolée, cela me mettra mal à l'aise.

Il fait si froid que nos jambes tremblent, de sa bouche sortent des petits nuages de souffle. Ma mère parle pour l'instant à mi-voix pour une autre que moi.

tu m'as laissé le sale boulot et je l'ai fait ;

leur avouer tes mensonges, les consoler, puis les enterrer ; et la tristesse tu me l'as laissée aussi, toi jamais frappée par la mort d'un autre que toi, toi la joyeuse, toi l'insouciante ;

tu m'as laissée ;

pourtant on avait juré ; le chantant à tue-tête sur notre lit, et nous nous tenions la main en sautant le plus haut possible sur le matelas — et tu disais viens on saute sur le métélé : jamais jamais séparées

Le minimum que l'on est en droit d'attendre d'une sœur quand on est *les filles* : être ensemble devant le cercueil des parents. La mort de Marcel et Marguerite laisse ma mère hébétée. Elle aussi avait oublié que cela arriverait un jour. L'ordre naturel des choses, disent les autres, une anomalie choquante de notre ordre familial, pense-t-elle. Elle reprend l'habitude de toucher de son index son poignet gauche, là où la peau est encore fine et douce, le *pressentiment* revient, son regard planté dans un vide que personne ne voit.

Orpheline en un coup de volant malencontreux, dans un fossé sicilien, sans palier d'adaptation. Orpheline sans même une Nafissatou avec qui résister aux méchantes dames de l'orphelinat.

Elle demande parfois tout haut à mon père

– mais qu'avons-nous fait pour mériter cela ?

comme si le malheur était une punition et le bonheur une récompense, comme si chaque chose se méritait, à la sueur de son front, et se payait au prix fort, à la liqueur de son sang.

Mon père ne répond plus.

L'année qui suit la mort de mes grands-parents, Lilas et Seymour décident de s'installer à Cintodette. La fondation, en plein essor, demande qu'ils soient présents en permanence.

En tant que présidente, on demande à ma mère de valider des projets (encore ce mot, *projets*) lancés par les différentes branches du groupe. Sur son bureau, situé au dernier étage de la Liro Moderne, on dépose chaque jour des dizaines de parapheurs qu'elle doit signer. Oui d'accord, bien sûr, pour qu'une école de théâtre s'appelle École Rosa, non pas question de donner son nom à des aliments pour chats, OK pour lancer la grande enquête sur les jeunes et l'entrée dans la sexualité et la recherche sur les valves cardiaques, on se revoit pour le reste ; ah et n'oubliez pas de me trouver quelqu'un pour l'enquête sur l'origine des blagues, j'y tiens beaucoup, considérez que c'est une priorité.

Rosa est devenue un travail.

En cinq ans, la fondation a connu une fulgurante croissance. À l'étage de la direction, toute une équipe fourmille : des secrétaires, des conseillers, des, et mon père ne peut réprimer un haussement de sourcil lorsque ma mère prononce ce mot, collaborateurs. Lulu Partière est directrice de la communication. Elle réussira, malgré les craintes de ma mère qui a toujours un petit sursaut lorsqu'elle le croise, à faire embaucher son frère Bertrand comme responsable des espaces verts. On le voit parfois tôt le matin tailler un buisson ou passer le râteau dans le parc qui borde la Liro Moderne, transformée en un véritable siège social. C'est ici que travaillent les différentes directions et les diplômés des meilleures écoles se battent pour intégrer cette entreprise qui n'en est pas tout à fait une.

C'est l'une d'eux qui a eu l'idée du ResoRosa.

Un jour, ma mère entend frapper à sa porte.

Clara Blumeberg, insolemment jeune, boucles brunes, visage entaché de son.

– Pardonnez-moi de vous déranger, madame Silver.

– Dites Lilas, personne ne m'appelle madame.

– J'ai une idée que je voudrais vous soumettre.

– J'adore les idées, allez-y.

Deux heures après, elles sont encore par terre à regarder les schémas que la jeune femme a réalisés sur de grandes feuilles. Ma mère repense aux arborescences de Nicolas Aime, le premier des prix Rosa, il y a dans ses schémas enthousiastes une fraîcheur, fenêtre ouverte, filet glacé à la fontaine.

L'idée de Clara Blumeberg est simple :

– Nous sommes tous et toutes des Rosa. Passionnés par quelque chose, elle le théâtre, moi la peinture, un autre la cuisine, le cinéma, la mécanique ou l'astronomie. Nous manquons juste souvent du réseau, des contacts qui nous aideront à concrétiser notre passion. Je propose de créer un réseau de passionnés par lequel les gens pourront non seulement échanger sur leurs passions mais aussi trouver des mécènes et des producteurs, chacun devant aider le réseau à hauteur de ses revenus. Ainsi Rosa n'aurait-elle pas eu besoin de travailler dans sa boutique de vêtements pour enfants, ni de mentir à ses parents.

Clara est née trois ans après la mort de Rosa mais elle la connaît. Ma mère en a les yeux mouillés. Elle attrape son stylo et signe, hors de tout parapheur et sans l'avis du moindre conseiller, la validation du ResoRosa.

Il sera la deuxième jambe de la fondation avec la méthode contraceptive : quelques mois après son lancement, le Reso a pris comme une traînée de poudre, des millions de gens du monde entier y déposent leurs rêves et leurs propositions d'aide. Le ResoRosa devient le géant de la production culturelle que vous connaissez.

L'argent de mon père n'était qu'une amorce de pompe, une goutte d'eau dans l'océan financier où règne désormais, en paquebot amiral, la fondation. Des films, des émissions, des musiques, des musées, des galeries, des sites Internet : à tous les niveaux, elle finance via le Reso des projets qui, en retour, génèrent d'incroyables bénéfices.

Ses créateurs voudraient l'arrêter qu'ils ne le pourraient pas. La fondation est désormais un mastodonte capable de vivre par lui-même. Rosa est une marque connue dans le monde entier ; la lubie d'une sœur endeuillée fait vivre des centaines de milliers de personnes.

C'est ainsi que s'est produit l'inimaginable : en quelques années la quête de Lilas est devenue universelle ; à travers les mille et un détails de la vie de Rosa, c'est l'humanité entière que l'on peut raconter.

Le projet d'une sœur est celui d'une civilisation.

À tout empire, il faut une capitale. Autrefois centre du royaume *des filles*, Cintodette devient centre du monde Rosa avec ses routes, ses ronds-points, ses écoles, ses gymnases, ses commissariats et ses hôtels pour touristes. On a gardé le vieux cimetière, en haut du petit centre historique qu'ils continuent d'appeler le village. Tout le reste a changé. La pente douce où nous pique-niquions l'été est plantée d'immeubles. Des centres commerciaux, tout autour, ont repoussé la nature.

Mes parents auraient pu acheter une jolie maison, la faire construire même. Mais la propriété ne les intéresse pas. Lorsqu'ils viennent vivre ici, ils réintègrent leur chambre, toujours la même chambre à la Villa Liro, derrière le guichet d'accueil des visiteurs.

Ils vivent dans le temple.

Quand je dis que Rosa occupe tout leur temps et tout leur espace : Rosa est leur espace-temps. Et leur vie, ascétique malgré l'agitation, une petite vie de routine que le succès de la fondation ne trouble d'aucune excitation. Bien sûr ils prennent encore parfois la décapotable et ils mettent de la musique dans l'autoradio et ma mère glisse toujours sa main entre les jambes de mon père mais Rosa est un sacerdoce qui impose son rythme.

Hormis lorsque les artistes s'installent pour préparer une exposition – et alors quelle fête, l'Hélicoïde grouille de mille personnes, ouvrieuse atmosphère où Rosa est moins la question que comment faire tenir un rideau de dix mètres de haut, qui a vu la perceuse et ne pourrait-on pas dévier la lumière naturelle pour la rendre un tout petit peu, rien qu'un peu, étrange, et si on dansait dans le parc pour fêter ça? –, hormis ces moments, une à deux fois par an – et alors ma mère virevolte dans des jupes que sa taille retient à peine et mon père reprend son appareil photo, attendant toute la journée le bon cadre la bonne lumière la bonne expression –, mes parents ont peu de loisirs et voient très peu de gens.

Leurs amis, ceux qu'ils appellent ainsi, sont toujours les mêmes : Hyriée et Jean et qu'importe si les visites s'espacent. Les aimer est une autre fidélité à Rosa.

Chaque soir, ils attendent que le monde soit parti et n'allument que leur table, devant la baie vitrée du restaurant de la Villa Liro, au premier étage de l'Hélicoïde. Par la vitre on voit le jardin et au-delà les immeubles modernes, bleutés dans la nuit. Le cuisinier leur a laissé un peu de soupe et de fromage. La Villa Liro est sombre, dans ses salles d'exposition clignotent seulement les dispositifs d'alarme. À part cela, elle est un immense paquebot à l'arrêt.

Parfois, après le repas, ma mère se rend dans la Chambre noire. Des milliers de gens y ont cherché une place à tâtons, l'obscurité est plus dense que dans une salle de cinéma. Le soir, ses fauteuils redeviennent ceux d'un salon intime. Lilas met en route le projecteur et passent sur l'écran géant les photographies de *Rosa Faure, 26 ans et quelques jours.*

De sa naissance – elle flotte dans un pyjama jaune – à son dernier jour, ces photos où elle me tient dans ses bras en noir et blanc défilent lentement les images d'une jeunesse qu'accompagnent des chansons autrefois légères.

En partant tu m'as mis le cœur à l'envers
Sans toi ma vie est devenue un enfer
Donnez-moi la lumière sur ce chant muet
Ce long chant de misère
Et de vanité.
Two people in a room two pieces of my heart
You're all I need tonight
Si seulement nous avions le courage des oiseaux
qui chantent dans le vent glacé
Pendant que les champs brûlent,
J´attends que mes larmes viennent,
Ah, que la vie est belle, soudain, elle éblouit,
Comme un battement d´ailes d´oiseau de paradis.
Qu'est-ce qu'ils deviennent
Où sont-ils,
sont-ils bien protégés du vent?
J'ai dans les bottes des montagnes de questions
Où subsiste encore ton écho,
Où subsiste encore ton écho.

Pendant ce temps, mon père l'attend, j'imagine.

Il observe le parc, à l'affût, il s'amuse d'un cra-quement entendu dans un arbre et fait Hou hou à sa façon américaine qui est plutôt Hiou hiou pour entrer en communication avec une chouette. Je dis j'imagine, car bien qu'ils aient gardé « ma » chambre à côté de la leur, là où je dors depuis lundi dernier, je n'y viens guère plus de quatre ou cinq fois par an.

On n'a qu'une vie, il faut la vivre.

Je comprends peu à peu la phrase que mon grand-père m'a léguée. Alors j'essaye. La vivre, il serait temps. Mais loin de Cintodette et surtout : sans aucun projet. Je vis dans une chambre nue, murs blancs, sol blanc, une table quatre chaises et mon seul projet est de descendre, chaque matin, les poubelles de la veille. Si ce n'est les cahiers où j'écris un peu, surtout ne rien garder.

C'est comme si en prenant toute la place, le passé de Rosa m'empêchait d'imaginer un futur. Je couche avec des hommes et qu'ils soient mariés et ingrats m'arrange souvent, moi qui n'ai aucun avenir à leur offrir. L'agence de communication où j'ai trouvé du travail me convient à défaut de m'intéresser : j'ai très peu d'initiatives, mon res-ponsable en a pour moi.

J'oublie chaque soir mon agenda au bureau. Les mains dans les poches, je m'invente des défis à ma mesure, rentrer à pied en ne prenant que des rues dont le nom commence par un A, faire la connaissance sur le chemin d'une personne que j'aimerais revoir, ne penser à rien, ouvrir les yeux, être juste la fille de Seymour le flâneur.

Évidemment, j'ai des perspectives d'évolution très minces mais je me moque bien d'évoluer et toute idée de perspective me panique. Les projets, les perspectives et la gloire, je les laisse à Rosa l'éternelle.

Trente ans après la mort de ma tante, ma mère reçoit le prix du manager de l'année. La cérémonie a lieu dans un hôtel du nouveau Cintodette. Des femmes à la peau du visage tendue, leurs lèvres gonflées comme des saucisses, des hommes en chaussures brillantes, téléphones greffés à la main, ambiance gris perle de leurs costumes et orangée de leurs peaux, applaudissements polis lorsqu'on la pousse sur la scène, musique et projecteurs de fanfare, un micro, derrière elle des images de la fondation passent en accéléré. En médaillon incongru : une photo de Rosa enfant, dents de lait tout juste tombées, soleil dans les yeux. Un nouveau venu ne pourrait pas deviner que cette ombre de femme, d'une maigreur affolante, qui se tient aux murs pour ne pas tomber avant d'atteindre la scène est la patronne d'un empire. Elle chiffonne nerveusement les feuilles de son discours et lorsqu'elle le termine, remerciant les organisateurs de la récompense, c'est avec le

sourire triste que seuls mon père et moi reconnais-
sons. Animal effarouché, envie de partir aussi loin
que possible de cet hôtel surchauffé.

Pas de l'ingratitude.

L'intuition d'un terrible malentendu.

Ils se retrouvent non pas dépossédés mais
dépassés par cette machine dont ils connaissent
pourtant chacun des rouages. Tout est une question d'échelle : lorsque la fondation se contentait
d'accueillir le laboratoire de recherche médicale
et les archives de ce que fut réellement Rosa
– bibliothèque des rires, centre de Conservation
photographique, archives musicales, gastrono-
miques, vestimentaires, capillaires, Conservatoire
du théâtre contemporain... – ils pouvaient l'en-
glober dans une même pensée.

Désormais qu'elle compte non seulement des
départements mais des directions et des filiales,
qu'on peut parler plusieurs langues dans une réunion (en attendant que le service de linguistique
aboutisse dans sa mission de créer une langue universelle, appelée bien entendu le Rosa), qu'ils sont
en permanence entourés d'ambitieux qui veulent
pousser leurs idées ou au moins entraver celles de
leurs concurrents, ils n'en maîtrisent même plus
le périmètre.

Il y a toujours quelqu'un entre Rosa et eux.

Avant que le noir se fasse on a attaché, clac, votre poignet gauche à une menotte elle-même accrochée à une corde. Devant et derrière vous, d'autres visiteurs pareillement entravés. Du bétail lié à une longe. À votre gauche derrière la corde, un mur uniformément noir, à chaque extrémité du mur, un rideau sombre agité par un léger courant d'air vous cache quelque chose.

Soudain la pièce est plongée dans une épaisse obscurité. Vous riez comme on rit lorsque l'on est inquiet. Vulnérable. Vos oreilles prennent le relais de vos yeux devenus inutiles.

Un homme derrière vous tousse, d'autres rient, une machinerie se met en route, dans un bruit qui vous inquiéterait s'il n'était pas régulier. Vous sentez la menotte tirer votre poignet gauche.

Il vous faut avancer.

Vous êtes maintenant un gentil petit troupeau, guidé en douceur par la corde que vous suivez en file organisée, il suffit de marcher, tout se passera bien. Le rideau, vous venez de frôler le rideau.

Une femme trébuche devant vous, elle pousse un petit cri. Qu'elle ne se relève pas rapidement et c'est tout votre cortège qui sera interrompu.

Elle dit ça va, ça va.

Ça va.

Vous poursuivez. Ça dure peut-être deux minutes, deux longues minutes quand on marche dans le noir, tenus en laisse sans rien savoir de l'environnement autour. La marche est lente, c'est juste une installation d'artiste, un prix Rosa, rien de mal ne peut vous arriver vraiment, n'est-ce pas ? Les toux de vos camarades ont repris, un couple s'interpelle, ça va mon cœur ? j'ai un peu peur, claustrophobie, t'inquiète pas, c'est bientôt fini.

Soudain, tchak, violentes, les lumières qui s'allument vous éblouissent.

Quelques clignements d'yeux, moutons hagards, on vous croirait sortis de l'enfer, et vous découvrez la pièce autrement : pas de mur derrière la corde mais un écran qui s'est relevé pendant que vous marchiez, un trompe-l'œil, trompe-cœur, plus de rideaux, juste un grand cercle formé par la corde, de plusieurs mètres de diamètre, corde à laquelle vous êtes attachés, cercle autour duquel vous avez tourné plusieurs fois, revenant sans cesse à votre point de départ, ayant l'illusion de progresser mais n'allant nulle part.

Sur la porte de sortie, le titre de l'œuvre, le vingt-huitième prix Rosa, le dernier qu'auront vu mes parents : « Cercle vicieux. »

Tout le monde avance, Lilas tourne en rond.

La côte est la même, à vous brûler les bronches, à vous taper le cœur au cou. Elle a mis les vieilles bottes de jardin de sa mère. À chaque pas, le plastique cisaille ses mollets nus. Elle s'en fiche, il y a longtemps que la douleur ne l'empêche pas d'avancer ; elle court dans la montée, son souffle est un râle, les bottes la font trébucher. Une dingue. Ma mère.

La barrière grince toujours un peu.

L'herbe entre les dalles a poussé.

On n'enterre plus les morts ici, pierre moussue, dalles écaillées, cadavres anciens, pourris, poussière,

Et toi ma sœur, si jeune pourtant.

Elle n'a plus peur des feux follets,

J'ai grandi, tu vois, mon Ro.

L'endroit est désert, la pluie, la nuit, les visiteurs

sont rentrés chez eux, bien fermées leurs petites maisons. De loin on dirait une sorcière minérale, aussi grise que les tombes qu'elle longe un peu courbée. Du cimetière, elle reconnaît tout. L'allée, les graviers,

tout au fond tu es, rien à faire des feux follets
au fond près de la haie, ses brûlés.

Elle passe sa main sur le granit de leurs stèles, une caresse pour chacun, si elle le pouvait elle ouvrirait leurs urnes et soufflerait doucement sur leurs cendres pour les amuser un peu.

Le cabanon est toujours là.

Un coup d'épaule, la porte s'ouvre. La poussière a tout recouvert, la table et les coussins sont grisés, les photos de Rosa ont pris l'humidité. Elle s'approche, tout cela lui semble si vieux si loin si vain.

Partout où je te cherche,
on me dit que tu viens de partir,
jamais tu n'es là,
ta peau, ton odeur, ton rire,
évaporés avec ma joie.

On croit connaître les gens et on ne sait rien d'eux. Ma pauvre mère s'assoit par terre, peut-être même qu'elle s'endort adossée aux vieilles planches du cabanon. Sa place était là, bien plus que dans le bureau climatisé d'où elle dirige la fondation, piégée dans sa propre forteresse.

Je n'y arrive pas Rosa,
à toi je peux le dire.

Qui d'autre comprendrait ? Les médailles de sa gloire sont autant de preuves de son échec. Nulle trace de Rosa dans ces centaines de projets qui se succèdent sous sa direction, redonnant vie à Cintodette et travail à la région. Les Chinois sont incapables de ça, faire des Rosa, spécialité locale, fierté nationale et les ministres s'inclinent devant la réussite, s'ils savaient pourtant, tous ces importants, qu'il manque toujours quelque chose, ce minuscule indéfinissable qui fait une personne, l'odeur de sa peau, l'air autour de son corps, la sensation de la sentir près de soi. Rosa échappe, sa silhouette est même de plus en plus floue derrière tous ces gens qui lui tournent autour.

La nuit est entièrement tombée maintenant. Bientôt les vieilles tombes prendront leurs airs d'abris à zombies. Même les morts vieillissent. Il lui semble entendre au loin la tondeuse qu'une vieille dame en blouse de nylon pousse sur sa pelouse. C'est le destin des femmes d'ici : enterrer leurs hommes et tondre le gazon seules. Lilas repense au courage de Rosa, jamais peur de marcher dans le noir dans le couloir de la maison endormie, jamais peur de plonger du pont dans la rivière marron, pas peur de s'avancer sous les projecteurs face au public. Les scènes sont vides d'elle maintenant et le pont interdit aux piétons, quatre files de voitures y circulent en permanence.

– Que les choses étaient simples avant la

fondation, pense-t-elle. Nous étions des artisans, nous n'avions pas ces airs abstraits d'hommes d'affaires en réunion. Rosa était peut-être là, planquée comme à cache-cache. Il m'aurait suffi de regarder sous la table pour la voir ou de gratter ma pellicule de chagrin pour la retrouver, intacte, entière, joyeuse. Un moineau apprivoisé sur le rebord de la fenêtre, pas un rapace dangereux ni un oiseau de feu somptueux, juste un petit moineau qu'on peut tenir dans ses mains. Dans trois jours nous ouvrons la succursale de Londres,

How do you do Rosa ?
Are you there Rosa ?
Nice to meet you Rosa.
N'importe quoi Rosa.

Dans sa demi-conscience, ma mère voit des centaines de Rosa alignées sur des palettes comme les statuettes des Souvenirs Faure. Peau claire, cheveux noirs colorés au pistolet, lèvres rougies d'un coup de pinceau, elles tiennent leurs mains serrées devant leurs ventres et leur sourire est un peu étrange. Ce n'est pas une rêverie mais son pire cauchemar : Rosa est devenue un objet-souvenir comme un autre.

D'un coup elle se lève. Les clous ont rouillé, un coup d'ongle et ils sautent facilement. Une deux trois planches. Il y a une joie à détruire la cabane.

Foutue, Rosa,
Dissoute, Rosa,
Défaite, Rosa.

En un quart d'heure le cabanon est à terre. De toutes les planches faire un tas, petit bois pour les brûlés, et les coussins les éventrer, leur tissu craqué entre les mains, et les photos, oh oui les photos : les déchirer, en faire des confettis pour la dernière fête.

À l'entrée du cimetière, se trouve une grande poubelle verte pour les fleurs fanées. Lilas y dépose les restes du cabanon et tout espoir de faire jamais revivre sa sœur.

Ceux qui la voient redescendre la croient ivre, ce sont juste les bottes qui la font zigzaguer dans la pente. Plutôt que de retourner directement à la Liro, elle fait un crochet par la maison. Ce que nous continuons d'appeler la maison : la maison Faure devenue maison-du-fils-Partière. La rue a un peu changé, des immeubles de plusieurs étages ont été construits à la place du petit verger. La résidence s'appelle Les Vergers de Rosa et sur le mur du jardin de la maison un écriteau à destination des touristes lui donne la nausée : *Ici vécut Rosa Faure.*

Il y a de la lumière aux fenêtres, elle peut voir l'intérieur de la maison. Une femme s'affaire à la cuisine. Un homme regarde un match de football. Elle se demande si le bas de l'escalier, juste en face de la porte d'entrée, est toujours encombré des affaires des enfants, jetées quand ils sont rentrés de l'école tout à l'heure, en boule les blousons et en vrac les sacs et les godasses, trop de chaussures, à en faire hurler de rage les parents. L'arbre, son arbre, a été coupé.

Depuis quand n'a-t-elle pas pleuré ?

Trente ans de chagrin dégringolent. Des rideaux de larmes brouillent sa vue et jusqu'à son ouïe qui se trouble. Tout se mélange, les lumières jaunes des réverbères, le rectangle de la fenêtre de leur chambre, les bruits de la télévision, un crissement au loin, et au milieu, nette et inattendue, enfin : la voix claire de Rosa.

C'est comme un charme éphémère qu'un mauvais génie fera disparaître s'il comprend qu'on l'a remarqué. Un très joli papillon que le moindre geste fera s'envoler. Il faut se fondre avec elle, réussir à ne pas y penser, sinon elle s'évanouira. La saisir, l'air de rien. Juste entendre encore une petite fois sa voix d'avant-tombe :

— Pleure mon Lilas, ce n'est rien, c'est juste une bonne petite chiale de rien du tout. Pleure ma sœur, ça ira mieux.

En haut, à la fenêtre de ce qui était leur chambre, la lumière orange est hachée de l'ombre d'enfants qui sautent et se laissent retomber sur le lit. On devine leurs bras levés, leurs têtes en arrière, leurs rires.

Sautent sautent sur le lit,
sautent en riant,
sautent en chantant
tombent sur le dos

et Rosa s'étrangle de rire,
Jamais jamais séparées.

Lorsqu'elle retrouve Seymour à leur table, elle ne lui dit rien de sa promenade. Il ne s'est pas inquiété. Sait-il même qu'elle est partie avant l'heure du dîner? Depuis quelque temps déjà, mon père perd la mémoire, le bel hasard. Trop de passé accumulé, sans cesse ravivé, remonté des tréfonds boueux, son cerveau a abdiqué.

Je me suis longtemps demandé comment mon père supportait cette vie. Non que ma mère fût désagréable avec lui, au contraire je crois qu'elle l'aimait comme personne ne l'a jamais aimé, mais le mausolée, le projet, le poids de Rosa... Je comprends maintenant que si quitter ma mère, je devrais dire quitter les filles Faure, lui était impossible, à lui qui s'était enraciné en elles, tout oublier était en revanche une issue admissible.

Peu à peu, la lumière blanche de l'amnésie a tout brûlé. Comme la banquise rongée par le réchauffement climatique, des pays ont fondu, parfois des continents entiers de sa mémoire, l'Amérique d'abord et puis la Pologne, enfin la France.

Pulvérisées les histoires rabâchées par ses parents de juifs maudits, jamais reposés, toujours menacés. Rasées les terreurs de ma mère et cette montagne infranchissable dont elle a borné leur horizon. Il oublie. La maladie va vite : en quelques mois, à peine une année, son cerveau s'emplit d'un potage fade où clapotent tristement des souvenirs sans intérêt.

Au début, pourtant, les médecins sont confiants et je m'accroche à ce qu'ils disent, un croyant à son missel.

– C'est la fatigue, quelques exercices, ça reviendra.

Mais mon père sait. Il n'a pas besoin des examens qu'on lui fera passer un an plus tard, lorsque de toute évidence les exercices montreront leurs limites, pas besoin de voir les images de sa cervelle découpée en mille tranches sur le tableau lumineux du grand professeur de l'hôpital pour savoir : sa mémoire s'effiloche, elle tombe par pans entiers dans un trou blanc, bientôt plus rien ne demeurera de ce qui est advenu.

À la fin, il aura tout oublié, absolument tout, jusqu'à ce sentiment d'angoisse qui l'étreint les premières fois qu'il constate la dégradation de sa mémoire.

Ma mère s'assied à côté de lui.

Comme chaque soir, il fait ses exercices. Il porte autour de son cou sa loupe de joaillier, comme sa mère serait fière et son père soulagé s'ils le voyaient ainsi concentré. Les pépites qu'il examine enfin avec le sérieux d'un Silver and Silver sont ses photos.

– Essayez de les légender le plus précisément possible, a dit le médecin, c'est très bon pour la mémoire.

Alors mon père inlassablement traque les visages dans son cerveau amorphe ; et même après que le médecin a prononcé les mots
– lésions irréversibles,
il continuera de faire ses exercices. Regarder des photos qui ne lui disent rien la plupart du temps et parfois, de son écriture d'Américain, lettres scriptes séparées, inscrire au crayon le résultat de ses fouilles en tirant la langue comme un écolier appliqué.

Lilas se masse les pieds, les bottes en caout-chouc de Marguerite sont trop grandes pour elle, fait-elle remarquer à Seymour. Elle se souvient qu'il lui caressait les pieds avant. Ils aimaient faire de longues marches et au retour, elle faisait chauffer une bassine d'eau. Après le bain, il les met-tait dans une serviette et les séchait longuement tout en rêvassant à autre chose ; dans ses mains, se réchauffait ma mère. Elle a envie de lui demander
– tu te souviens, mes bains de pied ?
mais elle se tait.

À quoi bon poser ces questions ? Il ne se sou-vient pas. En apparence pourtant rien n'a changé. Seymour est encore cet homme un peu étrange, sans cesse sur le point de vous faire faux bond pour aller voir là-bas ce qu'il se passe, cet homme fort, rêveur et tendre qui pourtant toujours vous revient, l'Américain apparu le soir de ses vingt-deux ans, il y a si longtemps que tout ça pour-rait ne pas avoir existé du tout. Est-elle sûre ?

Dorénavant, si elle cherche quelle musique passait ce soir-là, ou quelle phrase exacte Rosa lui a criée depuis la fenêtre, nulle réponse ne viendra non plus de Seymour.

Rosa, faux bond.

Seymour, faux bond.

Et là, sous la capitulation de son mari, un peu caché pour qu'on ne l'attrape pas, un petit soulagement qu'elle lui envierait presque. L'oubli médicalement certifié serait une sortie honorable à l'impasse où elle s'est enfermée. Elle s'imagine un moment qu'elle aussi perd la mémoire.

Lilas, faux bond!

La première fois qu'elle en parle, c'est le jour de son anniversaire. Elle a 56 ans :

– Rosa a vécu 9 588 jours. Lorsqu'elle est morte j'avais 10 852 jours. À partir d'aujourd'hui où je fête mon 20 440e jour, j'aurai vécu plus de jours sans elle qu'avec elle ; le temps a passé, on m'avait dit qu'il estomperait mon chagrin. Faux. La seule chose qui s'efface inéluctablement, c'est le portrait de ma sœur. À vrai dire, plus je cherche à reconstituer sa vie, plus elle m'échappe. Je ne sais plus quelle était sa chanson préférée lorsqu'elle avait dix ans, de quelle manière elle tenait ses couverts, si elle fermait les boutons de son manteau en hiver et combien de grains de beauté elle avait autour du cou. Je ne sais plus si son nez rougissait quand elle pleurait et l'odeur de sa sueur après le sport. Je ne sais plus le dernier livre qu'elle a lu et si le seul ongle qu'elle évitait de ronger était celui du pouce ou de l'index. Je me souviens de notre joie mais pas de ses rires – et ma gorge est sèche maintenant.

Ses souvenirs s'étiolent et elle se convainc que ces lacunes sont dues à une maladie qui lui trouerait le cerveau comme des jets d'acide. Elle y pense la nuit. Elle s'imagine qu'ils sont victimes d'un virus similaire, elle et lui, une amnésie contagieuse. Elle aimerait ça, après tout, pourvu qu'elle ne soit pas seule.

Pourtant, dans le cabinet du médecin,

– madame Silver, j'ai une bonne nouvelle à vous annoncer : vous n'avez rien. Rien de rien. Tous les examens vont dans le même sens : pas le moindre petit commencement de dégénérescence. Un cerveau de jeune fille.

L'homme a l'air satisfait, pas souvent qu'il annonce une bonne nouvelle dans ce cabinet où se succèdent les sénilités plus ou moins avancées. Ma mère ne peut pas dire le fond de sa pensée : elle aurait préféré qu'on lui trouve une maladie.

Cela aurait expliqué ces trous de mémoire, gouffres au fond desquels des silhouettes floues se noient, dont les faibles cris lui parviennent, inaudibles, déformés par l'écho. Oui, une maladie radicale qui la débarrasserait à tout jamais de cette mémoire traître, gluante et molle, du goudron grossier. L'obligerait à abandonner le *projet*.

Elle voudrait échapper à la tyrannie de la

mémoire dont elle a été la grande ordonnatrice, s'en évader exactement comme Seymour qui regarde sans rien voir cette photo où ils marchent tous les cinq, Rosa, Jean, Hyriée et eux deux, alignés et joyeux.

Il n'y a qu'elle qui puisse se souvenir désormais. À mon père, rien ne vient si ce n'est la grande mélasse blanche, le réflexe d'ouvrir la bouche et de chercher Lilas du regard.

Elle prend sa main et se met à chanter doucement une vieille chanson américaine qu'il aimait lorsqu'ils se rencontrèrent,

– et celle-ci, Seymour mon amour, t'en souviens-tu, nous la chantions dans la voiture?

Il fait non de la tête.

Aux commissures de ses lèvres, un léger amas blanc s'est empâté. Ses yeux sont deux lacs verts après le déluge et elle approche doucement ses lèvres. Si elle pleure alors, c'est pour lui, son pauvre amour dont le cerveau s'efface, une ardoise sous la pluie, mais aussi sur elle qui se souvient bien assez pour comprendre que sa réussite est un fiasco.

Jean avait raison. Tout ceci est une folie.

Mon père a continué à prendre des photos, jusqu'aux derniers jours. Mais nulle silhouette humaine sur ces images, juste des formes, des traces, des lignes un peu floues que mes doigts suivent et je sais qu'elles sont comme son cerveau, elles ne mènent nulle part.

Les hommes construisent des tours, ils s'y brisent les doigts; ils fixent des montagnes au loin qu'ils gravissent en courant; ils composent des symphonies qu'on joue dans les plus beaux opéras.

Et puis les hommes se retournent : toujours seuls.

Ma mère voulait quelque chose de plus grand qu'elle. Une machine très sophistiquée, très performante pour retrouver sa sœur mais la machine lui cache celle-ci. Trop tard. En la rendant universelle, elle lui a assuré l'immortalité mais l'a perdue à tout jamais. Diluée, éparpillée, répandue comme des cendres qu'on jette du haut d'une montagne.

Qui est cette Rosa dont tout le monde parle encore le lendemain, lors d'une de ces réunions de la fondation où l'on se pousse du col pour la séduire, elle la patronne dont dépend leur carrière et qui masse discrètement l'arrière de ses mollets meurtris?

S'ils savaient qu'elle est depuis longtemps derrière une vitre épaisse, cage de verre qui la protège et l'isole. Plus la recherche avance et les projets s'empilent, moins elle en sait sur Rosa. Leurs conversations arrivent à son cerveau déformées par la terreur de ce qu'elle sait : la fondation est sa cathédrale inachevée, à la fois magnifique et monstrueuse.

Je voulais juste te trouver mon Ro,
Pas ces tableaux, pas ces bureaux.

Elle les entend à peine faire leurs présentations, bilans, perspectives et power point. À la machine à café, ils se plaignent, ils la trouvent froide.

— J'ai reçu une délégation de Brésiliens très intéressés par l'idée de monter une branche du ResoRosa à Rio, dit Clara Blumeberg en projetant sur l'écran de la salle de réunion un schéma de développement.

s'il te plaît, je voudrais aller à Bahia, tu te sou-
viens ? on chantait ça toutes les deux, et nos voix
s'harmonisaient bien, la tienne un peu grave, la
mienne plus claire et tremblante, tiens je me souviens
qu'en chantant tu inclinais joliment la tête, cela je
m'en souviens très bien et aucun d'eux n'en saura
jamais rien, ta petite tête penchée, je me la garde,
ils peuvent toujours courir pour que je leur raconte

— Le marché brésilien est très prometteur, ce serait intéressant pour la fondation d'y mettre un pied.

Peu importe qu'il soit un rouleau compresseur qui effacera tout, l'engrenage continue de tourner inexorablement et les employés de la fondation d'exceller dans cette mission absurde. Rebrousser chemin est impossible, elle n'a pas semé de petits cailloux blancs tout au long du sentier.

ou alors te rejoindre, sœurette, et sur tout cela

*fermer les yeux ; jamais jamais séparées, le bruit de
ton corps qui retombe sur le lit*

Clara Blumeberg attend son approbation, ten-
dant vers elle son menton surdiplômé. Serrer les
dents et continuer. Emmener Rosa à Bahia.

Elle est seins nus.

Elle porte juste un short long et des gants de boxe. C'est ma mère jeune. Cheveux longs, ramassés en queue-de-cheval, corps fin, pas encore émacié, jolie poitrine. L'autre est un médecin. Je ne le connais pas mais je le sais. On m'a dit : lui, le médecin. Grand, gros, épais, large. Nez d'aigle. Il est habillé, long pantalon de survêtement ample, débardeur, gants de boxe aussi. Il m'évoque plutôt un gymnaste russe.

Tous les deux sont pieds nus. Assise dans un coin des tribunes, je suis la seule spectatrice. Des hautes fenêtres entre une lumière grise où sautillent des grains de poussière.

Qui frappe le premier, je ne me souviens plus.

Elle sans doute, plus petite, moulinant ses poings en hauteur, tapant l'homme au niveau du ventre. Hargneuse, elle revient sans cesse vers lui ; dix fois elle relâche sa parade pour frapper l'homme. Un chaton face à une montagne. Il protège son visage, la forçant à enfoncer son poing inoffensif dans son ventre mou. Lorsqu'il rend le coup, c'est au visage, son beau visage à découvert, qu'il la touche.

Je vois sa tête balancer en arrière, pantin une seconde désarticulé. Une fois, deux fois, dix fois, vingt fois il cogne. Le sang au coin de sa bouche, la morve à son nez, les yeux gonflés. Trente fois. Des cris qu'elle s'adresse, allez, vas-y, bats-toi, ne lui laisse pas le beau rôle, bouge-toi, une animale. Des hurlements qu'elle lui crache. Elle se tourne vers moi et c'est Rosa maintenant qui crie, le beau visage de Rosa tout déformé par les coups, ses cheveux noirs collés de sang.

Elle lutte.

Oui, c'est Rosa maintenant.

Elle a beau mettre toute sa puissance et son visage se crispe et la sueur coule entre ses seins et la salive rougie de sa bouche sur son menton et les larmes de sa colère jaillissent, il est plus fort qu'elle.

Il va la massacrer.

Elle a beau y mettre toute sa vie, elle va perdre.

Ni Marguerite ni Marcel n'avaient la main verte,

– j'ai bien assez d'une fleur à m'occuper disait mon grand-père en passant la main dans le dos de sa femme qui renchérissait

– remuer la terre pour se salir, non merci, nos ancêtres n'ont pas quitté les champs pour que nous y retournions.

C'est ainsi qu'on peut être une fille-fleur et mépriser les plantes. Ma mère rompt au moins avec cette tradition familiale. À l'aube de ses soixante ans, elle m'annonce, à grand renfort de matériel, sabots, râteaux, engrais et d'ouvrages horticoles, que sa nouvelle passion consiste à faire pousser des fleurs. Une manière de se détourner de son obsession première, de la cacher sous un parterre de pétales colorés ?

Elle en a mis tout autour de la maison. Une barrière de tulipes doublée d'une ceinture de dahlias. Dans un coin du bâtiment, elle a planté trois solides rosiers et dans le parc, elle a semé des graines de marguerite et des coquelicots partout ailleurs ; elle a acheté des grands sachets de semis et en parsème le parc en écoutant la radio.

Ce sont nos fleurs préférées, le prénom que nous aurions donné à ma sœur si la malédiction ne l'avait pas empêchée de naître. Ma mère aime les mares rouges qu'ils dessinent dans les champs, la fragilité de leurs pétales et l'éphémère de leur vie dès lors qu'on les coupe. Depuis que je marche, elle m'entraîne sur les talus,

— allons déplanter des coquelicots,

nous procédons minutieusement, arracher la plante sans la casser, poser les fleurs à plat dans un cageot puis une fois à la maison, creuser un petit trou, y mettre le coquelicot, meubler avec de la terre que je me charge de mouiller et d'aplatir avec mes doigts, j'aime l'odeur de la terre mouillée, je la porte à mon nez,

— tu es comme Rosa, dit ma mère,

et je n'aime pas cette comparaison qui me rend mortelle, trop vite mortelle.

Le lendemain, lorsque nous venons voir l'état de nos petits déracinés : tiges ramollies effondrées au sol, pétales tombés, fleurs déplumées. Ça nous enchante presque, cette résistance à nos injonctions. J'aime comme elle l'image de cette fleur sauvage, rebelle des bas-côtés.

Ma mère a fini par se renseigner : les coquelicots ne se repiquent pas mais se sèment facilement.

– Fleurs des guerres, les coquelicots, lui dit un jour en passant mon père et il se souvient, ça leur fait plaisir qu'il se souvienne, du *poppy* que portent les Anglais à leur boutonnière le jour du souvenir pour honorer les soldats tombés au champ de bataille.

Déclare-t-on une guerre pour un livre ?

Ce jour-là c'est un simple flash d'information qui lui fait lâcher le râteau qu'elle passe sur ses semis. Elle m'appelle quelques heures plus tard :

– Tu ne vas pas me croire, c'est impossible.

– Que se passe-t-il ?

– Lemy.

– Quoi Lemy ?

Mon cœur s'accélère.

J'ai peur qu'il lui soit arrivé un malheur. Je repense à la dernière fois que je l'ai vu, il y a plusieurs années. Nous nous trouvions par hasard dans le même café. Il buvait un verre avec deux amis, j'attendais un collègue de l'agence. Lorsqu'il m'a vue, il s'est levé et tous les gens attablés ont regardé sa stature de géant chauve traverser lentement la salle pour venir m'embrasser. J'ai toujours aimé cet homme.

– Quoi Lemy, maman ?

– Il a écrit un livre.

– Original, c'est son métier.

– Non, mais pas un livre comme ça. Un livre sur Rosa. Il vient d'avoir le prix Goncourt. Le livre mystère, tu en as entendu parler ? Eh bien c'était le sien.

Depuis quelques semaines, le milieu littéraire frissonne de cette histoire : il y a dans la liste du plus célèbre des prix littéraires un livre dont on ne connaît ni le titre, ni l'auteur, ni l'éditeur. Un livre que seuls les jurés du prix ont lu. Un livre dont les critiques littéraires – et ceux de *Kritik* ne sont pas en reste –, vexés de ne pas avoir été mis dans le secret, pensent déjà le plus grand mal.

– C'était le sien, répète ma mère.

Je souris. Hyriée les a bien eus.

– Écoute le résumé : un long poème en prose et sans ponctuation sur l'histoire d'un homosexuel qui veut être père. Une de ses amies accepte d'être la mère de son enfant, elle meurt subitement.

– Qu'en pense daddy ?

– Le pauvre ne se souvient pas qui est Lemy.

Ne pas se souvenir.

N'être qu'une veilleuse de coquelicots. Poser sa tête au sol, les écouter monter, un souffle d'abord puis une poussée et sortent enfin leurs tiges tordues et leurs petites têtes flottantes de cardinaux des champs.

Le livre est partout.

Vouloir y échapper est illusoire. Impossible d'ouvrir la radio sans entendre parler du phénomène *Origine du monde*. Les critiques aiment ces histoires d'écrivains cachés et de secrets. Ils rappellent en boucle les plus grandes impostures littéraires.

Puis ils prennent le temps de lire le livre et vient la deuxième salve. Après des décennies d'articles exécrables, les journalistes s'agenouillent, admiratifs, et déroulent le tapis de dithyrambes devant Hyriée qu'ils trouvaient jusqu'alors inutile, bavard, creux, prétentieux, snob, pédant et tout autre synonyme d'arrogant. Chef-d'œuvre bijou immense inégalé modernité renouveau admirable absolu universel grandeur finesse émotion, le vocabulaire a changé.

On salue son exigence, on remarque sa persévérance à creuser son sillon loin de tout compromis, on souligne son intégrité littéraire. Une des plus célèbres voix du chœur critique prophétise même qu'une telle œuvre mérite le prix Nobel.

Il ne leur manquait donc que du mystère.

Pendant des mois, on parle de lui partout mais, fidèle à son principe originel, il n'apparaît nulle part. Il ne répond à aucune interview et décline toutes les invitations, y compris les plus prestigieuses. Écrire n'est pas un objet de divertissement pour lui, mais une chose grave, presque un devoir, un défi à la forme juste.

On ne sait rien d'Hyriée, si ce n'est qu'il a quitté

Paris pour une petite maison blanche située à la lisière d'un village où il vit reclus, ermite génial travaillant à la seule chose qui vaille : son œuvre. Ce secret entretenu autour de lui agaçait lorsqu'ils le trouvaient arrogant, il ajoute désormais à la grandeur qu'ils lui reconnaissent. C'est ainsi que sont les journalistes : ils n'aiment pas qu'on leur résiste, encore moins qu'on leur cède.

Il obtient qu'aucun photographe ne soit présent lors de la remise du prix. Aussi l'image diffusée pour accompagner les articles sur *Origine du monde* est-elle ancienne. C'est la fameuse photo de Lemy mangeant du bœuf prise par mon père lors de leurs soirées d'avant ma naissance. Elle a l'âge de leur amitié, en pleine crise de la quarantaine.

À Cintodette, mes parents écoutent toutes les émissions. Mon père demande

– rappelle-moi : qui est ce type dont ils parlent ? elle le rabroue

– tais-toi, laisse-moi écouter ce qu'ils disent !

Son admiration est la même que ce jour où un jeune homme pressé de délivrer son art déposa son manuscrit chez elle. Elle n'a pas oublié cette fierté qu'il leur faisait un peu partager, des miettes de talent et de conviction dont elle aurait voulu pouvoir faire culture.

Pendant des jours, Lilas scrute le facteur, espérant un petit colis rectangulaire avec un simple mot :

– Pour vous, mon livre, Lemy.

Mais la boîte aux lettres reste vide. Ma mère s'en arracherait la peau. Elle ne comprend pas qu'il y a de la gêne dans ce qu'elle prend pour de l'indifférence.

Elle se met à ratisser compulsivement la pelouse, comme sa mère balayait, même geste, même colère,

ratisse ratisse la pelouse,

pourrait la balayer même,

si cela pouvait nettoyer le passé.

Elle finit par l'acheter.

Elle le lit sans reprendre son souffle, quelques heures dans la nuit, enfoncée dans l'oreiller. Une seule phrase, longue et liquide, une brasse coulée. Le récit est peuplé d'êtres étranges, mi-humains, mi-animaux. Un homme, le narrateur, convainc une femme, qu'il nomme l'Absente, de lui faire un enfant. Il se désigne lui-même comme étant le Couveur, un homme-poule au bec pointu et au plumage volumineux. L'Absente, corps de femme et tête de jeune vache, est partie une nuit sans le prévenir. Depuis, le Couveur attend l'enfant, veillant sur son œuf sans relâche, le chauffant sous ses plumes, se battant contre les loups, les renards et les aigles. Il attend ainsi des années, calé sur son nid, le protégeant des intempéries, des méchants et des malappris. Il a beau attendre, l'Absente ne revient pas et l'enfant jamais n'éclot.

Un coup au ventre. Lilas a trente ans de nouveau, sa sœur vient de mourir et dans ses bras inertes gigote une absurde enfant, énergie incongrue dans ce paysage de cendres. Tout défile, intact : leur jeunesse, leur insolente confiance, Hyriée qui lui serre la main, son sourire dont on ne sait dire s'il est ironique ou affectueux, les cafés où ils fabriquent leur légende, Rosa qui maquille ses yeux avant un spectacle, Seymour qui l'aime, leurs tremblements de joie, Rosa qui embrasse Jean, surpris un jour derrière une porte, sa jambe relevée autour de sa taille à lui, Hyriée encore, découpant la viande saignante, expliquant qu'il est plus père qu'homme, les derniers mots et le rouge sur les lèvres de Rosa, une promenade demain s'il ne pleut pas, ce serait chouette. Tout est là, même le reste, ce combat chaque jour perdu.

C'est d'un livre qu'est venu le coup de grâce. Qui l'eût cru, elle qui les aimait tant ? Vous avez noté dans votre inventaire le nombre exact des ouvrages accumulés, une vie de lectrice à penser que c'est au creux des pages que se disent les vérités. Je ne sais plus combien vous en avez dénombrés exactement mais ils étaient partout autour d'elle. Celui-là l'a accompagnée jusqu'au dernier jour. Table de chevet de ma mère : la boîte rouge SECRET de Rosa et le livre d'Hyriée. L'une jamais ouverte, l'autre trop ouvert.

Après sa lecture, elle reste allongée un moment, la tête lui tourne, les frelons du secret sont revenus, *ils ne t'ont rien dit, mauvaise sœur, mauvaise amie, et après, pendant toutes ces années, rien, pas un mot pour toi mais tous ces mots pour les autres*, ses yeux se fixent sur le plafond qui se rapproche d'elle, rétrécissant la chambre, tels les bouchons de paraffine avec lesquels Marguerite fermait ses pots de confiture – et les filles écrivaient des étiquettes idiotes (confiture crotte de nez 1983, gelée de pluie 1984), il écrase l'air, elle va étouffer. Elle se lève doucement pour ne pas réveiller Seymour de son sommeil d'Américain : confiant malgré la mitraille. À quoi rêve un amnésique, quelle matière son inconscient malaxe-t-il au repos ?

Trente ans dans un corps de soixante.

Ses jambes sont lourdes et le sol de la Villa Liro gelé. Elle enfile un vieux survêtement et un pull-over de son père. Jusqu'au poste de contrôle des alarmes, elle glisse de manière un peu saccadée, on dirait un vieux chat hirsute. Une fois les alarmes désactivées, l'Hélicoïde est à elle.

Elle va d'une salle à l'autre, ombre errante au milieu des souvenirs éteints de ce que fut – peut-être – sa sœur. Une crypte la nuit, les échos de leurs vies tapent dans ses tempes.

Lilas n'a plus peur de rien.

Elle parle toute seule ou à Rosa – ce qui depuis

trente ans est la même chose. Elle parle de toutes les bestioles qui encombrent son esprit, des frelons, des fourmis, des bourdons et d'un sale rapace à la tête de mort. Elle parle de serments piétinés et de sel jeté sur la peau écorchée.

Du gouffre au-dessus duquel elle a tendu un petit fil, même pas de fer, et qu'elle traverse les yeux bandés, sûre de tomber.

Jamais jamais séparées, on avait juré.

Elle parle des secrets qui pourrissent dans les coins de nos vies jusqu'à les infecter de maladies mortelles, peut-être lui en avoue-t-elle un à son tour, parle de trahison cruelle et d'impossibles reproches.

On ne peut en vouloir qu'aux vivants.

Impunité des morts.

Tout leur sera épargné à défaut d'être pardonné.

Sur la pierre de la terrasse, elle prépare un tas de petit bois sec et de papier journal. Elle y pose ses cahiers, toutes les notes qu'elle a prises pour le Livre de Rosa. Une allumette suffit ; elle regarde longtemps les flammèches de papier s'envoler dans la nuit.

Lorsqu'il ne reste plus rien du *projet* que des cendres quelconques, elle prend une feuille. Ils ne se sont pas vus depuis des mois. Les sélections du prix Rosa n'intéressent plus Hyriée que de très loin, il vote par correspondance,

– je n'ai plus le goût des voyages, dit-il, je suis fatigué, vieux peut-être déjà, en réalité, enfermé dans son écriture, qui est l'autre nom de la solitude.

Ils ne se sont pas parlé depuis des années, des dizaines d'années même. Parlé vraiment, pas seulement des candidats au prix Rosa mais d'eux, de soi, du dedans.

On se dit qu'on a le temps, inutile de précipiter les grandes explications, elles seraient mesquines et vilaines ; attendons que se dégonflent les peines ; on se dit qu'un jour le moment viendra de donner des réponses, d'oser des questions ;

le moment entre eux n'est pas venu.

Un jour je te raconterai, disait Lemy et il le croyait en le disant. Le jour toujours repoussé, et le secret a fait comme un tas d'argile oublié : il a durci, se figeant à tout jamais dans une gangue incassable. Même les outils de Christophe-Karim, même le plus dur de ses marteaux, n'y pourraient rien. Le secret, iceberg entre eux qu'ils auraient fini par contourner si on en avait défini la géographie, est devenu un glacier qu'aucun océan ne peut plus dissimuler.

Cher Barthélemy,

Ce qui compte n'est pas l'histoire, je le sais, mais la langue. La tienne est rugueuse et belle. De la chair, du sang, de la sueur, du corps. Sous chaque mot, j'entends un souffle, une bulle de salive, une pulsation cardiaque. Ta langue dont on fait les secrets.

Ce qui compte n'est pas l'histoire mais quelle histoire que notre histoire…

Je suis triste, tu sais, et que tu n'aimes pas ma tristesse n'y change rien. Triste que tu ne m'aies pas parlé de ce livre alors que je nous croyais attelés au Livre de Rosa ; triste aussi que tu divulgues son secret. Cette chose dont tu n'as pas pu parler avec moi, qui cherche la vérité, tu en parles au monde entier.

J'aime à en trembler la beauté brute de ton livre mais je déteste avoir à la partager.

Ton amie Lilas Faure

Qui possède la vérité sur Rosa ? Ma mère ? Marguerite ? Jean qui n'en parle jamais ? Le médecin légiste qui l'a autopsiée ? Ou le poète qui par son pouvoir les surpasse tous ? Lui sait utiliser les mots, les tordre pour faire de sa version la vérité gravée. Les autres s'effaceront, la sienne restera toujours, au garde-à-vous dans les rayons des bibliothèques, s'imposant, transformant jusque dans l'esprit de Lilas de fugitifs souvenirs en inaliénable réalité.

Il est question ici de propriété, comme dans vos registres, Pierre-Antoine. La transaction n'a jamais eu lieu mais chacun est persuadé d'être celui qui détient la vraie Rosa. L'amour des vivants est difficile à partager. Celui des morts, on le voudrait exclusif.

Les malentendus rendent les oreilles sourdes.

Lilas,

Je regrette et réfute tes reproches.

Depuis trente ans, tu as construit un empire autour de ce que tu crois être ta sœur, régnant sur sa mémoire, décidant de la version officielle. Ainsi tu saurais, toi, ce que fut Rosa ? La personne qu'elle a été, les émotions qu'elle a ressenties : tout cela te reviendrait de droit, par une supposée loi biologique ?

Pour ma part je m'arrête ici et ne souhaite poursuivre aucune activité au sein du prix ou de la fondation, cette petite entreprise d'épicerie vaine que tu fais tourner autour de toi. Quant au Livre de Rosa, je n'ai jamais cru que tu pensais sérieusement qu'il existerait un jour.

Les secrets appartiennent à ceux qui les ont partagés, vois-tu, et je n'en divulgue aucun dans ce livre, pas plus que je n'en ai jamais rien dit à personne.

Si je n'ai pas parlé avec toi de cette histoire, ce n'est pas par égoïsme mais par impossibilité. Il ne m'a jamais été possible de te parler. Enfoncée dans ta vision totalitaire de Rosa et ta posture d'unique victime, tu étais hors d'atteinte et ne le réalisais même pas.

Mon livre parle de Rosa sans rien mentionner d'intime, sans trahir aucune des choses que nous nous sommes confiées. La littérature n'a rien à voir avec ce que tu appelles vérité. La littérature ne pense pas, ne démontre rien. Un livre est comme un tableau :

*il est juste ou non. En littérature, rien n'est vrai, rien
n'existe. Le secret n'existe pas, Rosa n'existe pas, je
n'existe pas, oublie-moi.*

BH

Une morte, un amnésique, un ermite, une
tyran : voilà ce que leur groupe triomphal est
devenu.

Il en manque un.

Elle appelle Jean.

Qu'il lui redonne un peu le goût des jours
d'avant.

Sa réponse est un autre coup de couteau.

– Vous avez abîmé Rosa à force de l'exhiber.
Vous l'avez offerte à tout le monde sans comprendre qu'elle méritait le peu, l'élite, le trié sur le
volet. Elle n'est pas au peuple, elle est à moi. Moi
seul qui connais la petite bulle de salive que sa
bouche forme quand elle dort, sa manière d'épar-
piller ses vêtements dans notre appartement et le
goût de ses larmes, moi seul sais ses angoisses et
ses rêves, le désir sur sa peau et le bruit de son
rire lorsqu'on l'écoute la tête posée sur son ventre.
Rosa n'a pas de prix, comment avez-vous pu en
faire une compétition ? Je n'ai rien osé vous dire
pendant toutes ces années. Il est trop tard pour
expliquer.

Lorsqu'elle raccroche, il lui semble que tout est
blanc autour d'elle. La mort de Rosa a été comme

un accident nucléaire : une explosion d'abord, terrifiante, pétrifiante, suivie de la destruction en domino de tout l'environnement. Pendant des décennies, populations malades, sols empoisonnés, enfants malformés. Leur groupe anéanti, agonie lente mais certaine.

La solitude, qui lui tourne autour depuis le coup de téléphone absurde – *C'est affreux, Rosa est morte* –, la solitude tombe définitivement sur Lilas.

Elle est une matière solide,
une colle dont elle ne se défera plus.

La vie est un collier.

Les événements sont des petites perles qui s'enfilent et poussent les précédentes pour prendre leur place. Un bijou dont on ne décide ni la longueur ni la taille ni la joliesse. Toutes les perles du collier de ma mère sont noires. Un comble pour la femme de Seymour Silver, descendant d'Alter Silberstein, le petit bijoutier de Lublin devenu Alter Silver, fameux joaillier de Brooklyn. Mes grands-parents paternels n'auraient jamais vendu un collier intégralement noir, ils y auraient ajouté une perle blanche. Au moins une, pour l'espoir.

Les dix dernières années sont les plus longues.

Ma mère s'enfonce dans la désolation. Elle ne s'accroche même plus à l'illusion du groupe, tout est terminé. Elle ne cultive pas seulement des champs de coquelicots mais aussi son chagrin, un parterre d'orties que l'on nourrirait scrupuleusement d'engrais. Toujours renaissent pour vous gratter les jambes, sans cesse reviennent les vilains souvenirs et les peines comme un lierre finissant par étouffer les plus vivaces des plantes. Lilas s'éteint peu à peu.

Ceux qui la croisent lui trouvent un air étrange. Clara Blumeberg interroge ses collègues,

– il s'est passé quoi dans sa vie pour qu'elle soit comme ça ?

même la mort de Rosa a fini par se diluer dans les dizaines de projets de la fondation.

L'amnésie est un cocon qui protège mon père. Se souvient-il que Lilas autrefois n'était pas cette personne atone ? Se rappelle-t-il que Rosa était la plus drôle des belles-sœurs, qu'elle lui confectionnait spécialement des cookies pour chacun de ses anniversaires, et cachait dans l'un d'eux une surprise – et elle disait « surpraïze » ? Et nos promenades, ma main ronde dans la sienne et les pigeons qu'on faisait s'envoler ? Il ne se souvient de rien.

Ou presque.

Ils ont beau être morts depuis longtemps, Seymour s'inquiète pour ses parents. Chaque matin il se réveille en demandant où ils se trouvent. Chaque matin, un jour sans fin, ma mère lui annonce la mauvaise nouvelle :

– Ils sont morts les pauvres.

Alors une larme sur la joue de mon père.

Un dimanche que je suis à la Liro, je surprends une scène étonnante. C'est une sorte de chant qui m'appelle, une langue inconnue au bout du petit couloir qui mène à la salle de bains. Il est assis sur le bord de la baignoire, une serviette de toilette sur les épaules, il porte ses mains à son visage, ses yeux sont fermés.

Pas un chant, une prière.

Petit Seymour de Brooklyn.

Si tu as presque tout oublié, jusqu'à mon prénom que je dois parfois te souffler en t'embrassant, ces mots sont remontés des tréfonds ; tu l'avais bien cachée pour que les voleurs de mémoire ne te la prennent pas, la prière en yiddish que mâchonnait ton père, et tu la mâchouilles pareil.

Je dois vous quitter, Pierre-Antoine, il est bientôt midi et j'ai un rendez-vous important cet après-midi. Je reviens demain matin et nous en terminerons, je vous le promets. Merci de m'avoir écoutée jusqu'ici. Je sais désormais à quoi a servi mon récit. La brume se dissipe on dirait. Ma mère a bien fait de m'orienter vers vous.

Juste encore cette histoire avant de partir : il y a environ quatre mois nous sommes allés en Pologne. Je suis passée un matin, je lui ai dit

– allez, viens, on va chercher les boîtes,

c'était une sorte de rapt. J'ai conduit toute la journée et une partie de la nuit jusqu'à Lublin. Ma mère n'était pas du voyage, il y a des histoires qui ne regardent qu'un père et sa fille.

Arrivés à l'ancienne adresse de mes grands-parents, nous avons d'abord cru nous être trompés. Rien ne ressemble aux photos de mon père. Les maisonnettes mitoyennes ont été remplacées par des barres d'immeubles gris, des panneaux publicitaires rythment le paysage. Plus de maison, pas un sapin.

À la place de leur maison : une prison.

Le bâtiment pénitentiaire, haut comme deux immeubles et long comme un stade de football, hérissé de barbelés, se dresse devant nous comme une forteresse infranchissable. Je fais le tour du bloc pour voir si derrière la prison, un accès n'a pas été réservé jusqu'à un jardinet sous lequel seraient enterrées nos boîtes. Mais rien que du béton, des barreaux auxquels pend le pauvre linge des prisonniers.

Je reviens vers mon père. Il m'attend sur un banc entouré de pigeons, vieillard universel qui regarde la vie passer autour de lui, comme un ruisseau vous entoure les pieds sans vous emporter. Il me reconnaît à peine. Je ne sais pas s'il comprend que la maison Silberstein a été rasée, le sapin coupé et les boîtes perdues, enfouies sous le parking de la prison.

Le soir, nous dormons dans un petit hôtel. Au petit déjeuner, dans une salle où flotte une odeur de chou, je réalise que la plupart de ceux qui ont dormi ici sont des familles de prisonniers venus pour la visite au parloir. Ils nous adressent des regards solidaires. Je ne sais pas leur dire que nous n'avions que des boîtes en marqueterie, finement ouvragées, à récupérer.

Je voudrais dire à mon père

— notre trésor attendra la génération suivante,

mais les conversations avec un amnésique vous obligent à ne prendre en compte que le présent, le visible. La mèche relevée en pointe sur son crâne, par exemple,

— c'est drôle papa, tu as un épi sur la tête, tu as dû dormir en écrasant tes cheveux, ça te fait une petite corne de diable,

et il essaye de l'aplatir en vain, se regardant dans le miroir de la salle à manger comme s'il découvrait son visage.

— Les épis sont des signes de la mort qui vient. Dieu, quand il a choisi de les faire mourir, commence par tirer les siens par les cheveux. C'est pour cela que les croyants se couvrent la tête.

J'éclate de rire.

— Depuis quand tu connais Dieu, toi ?

Dans le hall de l'hôtel, une petite vitrine propose des souvenirs. Il achète une casquette pour écraser l'épi, et pour moi un foulard aux emblèmes

de Lublin. Il le noue sur mes cheveux, je ressemble
à une musulmane, il me trouve très jolie.

Lorsque nous revenons sans boîte mais ainsi
coiffés deux jours après notre départ, ma mère
nous attend dans le restaurant vide de la Villa Liro.
Elle a l'air soulagée de notre retour, un beau sourire, une douceur enrobe l'instant, depuis longtemps nous ne l'avions ressenti, le plaisir d'être
simplement ensemble. Lilas me serre dans ses bras
et mon père nous rejoint, le même *câlin-à-trois*
que quand j'avais trois ans, et j'ai l'impression que
c'est une première fois. Je pourrais rester, mon lit
est prêt, mais je suis pressée de rentrer.

Maintenant que j'essaye de me souvenir, il me
semble que ma mère a une gravité dans le regard
lorsqu'elle me dit au revoir. Je l'imagine après que
la porte se ferme sur moi. Elle qui rêvait d'une
aventure de groupe se retourne : plus personne. À
grand fracas ou sur la pointe des pieds, nous avons
tous déserté.

Sa sœur, morte.

Ses parents, morts.

Jean, évadé.

Hyriée, fâché.

Son mari, embourbé.

Sa fille, devenue femme et brûlant de transgresser son interdit. Pour cela, rien de plus simple :
une ou deux impulsions électriques et, vive le
ROSA, vos ovaires ne sont plus sidérés mais en

parfait état de marche, la vie peut revenir, tu
entends ça maman ? la vie peut revenir ! À mes
côtés pendant le rendez-vous, Colin me tient la
main, il m'offre son beau sourire confiant.

Ce que j'aime chez lui : aucune mort prématu-
rée dans son entourage, une sœur et un frère qu'il
aime modérément, son torse de soie, ses danses de
félin, son prénom de poisson.

En sortant de chez le médecin,
j'ai regardé en l'air.
Nul rapace.

vendredi 9 octobre
cinquième rendez-vous

Au bord d'un fleuve recouvert d'une couche de brume, c'est l'hiver, la nuit est là. Des petites lumières luciolent l'obscurité le long du quai. Promenade humide, glaciale, joyeuse.

Les parents marchent sur une passerelle, ils se tiennent par la taille, silhouettes d'adolescents, fumée cinématographique de leurs cigarettes dans le froid. L'enfant est en contrebas, sur la berge.

La mère dit au père
– attrape-le, aide-le à monter.

L'enfant se hausse sur la pointe des pieds, il tend la main en souriant. D'ailleurs, tout le monde sourit. Le père hisse son gamin en le tirant par la main. Soudain, il est déséquilibré, est-ce dû au vent ?

Il lâche son enfant qui tombe dans l'eau grise.

Son Américain est devenu si faible, un Euro-péen, tout muscle fondu, les lumières éteintes, le cheveu rare et cet épi qui ne se couche plus depuis que nous sommes revenus de Lublin ; ils ne sont pas si vieux mais on dirait un de ces couples qui marchent à petits pas, frottent leurs pieds au sol toujours froid maintenant.

Il ne la reconnaît pas, l'appelle parfois maman et elle ne le corrige plus.

Il a arrêté de conduire mais chaque samedi Christophe-Karim sort la voiture du garage et leur fait faire un tour ; ils ouvrent la capote et mon père donne son visage au vent.

La vie est passée.

Un matin, elle se réveille et il n'est pas là. Le soleil est haut et la Villa Liro a pris ses airs de citadelle grecque, tout ce blanc qui vous fait plisser les yeux.

Ils le cherchent toute la journée. Deux enfants finiront par le trouver, clochard errant derrière le gymnase du lycée du centre. Lorsque la police le ramène, elle a un élan de jeune fille : Seymour, encore une fois, lui est revenu. Elle ouvre ses bras, ils se parlent toute la nuit, de quoi je ne sais pas. Elle lui offre ses seins, ses longs seins vides, ils s'aiment encore. Ils sont si maigres.

Le lendemain, un vendredi soir.
la vie est trop longue sans toi ;
le chagrin s'est transformé peu à peu en ennui, toute joie éteinte : c'était ça le chemin ; je me retourne et je vois chacun de mes pas depuis que tu as bifurqué ; aucune empreinte n'a été effacée, quiconque le voudrait me trouverait facilement ; mais personne ne me suit, qui aurait envie de cela ? regarde, j'arrive seule comme un nouveau-né ;
je les ai fait fuir ;
il y a eu des souvenirs après toi, moi qui pensais ne plus en avoir ; des gestes effectués, des lumières sur un paysage, des tendresses frottées, parfois la fierté d'apercevoir un éclat de toi au milieu du fatras ;
c'était ma seule vie, il m'a fallu la vivre ;
s'il y a un tribunal devant lequel passer, qu'on m'y amène, je plaide coupable, mille fois coupable, sans circonstance atténuante, pour Daffodil, ma toute petite, ma si douce, tu aurais dû voir cela, une

sucrerie ; le crois-tu : je n'ai pas su l'aimer ; toutes ses gaietés, toutes ses audaces et sa bonté, elle les doit à Seymour – pour Seymour aussi, son extinction progressive, je plaide coupable ; aujourd'hui qu'elle me glisse entre les doigts, il est bien tard mais je la regrette, ma si petite, ma folie Daffodil ; à m'en cogner la tête sur l'arête de la maison, je la regrette, l'odeur de son cou ma toute douce, à en saigner sur les coquelicots je la pleure ;

sans ta mort, rien de tout cela ne serait arrivé ; mais vois, je ne t'en veux point ; pour que tu vives j'aurais donné ma vie ; il n'y a plus rien qui me retienne ; je me rends, mes armes déposées, mes larmes reposées ;

jamais jamais séparées

Elle a commandé un bon repas. Des huîtres et du chocolat. Ils dégustent une de leurs meilleures bouteilles. Le dernier verre qu'elle a gavé de somnifères, ils le vident en ne se quittant pas des yeux qu'elle a si pâles, qu'il a toujours rieurs. Il dit

— allez cou sec,

son drôle d'accent.

Ils s'embrassent comme des enfants. S'enlaçant sur leur lit, ils s'endorment confiants. Elle porte autour du cou un foulard de Rosa.

Je suis d'une famille où l'on se méfie

à tort

des tabourets bleus.

Bien sûr que ça devait mal finir.

Il faut dire que ça n'avait pas bien commencé.

J'ai apporté du champagne. J'aimerais fêter quelque chose avec vous, Pierre-Antoine.

Pardon ?

Ah oui, d'accord, tutoyons-nous. Alors voilà : je voudrais fêter avec toi ma libération. C'est Christophe-Karim qui les a trouvés, sages et immobiles, pas un pli sur leur visage, sa main à elle dans sa main à lui. Lorsqu'il m'a appelée pour me prévenir, j'étais déjà en route. Je venais joyeuse, j'avais une nouvelle à leur annoncer : un bébé pousse en moi. Ils n'auront même pas eu à le savoir, encore moins à s'en préoccuper.

Elle m'a laissé une lettre.

Sweet little Daffo d'amour,
La vie est devenue difficile pour daddy ces

dernières semaines. La dégradation est inéluctable, elle nous humilierait.

Il te faudra être courageuse, petite jonquille, mais tu trouveras la force. Nous serons là pour toi à notre façon. Notre vie a été chaotique, pardonne mes manquements, ô mon enfant chérie. J'ai fait de mon mieux je crois. Un jour peut-être écriras-tu cette histoire et alors tu le comprendras. Je t'ai aimée, n'en doute jamais, et je t'aimerai encore par-delà notre séparation.

Maman Lilas

Ps : le notaire de Cintodette, Pierre-Antoine Leclerc, a une bonne partie des papiers de la succession.

Je n'écrirai rien, Pierre-Antoine, je ne veux plus entendre parler de cette histoire maintenant que je t'ai tout dit. Je ne suis même pas sûre que tout cela a vraiment existé. Je me dis parfois qu'ils ont peut-être inventé les boîtes de Lublin, le sapin, l'accident avec le camion et même Rosa, sa vie et sa mort, pourquoi pas, les inventer pour nous faire une vie hors du commun, une vie extraordinaire. Je ne leur en veux pas.

Ça va peut-être te surprendre mais je refuse l'héritage. Je sais qu'il n'y a aucune dette, juste une colossale fortune, de quoi vivre pendant des générations mais

je ne veux pas de cet héritage.

Millions de dollars, millions d'euros, millions de larmes : aucune fortune ne justifie qu'on doive porter un tel poids. Je n'en veux pas, que les suivants dans la succession, mes cousins d'Amérique ou les petits-enfants des quatre filles-fleurs se réjouissent de cette manne tombée du ciel. Qu'ils en profitent, dis-leur bien ça, qu'ils en profitent.

La seule chose que j'aimerais conserver : leur canapé jaune. Le reste, l'argent, le capital, le patrimoine, les dividendes et tous les chiffres à huit zéros je les laisse. Quant à Rosa, Mimosa et Tournesol, je les abandonne dans leur grotte sans lumière. S'il arrive qu'ils me manquent, je viendrai ici. Avec mes enfants nous visiterons les salles de l'Hélicoïde et je leur raconterai un peu.

La fondation nous survivra longtemps.

Et Rosa sera belle, éternelle et fausse

comme le sont les mythes.

Après leur suicide, j'ai contacté Jean. Je ne me voyais pas les porter seule au feu. Il est venu, son dos est un peu plus voûté et ses mots plus rares. Après la crémation, il est allé seul au cimetière,

se taire près des tombes.

Il était trop tard pour qu'il rentre en Espagne. Nous avons mangé tous les deux, à la table de mes parents, près de la baie vitrée. Il a vieilli mais son visage est le même : ses yeux étirés de *Chinois* et la même lucidité calme, pas vraiment du chagrin, une résignation. Je l'ai interrogé. Comme escompté par ses parents, il est devenu professeur, abandonnant ses rêves de théâtre dans le cercueil de Rosa. Il a continué à écrire malgré tout, des pièces qu'il n'a fait lire à personne. Parfois il proposait à ses élèves d'adapter un texte classique et il leur mettait des masques d'animaux. Il arriva une ou deux fois qu'une jeune fille, un timbre de voix, un courage dans les projecteurs, lui rappellent Rosa. L'émotion, petite bulle de savon, durait une fraction de seconde puis elle éclatait sans bruit et il redevenait Jean que rien ne touche.

Jamais plus il n'a aimé.

En l'écoutant me raconter sa vie de veuf éternel, j'ai pensé que Rosa avait été, plus que la perte fondatrice, l'élément central de leur légende, le moteur de toute la tragédie. Sans elle leurs destins auraient été différents, et fades aussi. Sans la mort de Rosa, Jean n'aurait pas atteint ce détachement presque mystique. Pour ne plus avoir à souffrir, ne se soucier de personne, entrer en autarcie affective. Sans le deuil, mes grands-parents n'auraient pas abandonné leur routine pour prendre la route, Hyriée pas atteint la grâce littéraire, sans lui mes parents n'auraient pas construit cette incroyable entreprise et cette collection unique à qui tu dois maintenant trouver des héritiers.

Sans elle, je n'aurais pas compris que les malédictions ne servent qu'à être brisées. Je ne saurais pas non plus qu'il y a mille manières d'aimer. J'ignorerais qu'on n'est jamais vraiment mort,

que les fantômes existent,
ils sont nos amis.

Nous avons ouvert le canapé jaune et nous nous sommes couchés dedans. Je n'ai pas dormi. J'avais peur de le toucher par mégarde et dans ma tête repassaient en boucle les images de la journée. Ces dizaines de mains serrées, tous ces gens que je n'ai pas reconnus, ces chants lointains accompagnant leurs cercueils jusqu'au four. Ma pauvre mère, mon père chéri.

Au milieu de la nuit, Jean s'est mis à pousser des hurlements. Des cris horribles, pleurs ancestraux à vous déchirer le ventre. J'ai allumé : il dormait profondément tout en hurlant. J'ai caressé ses cheveux, ça ne l'a pas réveillé, j'ai caressé son dos. Je m'occuperai de lui.

Jean m'a donné l'adresse d'Hyriée. J'y suis allée hier après-midi. Une rue étroite à l'extrémité d'un village dépeuplé. La maison est blanche. Sur la porte d'entrée, il a accroché un écriteau

Excusez-moi

et en plus petit

la sonnette ne marche pas, il faut frapper fort.

C'est un vieil homme qui vient m'ouvrir.

Sans son crâne parfaitement chauve, et maintenant couvert de taches brunes, je ne le reconnaîtrais pas. Hyriée le flamboyant, traversant d'un pas altier le café pour venir me saluer, n'est plus. Est-il surpris de ma visite ? Je ne pense pas.

Il m'invite à entrer. Son logement consiste en une seule grande pièce encombrée de livres et de revues. Une table ronde est installée au milieu, couverte de papiers. Quelques assiettes sales traînent dans l'évier.

Hyriée prépare un café. Je m'assois. Il me rejoint, un couteau fin à la main et commence à peler une pomme, prélevant des serpentins de peau verte, puis découpant des quartiers de fruit qu'il me tend. Une gêne me prend. Personne ne vient jamais ici. Je ne vais pas rester longtemps.

— Je voulais juste te dire, euh, voilà : mes parents sont morts il y a trois mois. J'imagine que tu voulais le savoir, vu les liens qui vous ont unis. Ils se sont suicidés. Mon père avait une maladie. Ma mère n'a pas supporté l'idée de vivre sans lui. Elle a tout organisé.

Il pose son couteau sur la nappe. La lame est noire et terne. Son tour de parler, de répondre aux questions que je n'ai pas posées.

— Je ne pouvais pas vivre ce chagrin avec eux. Il y avait une malédiction que je ne voulais pas leur faire subir, j'avais trop peur de les perdre comme j'avais perdu Rosa. Nous fêtions notre enfant à venir quand Rosa est tombée, je n'ai jamais pu croire à autre chose qu'à ma culpabilité. Coupable et condamné à l'exil par mon tribunal interne, en application de mes intransigeantes législations. Je suis parti. D'abord sans le dire, un éloignement intérieur. Mais l'écartèlement est devenu insupportable entre ma faute et leurs attentes. Il me fallait rompre pour les préserver. J'ai dû le faire avec méchanceté pour qu'ils ne me rattrapent pas. J'ai été cassant, injuste, malheureux. Mais je ne voulais pas que d'autres tombent. Je les aimais trop pour ça.

Il m'apprend aussi qu'il a revu ma mère.

– Elle est venue ici pour me dire que ton père était malade. Nous nous sommes revus quelques fois. Nous nous étions pardonnés, je crois. Elle m'a écrit cette lettre quelques jours avant leur suicide.

Il ouvre un tiroir.

L'écriture penchée de ma mère.

Je pleure nos années perdues, qu'avons-nous fait Barthélemy, de quel sacrifice étions-nous les obligés?

Je n'ai plus ces colères qui raccourcissaient mon souffle et je devine que tu as moins peur d'affronter ceux que tu blesses. Tu les regardes et, comme c'est étonnant, tes yeux sont des pansements.

Ils sont peu nombreux les gens comme toi, que l'on aime ainsi, sans retour.

En me raccompagnant jusqu'à ma voiture, Hyriée me fait une confidence : il était aux obsèques de mes parents. Pour ne pas être reconnu, il portait une perruque.

Hier soir, avant de me coucher, je suis allée dans leur chambre ; sur la table de chevet, j'ai trouvé le livre d'Hyriée, corné, souligné, presque mâché. À mon tour je l'ai lu, poser mes yeux sur ces lignes usées par ceux de ma mère m'a apaisée.

Je l'imaginais derrière le rideau, pouffant de rire avec Rosa de s'être cachées et de m'espionner. Je leur ai parlé à haute voix, j'ai raconté ma visite chez Lemy et je sais qu'elles m'écoutaient avec attention.

Je les ai remerciées aussi.

Rosa d'avoir été cette tante extraordinaire, Lilas d'avoir accepté d'être ma mère. Ça peut paraître étrange après toutes ces années à tenter de m'en extirper. J'aimerais que là où elle est, elle soit sûre que, même si je ne construis jamais de temple pour elle, aucune fondation Lilas, je n'oublierai jamais qu'elle fut d'une exigence qui vous élève. Toujours je me rappellerai que grâce à elle le beau a baigné nos vies, sa capacité à rendre réels les rêves.

Sur la table de nuit, à côté des pilules pour dormir et du livre de Barthélemy, était posée la boîte SECRET de Rosa. Lorsque je l'ai soulevée, un rectangle foncé s'est détaché sur le meuble, déjà la poussière.

Je l'ai ouverte.

La terre n'a pas tremblé sous mes pieds.

S'y trouvait un petit mot plié en quatre, une écriture adolescente :

J'étais sûre que tu l'ouvrirais, Lilas. Pourtant tu sais bien qu'il n'y a pas de secret entre nous, la preuve !
Rosa Faure, 14 ans

J'ai bravé l'injonction d'une morte et aucune fureur supérieure ne m'a frappée. On peut transgresser, Pierre-Antoine, je t'assure. Regarde ça : j'ai demandé à Christophe-Karim une dernière faveur avant de partir. M'ouvrir la Chambre des secrets. Il a hésité et puis il a dit

– à sa fille, je ne peux rien refuser.

J'ai trouvé l'enveloppe déposée il y a vingt ans par Jean-Cyril Leclerc, ton frère. La voilà. Tu l'ouvriras quand je serai partie. Fais-moi signer tes papiers, j'entends Colin qui klaxonne, il est temps que je le rejoigne.

Ma mère a toujours cru être la victime de la malédiction, jamais son instrument. Pourtant, sans le savoir, elle a choisi de mourir le jour où j'ai appris que j'attendais un enfant.

Une vie pour une mort,
un enfant contre mes deux parents,
je devrais trembler n'est-ce pas ?

manger mes ongles, me réveiller en sueur la nuit, entourée d'esprits malveillants, de becs acérés et d'ailes noires, de bourdonnements menaçants.

Mais je n'ai pas peur.

J'ai lu mes mythologies, Pierre-Antoine, j'ai lu que la malédiction poursuit les lignées, les rattrape dans le creux des générations futures, ne leur laisse qu'un illusoire répit, jouets des fatalités tacites. Et puis j'ai fermé les livres. Je ne crois ni aux dieux ni à leur rancune.

Leurs légendes moisies ne m'impressionnent pas. La malédiction je l'affronte, je la provoque en duel, viens la malédiction, regarde-moi, je suis nue face à toi, vois l'enfant dans mon ventre,

que fais-tu, saleté maudite?

Qu'elle ose se montrer et elle verra qui je suis, la fille de Lilas Faure et de Seymour Silver, la nièce de Rosa et la mère de celui qui gigote en moi.

Je suis d'une famille neuve.

CET OUVRAGE A ÉTÉ COMPOSÉ
PAR DOMINIQUE GUILLAUMIN (PARIS)
ET ACHEVÉ D'IMPRIMER SUR ROTO-PAGE
PAR L'IMPRIMERIE FLOCH À MAYENNE
POUR LE COMPTE DES ÉDITIONS J.-C. LATTÈS
17, RUE JACOB — 75006 PARIS
EN JUILLET 2013

N° d'édition : 01 – N° d'impression : 85110
Dépôt légal : août 2013
Imprimé en France